WILD HEAT

Wilding Pack Wolves 3

ALISA WOODS

2020 Deutsche Übersetzung von Michael Drecker und Carolin Frenser

ISBN: 9798670780186

Cover by Steven Novak

Das Polizeirevier ist kein Ort für Shifter… das weiß Kaden nur allzu gut. Kaden Grants Beschützerinstinkt macht ihn zu einem ausgezeichneten Polizisten, aber er ist sehr darauf bedacht, dass weder die Shifter-Gangs, mit denen er sich herumschlägt, noch seine Kollegen von seiner Vergangenheit erfahren. Nur holt ihn diese schließlich doch ein, als die Lieblingskünstlerin des Bürgermeisters ins Fadenkreuz der Wolfshasser gerät und in Schutzhaft soll. Kaden setzt alles daran, diesen Auftrag zu bekommen, denn bei jedem anderen Polizisten wären die Überlebenschancen dieses Mädchens gleich Null. Doch ihre wilde Seite droht, sein lang vergrabenes Geheimnis hervorzubringen…

Terra Wilding muss untertauchen, denn nach einer Reihe

willkürlicher Bombenanschläge ist der Wolfsjäger nun speziell hinter ihr her – alles nur, weil ihre Fotografien selbst in den dunkelsten Ecken Seattles noch Licht finden. Terra kann ihre kleine Schwester Cassie und den Rest ihres Rudels nur beschützen, indem sie sich in einer Wohnung des Zeugenschutzprogramms versteckt, die sich eher wie ein Käfig anfühlt. Wenn nur der menschliche Polizist, der sie bewachen soll, nicht so heiß wäre…

Als Terra sich für ein Treffen mit einem geheimnisvollen Kunstsammler davonschleicht und sich erneut in Gefahr bringt, kann Kaden nicht länger so tun, als hätte sein unbändiges Verlangen, sie zu beschützen, nur mit seinem Job zu tun. Nein, da ist eine nicht zu leugnende Hitze zwischen ihnen, die droht, sie beide zu verbrennen. Kaden will Terra um jeden Preis beschützen, aber kann er die Wildeste der Wildings zähmen, bevor sie doch noch in die Fänge des Wolfsjägers gerät?

Kapitel Eins

TERRA WILDINGS ZIMMER WAR IN DÄMONISCHES LICHT GETAUCHT.

Eigentlich war es nur das Dunkelkammerlicht, das alles in seinen blutroten Schein tränkte, aber es passte irgendwie zu der düsteren und gedrückten Stimmung, die Terra ergriffen hatte. Terras brandneues Vergrößerungsgerät war eben erst angeliefert worden und es juckte ihr in den Fingern, es auszuprobieren, aber alles, womit sie gerade arbeiten konnte, waren alte Aufnahmen. Alte Filmrollen. Fotos, die sie schon vor Monaten gemacht hatte, wenn es nicht sogar noch länger her war. Ihre letzte Galerieausstellung lag bereits acht Wochen zurück und selbst ihre Fotografien dort hatte sie bereits

Monate davor aufgenommen. Es war schon *so* lange her, dass sie Seattle mit all seinen Einwohnern, Gebäuden und schmutzigen Ecken durchkämmt hatte, um ihre Kunst mit einem Stückchen Leben zu füttern. Einen winzigen Funken Güte, den sie hervorbringen konnte, um ihrer Heimatstadt zu sagen: *Sieh nur, es ist nicht alles verloren, nicht einmal in deinen Tagen des Hasses.*

Doch bei all diesen Überfällen auf Shifter, die sich in letzter Zeit zugetragen hatten, fragte sie sich, ob das immer noch zutraf.

Sie schwenkte das Fotopapier durch die Entwicklerflüssigkeit, bis die Bilder aus der roten Dunkelheit heraus zum Vorschein kamen. Aber es waren keine Überraschungen dabei. Keine neuen Blickwinkel oder Perspektiven, egal wie sehr sie ihre alten Aufnahmen auch durchforstete oder zurechtschnitt. Sie benutzte ihre Zange, um den Fotoabzug aus der Entwicklerlösung zu nehmen und ins Stoppbad gleiten zu lassen. Sie brauchte einfach neues Material – und das würde sie bestimmt nicht hier im abgelegenen Familienanwesen des River-Rudels mitten in den Bergen bekommen, weit entfernt vom Herzschlag der Stadt.

Nur war ihre Stadt nicht mehr sicher für sie.

Sie beförderte den Abzug ins Fixierbad, spülte ihn dann ein letztes Mal ab und hängte den neu entwickelten Schnappschuss an ihrer Wäscheleine auf. Ein schwerer Seufzer entfuhr ihr, als sie ihren Blick über die Fotos wandern ließ, die ihre Wand bedeckten – in vier Reihen mit je zwanzig Bildern belegten sie zwei der vier Wände mit komplett wertloser Kunst. Das Fenster an der dritten Wand war gleich nach Terras Ankunft mit lichtundurchlässigem Material verhangen worden – zwei Rollläden, ein schweres Paar Vorhänge und schwarzes Klebeband an den Rändern. Die vierte Wand wurde von einem massiven Himmelbett und einigen Kunstwerken eingenommen, die Terra nicht abnehmen konnte, weil dies ihre Gastgeber gekränkt hätte. Eigentlich waren sie gar nicht so übel – die Gemälde, nicht die Gastgeber, denn die waren sowieso wunderbar. Die Bilder waren realistische Malereien der imposanten Berge, die das geheime Anwesen umgaben, aber sie entsprachen nicht ganz ihrem Stil. Und so störten sie sie tagtäglich, wie ein kratzendes Etikett, das in ihrem Oberteil zurückgeblieben war.

Sie seufzte erneut, als sie wieder auf ihr eigenes Werk blickte, und gab den Versuch auf, irgendetwas

Bedeutungsvolles darin zu finden. Stattdessen schaltete sie das große Licht im Zimmer ein, zog ihren Skizzenblock aus dem Nachttisch und rollte sich auf dem Bett zusammen.

Während ihrer endlosen Gefangenschaft im Berganwesen hatte ihr Bedürfnis, etwas Neues zu schaffen, sie wieder zu ihrer ursprünglichen Leidenschaft geführt – dem Zeichnen. Aber das, was mit Kohlestrichen auf ihrem Skizzenblock entstand, war sogar noch düsterer als die Dinge, die sie mit ihrem Kameraobjektiv einfing – Bomben, Körperteile, von Explosionen zerfetzte Shifter und zerrissenes Metall, Autos und Gebäude, alles von der Hassgruppe zerstört, die es auf das Wilding-Rudel abgesehen hatte. Die Bombenleger waren zwar nicht speziell hinter *ihr* her, aber sie war aufgrund ihrer Galerieausstellungen und den Artikeln in der *Artist Today* eines der bekannteren Mitglieder ihres Rudels. Der Wolfsjäger hatte ihre ganze Familie in seinem Doxing-Video als Shifter geoutet und ihre Namen und Adressen preisgegeben, und jetzt waren sämtliche Shifter-Hasser in ihrer Stadt wie versessen darauf, ihre dunklen psychischen Probleme mit Shifter-Blut und Chaos zu verarbeiten.

Sie würde niemals den Hass und die Gewalt

verstehen, aber dunkle psychische Probleme verstand sie nur zu gut. Die Dunkelheit der Welt hatte sie schon immer heimgesucht, sie umhüllt und damit gedroht, sie zu ertränken… und nun wurde es mit steigender Anzahl dieser hasserfüllten Menschen immer schwieriger, das Licht zu finden, das die Dunkelheit zurückdrängte.

Sie seufzte erneut. Sie war schon *viel zu lange* eingesperrt.

Terra schloss die Augen und versuchte, sich die sanfte Unschuld ihrer kleinen Schwester Cassie vorzustellen. Seit ihre Mutter gestorben war, war sie eine beständige Lichtquelle in Terras Leben gewesen. Auch Cassie war eine Vollzeitbewohnerin im geheimen Berganwesen und sogar Terras Zwillingsbruder, Trent, riss sich immer häufiger von seiner hektischen Arbeit in seinem Softwareunternehmen los, um ihnen Besuche abzustatten. Ihr Vater dagegen hielt sich immer noch in seinem Anwesen in Bellevue auf und verschloss wie üblich vor allem die Augen. Wahrscheinlich hatte er nicht einmal die Nachrichten über die Bombenanschläge mitbekommen. Terra flüchtete sich oft in ihre Kunstwelt, aber ihr Vater war ein wahrer Meister darin, die Realität zu verdrängen – als ihre Mutter gestorben war, hatte er sich zum Planeten Donnie Wilding begeben und war nie zurückgekehrt.

Terra rieb sich die Augen und massierte die Anspannung aus ihren Schultern. Es hatte keinen Sinn, sich den Kopf über Dinge zu zerbrechen, die sich niemals ändern würden. Ein Klopfen an der Tür hielt sie davon ab, sich wieder ihrer Zeichnung von Cassie zu widmen.

„Herein!“, rief Terra.

Ihr Cousin Noah öffnete die Tür. Er hatte ungefähr ihr Alter, hatte mit seinen einundzwanzig Jahren aber schon eine Menge durchgemacht – viel mehr als Terra. Allein ihn in der Nähe zu haben, erinnerte sie daran. In letzter Zeit hatte er fast seine ganze Energie darauf verwendet, die Bombenanschläge zu stoppen… einschließlich des Anschlags, der gerade an diesem Morgen passiert war.

Trotzdem überraschten sie sein finsterer Blick und der gestresste, verunsicherte Ausdruck in seinem Gesicht. „Terra, da ist jemand für dich an der Tür.“

„Ja?“ Sie schaute zurück auf ihre Zeichnung. „Ich hab gerade wirklich keine Lust, Noah.“

„Du musst runterkommen.“

Sie sah auf.

In seiner Miene lag eine dermaßen ernste Dringlichkeit, dass es sie unerwartet frösteln ließ.

„Es ist etwas passiert“, sagte er.

Oh Gott, nicht schon wieder. Terra spürte die Dunkelheit näher rücken, wie eine nasse Wolldecke, die sie zu ersticken drohte. Manchmal konnte sie das in der Welt entfachte Böse so deutlich spüren, als wäre es eine tatsächliche physische Kraft, die auf ihren Körper drückte.

„Na gut.“ Sie öffnete die Schublade ihres Nachttischs und legte ihren Block und den Kohlestift zurück.

Noah wartete an der Tür, offenbar um sie zu begleiten und dafür zu sorgen, dass sie seiner Aufforderung auch wirklich nachkam.

Terra strich ihr schwarzes T-Shirt glatt – es war mit Entwicklerlösung beschmutzt. „Ich hoffe, es ist nicht die Königin von England.“

„Ist es nicht.“ Noah lächelte nicht einmal.

Sie runzelte die Stirn, während sie sich in der Tür an ihm vorbeischob und er ihr in den Flur folgte. Das River-Anwesen war riesig, also hatten sie zumindest ein wenig Zeit, während sie sich durch die langen Korridore zu ihrem Ziel aufmachten, wo immer das auch sein mochte – doch es sah so aus, als wären sie in Richtung Eingangstür unterwegs.

„Was ist los?“, fragte sie.

„Es gibt ein neues Video vom Wolfsjäger.“ Noah kniff die Lippen zusammen und zögerte, fortzufahren.

„Und?“ Das Gefühl der Dunkelheit schnürte ihr die Brust zu. Sie konnte ihre Präsenz in den Worten spüren, die Noah nicht aussprechen wollte.

„Und er hat dich ins Visier genommen, Terra.“ Es schien, als müsste er die Worte regelrecht herauszwingen.

Terra blieb wie angewurzelt stehen und stützte sich an der blütenweißen Wand ab. *„Mich?“* Das erste Video des Wolfsjägers hatte sie alle geoutet. Danach hatte er in einer Reihe blindwütiger Videos seinem Hass auf Shifter freien Lauf gelassen – praktisch ein filmisches Manifest für seine Anhänger. Und diese hatten infolgedessen ihren Onkel ermordet – Arthur Wilding, einen der fünf Wilding-Brüder, die die Rudelfamilien anführten – und sogar Anschläge auf seine Tochter Nova verübt. Daraufhin war ihr Cousin Noah aus Afghanistan zurückgekehrt, um zu helfen, und hatte dafür fast mit seinem Leben bezahlt. Eine nach der anderen wurde jede der Familien ins Visier genommen, ausspioniert, gejagt…

Und jetzt war sie an der Reihe.

Der Boden unter ihren Füßen schien zu schwanken.

„Terra, alles wird gut.“ Die Hand ihres Cousins landete auf der bloßen Haut ihres Unterarms und half ihr, aufrecht stehen zu bleiben.

„Nein, wird es nicht.“ Sie streifte seine Hand ab und er wich zurück. Den einzigen Panzer, den sie gegen die überwältigende Dunkelheit hatte – gegen den Hass und den Terror, die wie eine Waffe auf ihre Familie gerichtet waren – war ein tiefer Brunnen der Wut. Sie zog diesen Panzer an und drängte sich an Noah vorbei, um weiter den Flur hinunterzulaufen. „Na los, lass uns gehen.“

Ihre Wut hatte eine geradezu belebende Wirkung auf sie. Wie konnte es dieser Wolfsjäger nur *wagen*, sie und ihre Familie zu bedrohen? Sie eilte zur Vorderseite des Hauses und auf das, was sie dort erwarten mochte, zu. Während Noah sich bemühte, sie einzuholen, wurden ihre Schritte größer und ihre schweren schwarzen Stiefel hämmerten über den glänzenden Holzboden des Flurs und die Treppenstufen zur Eingangstür herab. Aber was sie unten sah, war nicht annähernd das, was sie erwartet hatte.

Die Polizei war da.

Shifter und Polizisten passten *kein Stück* zusammen. Punkt. In den Augen der Wolfshasser, und zweifellos auch denen der Polizeibehörden, waren Shifter in erster Linie Verbrecher – oder zumindest potentielle Verbrecher. Selbst ein Großteil der zivilen Bevölkerung glaubte das insgeheim. Angeblich neigte ihre Wolfsnatur zur Gewalt… dabei waren es *die Menschen*, die Leute in die Luft sprengten. Und die Polizei, die wegschaute. Was niemand von ihnen je verstehen würde, war, dass *das Tier* der beste Teil eines jeden Shifters war.

Terra stemmte die Hände in die Hüften und ließ einen prüfenden Blick über den massigen Polizisten wandern, der den Türrahmen ausfüllte. Er war groß, breit und auf eine Art muskulös, die – zumindest bei einem Menschen – bedeutete, dass er viel Zeit im Fitnessstudio verbrachte und seinem Körper huldigte. Dennoch musste sie zugeben, dass das Ergebnis durchaus etwas Anbetungswürdiges an sich hatte. Seine ordentliche schwarze Uniform passte genau über seinen ausdefinierten Bizeps, seinen flachen Bauch und die muskulösen Oberschenkel. Es war die Art von perfektem männlichem Körper, die regelrecht um ihre Kamera bettelte, und ihr Künstlerauge erfasste unwillkürlich die Details, die ihn zu einem atemberaubenden Fotomodel machen würden – das tiefe Saphirblau seiner Augen, das raue Mitternachtsschwarz seiner kurzrasierten Haare, seine Körperspannung und die lässige und doch kraftvolle Haltung, wie er sich der versammelten Shifter-Meute gegenüberstellte. Doch so umwerfend sein Erscheinungsbild auch sein mochte, er war immer noch ein Polizist – also im Prinzip all das, was sie an der Menschheit verabscheute. Dieses makellose männliche Exemplar war nichts, was sie zeichnen oder fotografieren würde – es war der Feind, der an die Türschwelle ihrer Familie gekommen war.

Die Kälte in seinem starren Blick unterstrich diese Auffassung noch.

„Was soll das?“, fragte sie und zog verächtlich die Oberlippe hoch.

„Das ist Officer Kaden Grant, von der Polizei“, sagte Jaxson River, der Anführer des River-Rudels, der die Riverwise-Sicherheitsfirma leitete und dessen Familie das Berganwesen gehörte. Jaxson war durch und durch ein Alpha und eine Zeitlang hatte Terra geglaubt, er könnte *der Eine* für sie sein – ein Mann, stark genug, um ihr Partner zu werden. Gerade nachdem er Cassie aus den Händen dieser Verbrecher gerettet hatte, von denen sie im Auftrag der Regierung entführt worden war, war Terra sich sicher gewesen, dass Jaxson der Mann sein würde, der endlich ihre persönliche Dunkelheit durchbrechen konnte.

Aber sie hatte sich geirrt.

Sich mit Jaxson zu paaren wäre ihr Ende gewesen – sie wäre von dem Fluch getötet worden, von dem er besessen gewesen war. Terra hatte schon immer gewusst, dass der Tod sie verfolgte. Sie vermutete, dass es plötzlich passieren würde, wie der Autounfall, der ihr ihre Mutter genommen hatte. Wie ein unerwarteter magischer Fluch, der den Mann belegte, in dem sie ihren zukünftigen Partner gesehen hatte. Oder wie dieser Officer Grant, der in der Tür stand und sehr stark nach jemandem aussah, der sie in ihr Verderben führen würde.

Jaxson sprach sie jetzt direkt an. „Hat Noah dir von dem Video erzählt?", fragte er sie.

Noah nickte.

Terra sagte: „Hört sich fast so an, als hätte mein letztes Stündlein geschlagen."

„*Terra*... nein." Jaxson kam näher und legte ihr eine Hand auf die Schulter. „Wir lassen nicht zu, dass dir etwas passiert. Oder sonst irgendwem. Aber in diesem letzten Video..."

Jaxson sah zu dem Polizisten, der sie kühl musterte.

Sie verengte die Augen. Was zur Hölle sollte das?

Officer Grant räusperte sich und begegnete ihrem Blick. „Der Wolfsjäger hat heute Morgen ein weiteres Video veröffentlicht, Ma'am." Seine Stimme war tief und rau. „Diese Adresse hier wurde als Ihr aktueller Wohnsitz angegeben. Und angesichts der jüngsten WildLove-Bombenanschläge hat der Bürgermeister die Polizeibehörde beauftragt, Sie in Schutzhaft zu nehmen. Laut ihm sind Sie, ich zitiere: '*Eine angesehene Künstlerin, ein Juwel unserer Stadt.*'" Grant schenkte ihr ein kaum erkennbares Lächeln. „Was offenbar bedeutet, dass Sie Personenschutz verdient haben."

Terra wich zurück und warf Grant erneut einen verächtlichen Blick zu. Dann wandte sie sich an Jaxson. „Personenschutz?"

„Das Berganwesen ist nicht mehr sicher. Besonders nicht für dich." Jaxsons Blick war todernst und ein neues Rinnsal eisiger Angst sickerte durch Terras Brust und in ihren Magen, der sich fest zusammenzog.

Sie drehte sich wieder zu Officer Grant um. „Moment mal… in dem Video wurde gesagt, dass ich *hier* bin? Das heißt also, dass das geheime Familienanwesen enttarnt wurde. Wegen mir."

„Das hat *nichts* mit dir zu tun“, beharrte ihr Cousin Noah. „Dieser Verrückte hat dich zwar erwähnt, aber er ist hinter allen Shiftern her. Ich weiß nicht, wie er von dem Anwesen erfahren hat, aber in den letzten drei Monaten sind hier so viele Leute ein und aus gegangen, eigentlich ist es ein Wunder, dass es so lange unentdeckt geblieben ist.“

Anfangs hatte Terra nicht hierher kommen wollen – für sie war das Anwesen halb Gefängnis und halb Zuflucht – aber wenigstens waren hier Shifter. *Ihresgleichen.* Sie und Cassie waren hier sicher. Und jetzt wollte der Bürgermeister, dass die Polizei sie bewachte – deren Personal wahrscheinlich zur Hälfte diesen geheimen Wolfshassern angehörte.

Das war ihr Todesurteil.

„*Wir alle* werden das Berganwesen verlassen, Terra.“ Jaxson sah Officer Grant finster an. „Aber niemand kann dich zwingen, mit diesem Arschloch mitzugehen. Irgendwie werden wir schon für jeden einen Platz finden – bei Freunden, Shifter-Familien… wir schaffen das.“

Terra runzelte die Stirn. Es lebten nahezu fünfzig Shifter im Familienanwesen der Rivers, seit dieser Wahnsinn angefangen hatte – Wilding- und River-Rudel, Wölfe, an denen die Regierung

Versuche durchgeführt hatte, ganz zu schweigen von Mama River selbst. „Wirklich, Jaxson?“, fragte Terra. „Mal ehrlich, wie willst du für all diese Leute Plätze finden?“

Jaxsons Kiefer arbeitete und sie konnte sehen, dass ihm das Ausmaß des Problems bewusst war. Mehr als zwei Dutzend Shifter waren bereits von den Neuigkeiten an der Haustür angelockt worden und wahrscheinlich verbreitete sich die Kunde davon wie ein Lauffeuer durch den Rest des Berganwesens. Selbst Mama River, die Patriarchin des River-Rudels und Inhaberin des Anwesens, sah mit wachsamen Augen von der Küchentür aus zu.

„Ma‘am.“ Officer Grants tiefe Stimme riss sie aus ihren Überlegungen. „Ich verspreche, dass wir Ihnen einen sicheren Ort anbieten können—“

Ein Tumult unter den Shiftern hinter ihnen schnitt ihm das Wort ab. Es war ihr Bruder Trent, der sich einen Weg durch die Menge bahnte.

„Was zur Hölle geht hier vor sich?“, schrie Trent über die Köpfe hinweg, während er sich nach vorne durchdrängelte. „Terra, wieso ist die Polizei wegen dir hier?“ Wütend starrte er Officer Grant an, der immer noch auf der Türschwelle stand, aber nicht hereinkam.

„Ich bin nicht hergekommen, um sie festzunehmen—" Die Stimme von Officer Grant wurde eine Spur lauter.

Terra beachtete ihn nicht und sprach direkt zu ihrem Bruder. „Es gibt ein neues Video. Der Wolfsjäger ist jetzt hinter mir her." Allein die Worte laut auszusprechen, führte dazu, dass sie sich wieder benebelt fühlte. Sie griff nach dem Treppenpfosten. Jaxsons Hand stützte sie, so wie Noahs es zuvor getan hatte. Sie schob ihn weg, aber dann kam Trent an ihre Seite, um seinen Platz einzunehmen.

„Schon gut, Terra." Ihr Bruder versuchte, sie zu beruhigen, aber das war zwecklos.

„*Nichts* ist gut!", knurrte sie ihm ins Gesicht. Ihre Wölfin begehrte zornig auf und war bereit, die nächste Person mit ihren Krallen zu bearbeiten, die ihr sagte, dass alles *gut* werden würde, wenn offensichtlich war, dass *nichts* gut war. Und nie wieder werden würde.

Dann sah sie eine kleine, dunkelhaarige Gestalt, die sich durch die Menge schlängelte, indem sie sich Trents freigeschaufelten Weg zunutze machte. *Cassie.* Ihr langes, schwarzes Haar tanzte um ihre dünnen Schultern und ihre tiefen, dunklen Augen, wie die ihrer Mutter, sahen mit einer Mischung aus Angst und Traurigkeit zu Terra auf, als sie an ihrer Seite ankam.

Oh Gott. Sie durfte auf keinen Fall vor Cassie die Nerven verlieren. Durfte der Dunkelheit nicht nachgeben, nicht jetzt. Terra schob Trent zur Seite, kniete sich zu ihrer Schwester und schlang die Arme um ihren schmalen Körper. Ihr kleines Schwesterchen war erst zwölf und hatte kaum angefangen, richtig zu leben. Sie war noch so winzig und schmiegte sich in diesem Augenblick zitternd in Terras Arme. Das Mädchen war schon einmal in Gefangenschaft geraten, als man sie direkt auf der Straße vor ihrer Schule entführt hatte. Was auch immer hinter Terra her war – und diesmal fühlte es sich zweifellos so an, als würde der Tod sie endlich zu fassen bekommen – musste sie, komme was wolle, von ihrer kleinen Schwester fernhalten.

Und in diesem Moment wurde ihr klar: *Sie würde Cassie verlassen müssen.* Egal, wie sehr es ihr das Herz zerreißen würde.

„Keine Sorge, mein Schatz“, sagte Terra, während sie Cassie noch fester an sich drückte. „Es wird alles wieder gut, das verspreche ich dir.“

Doch die Augen ihrer Schwester waren immer noch weit und panisch aufgerissen, als Terra zurückwich. „Warum ist der Wolfsjäger hinter dir her?“, fragte sie und Angst schwang in ihrer süßen Stimme mit.

Terra schloss kurz die Augen, öffnete sie dann wieder und sagte: „Ich weiß es nicht, Kleines. Manche Menschen auf dieser Welt sind einfach böse.“ Ihre Kehle schnürte sich zu. Sie richtete sich wieder auf, hielt Cassies Schultern jedoch weiterhin fest. „Das River-Rudel wird sich ab jetzt um dich kümmern.“

Cassies Augen wurden noch runder. „Aber ich will bei *dir* bleiben.“

Oh Gott… ein Messer in ihrem Herzen wäre weniger schmerzhaft gewesen.

Jaxson kam ihr zur Hilfe und schob sich sofort an Cassies Seite. „Du musst dir keine Sorgen machen, Cass. Wir werden ein neues Zuhause für dich finden, das sogar noch besser ist, als das Berganwesen.“

Terra versuchte, ihre Dankbarkeit mit einem wortlosen Blick auszudrücken – denn im Augenblick traute sie sich kaum zu, sprechen zu können.

„*Terra.*“ Trent schüttelte den Kopf und sie wusste, was er dachte: Dass sie zusammenbleiben sollten. Aber die Leute aus Jaxsons Sicherheitsfirma hatten militärische Erfahrung und Trent war ein

Softwareentwickler. Auf gar keinen Fall würde sie Cassie in die Obhut ihres Bruders übergeben.

„Ihr tut, was auch immer Jaxson euch sagt“, wies sie Trent energisch an. Wenn er ihr in dieser Sache Widerstand leistete, dann *würde* sie die Krallen ausfahren. Doch Cassie zuliebe ließ sie ihre Stimme wieder weicher werden. „Bringt sie an einen sicheren Ort, Trent. Irgendwo weit weg von mir. Ich bin jetzt die Zielscheibe…“ Sie musste sich erneut räuspern. Alle Gesichter waren auf sie gerichtet, also sprach sie direkt zur versammelten Menge. „Ihr *alle* müsst euch in Sicherheit bringen. S*ofort*.“

Trent presste die Lippen zusammen, erhob aber glücklicherweise keine Einwände.

„Okay, alle herhören“, sagte Jaxson mit fester Stimme und übernahm wie üblich das Kommando. *Gott sei Dank.* „Wir müssen ungefähr fünfzig Shifter an sichere Orte umsiedeln, und zwar so schnell wie möglich. Das wird kein einfaches Unterfangen werden. Jeder von euch muss Ruhe bewahren und mithelfen.“

„Ich werde nirgendwo hingehen“, ergriff Mama River von der Küchentür aus das Wort. „Das hier ist mein Zuhause.“

Terra konnte nicht anders, als zu lächeln, und das half, die Tränen zu vertreiben, die gedroht hatten, ihr aus den Augen zu treten. Mama Rivers trotzige Reaktion, ungeachtet der Tatsache, dass ihr Sohn das Alphatier des Rudels war, war einfach genau das, was sie gerade hören musste. Sie hatte Mama River mehr ins Herz geschlossen, als sie zugeben wollte. Terra hatte keine Mutter mehr gehabt, seit sie noch kleiner als Cassie gewesen war, und Mama River schien für jeden wie eine Mutter zu sein, der durch ihre Haustür kam. Wenn ihr eigener Vater seine Elternrolle auch nur halb so gut erfüllt hätte, wie Mama River es tat, dann hätte Terra vielleicht nicht ihre ganze Jugend über als Cassies Ersatzmutter herhalten müssen.

Nicht, dass sie auch nur einen einzigen Moment davon bereute.

Jaxson sah leicht genervt, aber nicht wirklich überrascht aus. „Na gut, jeder *außer* meiner Mutter wird eine neue Unterkunft finden müssen. Und ich werde vier Freiwillige brauchen, die hierbleiben wollen und Mama River und das Anwesen beschützen – für den Fall, dass der Wolfsjäger sich dazu entschließt, hier aufzutauchen."

Jede Hand im Raum schoss in die Luft. Terra war nicht im Geringsten überrascht.

„Ich sagte *vier*", brummte Jaxson. „Mehr Leute

sind nur ein unnötiges Sicherheitsrisiko und das will ich auf keinen Fall eingehen.“ Er sah auf Cassie hinab, die ebenfalls ihre Hand erhoben hatte. „Das gilt auch für dich, Kurze. Aber bevor wir dich hier wegbringen – wie wäre es, wenn du und Mama River mir helfen würdet, die Personen auszuwählen, die hierbleiben sollen?“

Cassie stimmte ihrer bedeutungsvollen Aufgabe mit einem Nicken zu, begab sich in die Menschenmenge und prüfte gewissenhaft jedes Gesicht. Ein Schwall von Stolz, Dankbarkeit und einem Haufen anderer Gefühle durchströmte Terra und drohte, ihr die Fassung zu rauben. Jaxson war vergeben und würde niemals ihr gehören – aber er war die Sorte von Alpha, die zu ihr gepasst hätte, wenn das Schicksal nicht gegen die beiden gewesen wäre. Oder besser gesagt, gegen *sie*.

Sie machte sich keine Illusionen darüber, wem von ihnen der Tod nachstellte.

Aus einem Impuls heraus schlang Terra die Arme um Jaxson und umarmte ihn kurz, bevor sie ihn wieder losließ. „Danke“, sagte sie leise, dann wandte sie sich dem massigen Polizeibeamten an der Tür zu. Seine Miene war unergründlich, aber irgendetwas verbarg sich hinter diesen tiefblauen Augen – etwas Glühendes, das ihre Wölfin neugierig aufsitzen ließ. Natürlich gab es auch in der Menschenwelt Alphas – Terra wusste das, auch wenn sie lediglich mit Menschen verkehrte, wenn sie hinter ihrer Kamera war. Das bedeutete aber nicht, dass ihre Wölfin so auf einen von ihnen anspringen sollte.

Es mussten all diese Emotionen sein, die auf sie einstürzten und ihre Nerven verrücktspielen ließen.

Sie ging auf Officer Grant zu und starrte wütend in seine versteinerte Miene. „Ich komme mit Ihnen."

Trent tauchte an ihrer Seite auf. „Terra, was zur Hölle tust du da? Du kannst der Polizei nicht trauen."

Jaxson starrte Grant ebenfalls finster an. „Sie sollten vermutlich wissen, dass wir noch einen weiteren WildLove-Bombenleger in unserer Obhut haben. Wie wäre es, wenn Sie ihn anstatt Terra mitnehmen?"

„Ich kann einen Streifenwagen schicken, um ihn abholen zu lassen", sagte Officer Grant kühl. „Aber mir wurde der Fall von Miss Wilding zugewiesen."

Jaxson wandte sich wieder an sie. „Wir können einen anderen Ort für dich finden, Terra. Du musst nicht mit diesem Typen mitgehen. Mir ist egal, was der Bürgermeister sagt."

„Wenn die Polizei mich in Schutzhaft nimmt“, sagte sie mit ruhiger Stimme, „dann wird der Wolfsjäger bei ihnen nach mir suchen. Und *ich* bin diejenige, hinter der er her ist. Ich bin sicher, dass die Polizei gut auf mich aufpassen wird. Lass den Wolfsjäger ruhig seine Zeit mit der Suche nach mir vergeuden, während du alle anderen anderswo unterbringst.“

Trent knirschte mit den Zähnen. „Das ergibt überhaupt keinen Sinn.“

Sie warf ihm einen entschlossenen Blick zu. „Ich brauche meine Ausrüstung, Trent. Nur die Kameras. Sie sind in meinem Zimmer.“

Die Augen ihres Bruders blitzten auf, aber lediglich vor Wut und nicht vor Streitlust – er würde nicht versuchen, sie jetzt aufzuhalten, ihr aber vermutlich später die Hölle heiß machen. Auch Jaxson blickte sie finster an. Nur Officer Grant schien leicht zustimmend den Kopf zu neigen, aber das konnte sie sich auch nur eingebildet haben.

Unwirsch deutete sie dem Polizisten, seinen massiven Körper aus dem Türeingang zu bewegen, dann stapfte sie an ihm vorbei in die frühe Nachmittagssonne hinaus. Sein schwarzweißer Polizeiwagen war direkt vor dem Haus geparkt.

Das war's. So würde es enden. Der Tod ihrer

Mutter war tragisch und sinnlos gewesen – ein Unfall auf der Autobahn. Wenigstens würde Terras Tod einen Sinn haben. Sie würde Cassie etwas Zeit verschaffen, um zu fliehen. Weit weg von ihr. *In Sicherheit.*

Und Terra würde jeden Augenblick, der ihr noch blieb, ohne Reue leben.

Kapitel Zwei

Kaden sah dabei zu, wie Terra ihre Kameras aus seinem Wagen hievte – drei riesige schwarze Taschen voll.

Nach einer angespannten und stillen Fahrt aus den Bergen jenseits von Seattle, hatten sie endlich die Zeugenschutzunterkunft der Polizeibehörde erreicht. Die Wohnung war nicht viel mehr als ein schäbiger Betonwürfel, aber sie befand sich in einer relativ freundlichen und abgelegenen Wohngegend, weit entfernt von jeglichen Gangterritorien. Doch am entscheidendsten war, dass die Polizei schon seit Jahren beinahe durchgehend gefährdete Kriminelle in diesem Gebäude unterbrachte – Leute, die Kronzeugen oder Teil eines Zeugenschutzprogramms waren – ohne dass je jemand entdeckt worden war oder es sonstige Zwischenfälle gegeben hätte. Es war der perfekte Ort, um jemanden für eine Weile zu verstecken. Nur war Terra Wilding keine gewöhnliche Zeugin oder Verbrecherin.

„Lassen Sie mich Ihnen dabei helfen", sagte Kaden und griff nach ihren Taschen, bevor sie außer Reichweite war.

Terra warf ihm einen dermaßen finsteren Blick zu, dass er fast befürchtete, sie würde ihm an die Gurgel springen, sollte er ihre Taschen berühren. Dann kehrte sie ihm den Rücken zu und marschierte zur Eingangstür.

So war sie schon die ganze Fahrt über gewesen – zornige Blicke, kaum unterdrücktes Knurren, das er nichtsdestotrotz hören konnte, und genug nervöse Energie in ihrem dünnen kleinen Körper, um eine Kleinstadt zu beleuchten. Sie behandelte ihn genauso, wie jeder andere Shifter einen Menschen behandelte, nämlich wie Dreck. Was hatte er sich nur dabei gedacht, diesen Auftrag anzunehmen?

Ach, ja – er hatte nicht gewollt, dass seine Abteilung die Sache vermasselte.

Shifter waren miese Dreckskerle… zumindest größtenteils. Schon in seiner Jugend hatte Kaden mehr abgefucktes Shifter-Verhalten mitbekommen, als ihm lieb gewesen war, doch das war nichts gegen die heftige Brutalität, die er als Streifenpolizist in den Gebieten der Shifter-Banden erlebte. Hätte dieser Wolfsjäger nur die Gangs ins Visier genommen, hätten Kaden und der Rest seines Reviers eine Party für ihn geschmissen.

Aber dieses Mädchen war anders.

Sie war ein armes, reiches Kind, das ohne Mutter aufgewachsen war und sich zu einer berühmten Künstlerin gemausert hatte… und genau solche Menschen musste Seattles Polizeibehörde unbedingt beschützen.

Ganz abgesehen davon war sie verdammt heiß, mit ihrem dunklen T-Shirt, das sich an ihre Brust schmiegte, den hautengen Leggings, die ihre endlos langen Beine betonten, und dem silberfarbenen Schmuck, der an ihren Handgelenken baumelte. Dieses rabenschwarze Haar fiel ihr wild über die Schultern und obwohl ihre dunklen, kohlefarbenen Augen ihn die meiste Zeit wütend anstarrten, stand außer Frage, dass dahinter ein blitzgescheiter Verstand arbeitete.

Außerdem hatte sie einen Hintern, bei dem er einfach nicht aufhören konnte, ihn heimlich anzustarren.

Er hatte vergessen, wie scharf Shifter-Frauen sein konnten… und wie sehr sie sein Blut in Wallung brachten. Besonders die temperamentvollen.

Er tippte den Code für das elektronische Türschloss ein und hatte kaum die Haustür geöffnet, als sie sich schon an ihm vorbeidrängte. Kaden atmete tief durch, zählte im Kopf bis drei und stieß die Luft langsam wieder aus, während er Terra folgte. Egal wie sie ihn auch behandelte, er würde trotzdem seinen verfluchten Job machen und sie beschützen.

Sobald sie im Inneren des Apartments waren, streifte sie darin herum, als würde sie den Ort auskundschaften. Aber es gab nicht viel zu sehen. Die Wohnung war klein und spärlich möbliert – nur eine winzige Couch, ein alter Fernseher und ein Esstisch aus Glas, an dem gerade mal zwei Leute frühstücken konnten. Aber sie hatte eine komplett ausgestattete Küche und zwei Schlaf- und ein Badezimmer – genug für eine oder mehrere Personen in Schutzhaft, die dort mit ihren Bewachern unterkommen mussten. Denn das war er, genau genommen – ihr Bewacher. Oder zumindest hatte er sich dafür gemeldet. Denn seine ausgiebige Arbeit mit den Shifter-Gangs dieser Stadt hatte ihm überhaupt erst die Möglichkeit eröffnet, die Kontaktperson in diesem Fall zu sein. Das und die Tatsache, dass er sich nachdrücklich für den Posten beworben hatte, da er wusste, dass die anderen drei Bewerber, die am ehesten für den Job in Frage kamen, es vermasseln würden.

Und wahrscheinlich dafür sorgen würden, dass dieses Mädchen umkam.

„Hinten gibt es zwei Schlafzimmer“, rief Kaden, als Terra mit ihren dicken schwarzen Stiefeln über den abgenutzten, beigefarbenen Teppich in diese Richtung stampfte. „Suchen Sie sich gerne das Zimmer aus, das Ihnen besser gefällt.“

Sie verschwand hinter der Ecke und Laute der Abscheu drangen durch den Flur an sein Ohr. Auch einige gedämpfte Flüche waren dabei.

Kaden stand unbeholfen in der Mitte des kleinen Wohnzimmers und fragte sich, wo er überhaupt bei ihr ansetzen sollte. Sie schien aufrichtig sauer zu sein und er konnte nicht sagen, ob es an *ihm* lag, dem Wolfsjäger, oder einfach am traurigen Zustand der Wohnung. Vielleicht kamen auch alle drei Dinge zusammen. Kaden hatte seine Hausaufgaben gemacht, daher wusste er einiges über sie. Terra Wilding, aufstrebende Nachwuchskünstlerin, war die Tochter von Donnie Wilding, einem ortsansässigen Unternehmer, der eine erfolgreiche Dotcom-Firma gegründet hatte. Ihre Familie schwamm praktisch im Geld, was Terra zu sowas wie einer Prinzessin von Seattle machte. Dass er sie aus diesem Luxusanwesen in den Bergen und hinunter zum Boden der Gesellschaft geschleppt hatte, auf dem normale Menschen lebten, musste eine schwierige Umstellung für sie sein.

Er grinste, als sie im Schlafzimmer herumpolterte, aber das Grinsen starb schnell wieder. Denn in Wahrheit sagte ihm die Tatsache, dass sie Geld hatte, nichts über das Mädchen hinter diesen dunklen Augen. Er konnte erkennen, dass unter ihrer Oberfläche sehr viel vor sich ging.

Und diese Augen entwickelten bereits eine anziehende Wirkung auf ihn.

Doch dem nachzugeben wäre alles andere als klug. Denn mit seiner Schutzbefohlenen etwas anzufangen, stand *absolut nicht* zur Debatte, und das nicht nur, weil es jegliche ethische Grenzen überschreiten würde.

Sie war eine *Wölfin*. Und das konnte sehr gefährlich für ihn werden.

Er räusperte sich. „Solange Sie hierbleiben, sind Sie in Sicherheit“, rief er von seinem Platz im Wohnzimmer aus, an dem er immer noch verharrte. Er konnte ihr die Regeln genauso gut erklären, während sie noch den ersten Schock verdaute. „Aber wir müssen Ihre Anwesenheit hier so geheim wie möglich halten. Das heißt, keine Telefongespräche, keine ungenehmigten E-Mails, kein Verlassen der Wohnung ohne mich. Unsere Mahlzeiten werden vorbeigebracht und wahrscheinlich können Sie einmal die Woche aus der Wohnung, wenn wir die Erlaubnis und Unterstützung für einen Ausflug bekommen sollten."

Sie kam aus dem Schlafzimmer und durch den Flur zurückgestapft, hatte aber immer noch diese drei wuchtigen schwarzen Kamerataschen über ihren Schultern hängen.

Sie eilte an ihm vorbei und steuerte die Haustür an. „Ich werde nicht hierbleiben."

Was? Kaden hastete ihr nach und konnte sie gerade noch einfangen, bevor sie die Tür aufreißen konnte. „Wie bitte?"

Sie wirbelte zu ihm herum und starrte ihn verbittert an. Sie war nicht gerade klein – eigentlich war sie sogar relativ groß, schlank, aber dennoch mit den charakteristischen Shifter-Muskeln und an genau den richtigen Stellen kurvig, so wie Shifter-Frauen eben waren. Doch Kaden war größer als die meisten Männer, geschweige denn Frauen.

Er baute sich vor ihr auf.

„Sie können mich hier nicht gegen meinen Willen festhalten!“, fauchte sie.

Er hob die Hände. „Ich dachte, Sie hätten dem hier zugestimmt. Habe ich was verpasst?“

Wütend funkelte sie ihn an. „Ich habe das Anwesen des River-Rudels verlassen, damit meine Familie ohne mich untertauchen kann. Denn *ich* bin diejenige, die jetzt alle in Gefahr bringt. *Ich* bin diejenige, hinter der der Wolfsjäger her ist. Ich musste mich von meiner Familie distanzieren und Sie waren nur eine günstige Gelegenheit, um ausreichend Abstand zwischen sie und mich zu bringen.“

Was redete sie da? Er runzelte die Stirn. „Ihnen ist schon klar, dass Sie in ernsthafter Gefahr schweben?“

Sie schnaubte verächtlich und es hätte süß geklungen, wenn sie ihm nicht diesen Blick zugeworfen hätte, als würde sie ihn am liebsten in den Boden stampfen. „Als ob Sie mich beschützen könnten.“

Hitze stieg ihm ins Gesicht. „Ja, das war zumindest der Plan.“

„Sie wollen mich beschützen?“, schleuderte sie ihm entgegen. „Dann fangen Sie den Wolfsjäger!“

Das brachte seine Nackenhaare dazu, sich aufzustellen. „Unser Revier tut alles, was es kann, um diesen Wahnsinnigen ausfindig zu machen."

„Wirklich?", fragte sie, wobei sie sich zurücklehnte und die Arme verschränkte. Sie sah so aus, als versuchte sie zu entscheiden, ob er einfach nur dämlich war oder sie schlicht anlog. „Bis jetzt habt ihr nämlich rein gar nichts getan. Tun Sie nicht so, als hätten Sie etwas für Shifter übrig. Das haben Sie nicht. Sie machen das hier nur, weil Ihr Chef es Ihnen befohlen hat. Und weil der Bürgermeister schlecht dastehen würde, wenn jemand aus der *Artist Today* in seiner Stadt umgebracht wird. Die ganze Zeit über war es ihm scheißegal, dass diese Wolfhasser und ihr Anführer meine Familie und andere Shifter gejagt haben. Und sie haben sie mit Autobomben hochgejagt, Herrgott nochmal!"

Kaden hielt den Mund, aber ihre Worte setzten ihm zu. Denn er wusste, dass an all dem etwas dran war. Deshalb hatte er sich überhaupt erst als ihr Bewacher beworben.

„Nun, ich nehme meinen Beruf sehr ernst. Und ich habe die feste Absicht, Sie zu beschützen."

Sie schüttelte den Kopf, als wäre er bemitleidenswert. „Hören Sie, ich verstehe das. Sie sind bloß ein Kerl, der seinen Job macht. Das ist nicht

Ihre Schuld. Aber ich werde nicht hier rumsitzen und mich mit dieser Farce abfinden. Ich habe bereits einen Onkel verloren. Sogar meine kleine Schwester wurde schon einmal entführt. Ich werde weder sie noch den Rest meiner Familie irgendwelchen weiteren Risiken aussetzen. Also, wenn der Wolfsjäger mich will – lassen Sie ihn kommen und mich holen!"

Sie legte ihre Hand auf den Türgriff, als würde sie aus der Wohnung stürmen wollen.

Dieses Mädchen schien einen ausgeprägten Todeswunsch zu haben. Kaden packte ihr Handgelenk und zerrte ihre Hand vom Türknauf weg.

Terra knurrte und ging auf ihn los – plötzlich waren ihre Krallen ausgefahren und flogen auf sein Gesicht zu. Er bekam ihr anderes Handgelenk zu fassen und hielt so ihre Hände von seinem Gesicht fern… und von allem anderen, das sie mit diesen rasiermesserscharfen Klauen zerfetzen könnte. Dann schob er sie langsam mit dem Rücken an die Wand und drückte ihre Hände dagegen. Mit großen Augen und offenbar erstaunt von seiner Kraft wehrte sie sich gegen ihn, aber es wurde schnell klar, dass sie ihm nicht einmal mit ihren Shifter-Muskeln gewachsen war.

„Regel Nummer eins, solange Sie hier sind",

sagte er ruhig, während er sie immer noch gegen die Wand presste, „denken Sie nicht einmal daran, mir mit diesen Dingern zu drohen.“ Er richtete seinen Blick auf ihre Klauen.

Ihr Gesicht verzog sich vor Frust und Überraschung. Erneut versuchte sie, sich loszureißen, schaffte es aber nicht. Dann ließ eine dämmernde Erkenntnis ein Stirnrunzeln auf ihrer Miene erscheinen – Shifter-Frauen waren *verdammt stark* und sie waren sich dessen durchaus bewusst. Er war zwar groß und kräftig, aber ein normaler Mensch hätte nicht in der Lage sein sollen, sie derart in Schach zu halten.

Rasch ließ er sie los und trat einen Schritt zurück, bevor sie diesem Gedanken weiter nachgehen konnte.

Langsam senkte sie ihre Hände wieder, musterte ihn aber misstrauisch.

Verdammt, hoffentlich hatte er die Sache nicht schon vermasselt.

„Ich hätte aus Ihrem Griff shiften können“, sagte sie und beobachtete ihn prüfend.

„Sie hätten mir das Gesicht zerfetzen können“, gab er zurück. „Und für solche Verunstaltungen werde ich nicht gut genug bezahlt. Außerdem ist die

Krankenversicherung der Polizeibehörde nicht so besonders."

Sie warf einen Blick zur Tür und sah dann wieder zu ihm. „Sie können mich hier nicht festhalten."

Und schon befasste sie sich wieder damit, gehen zu wollen. Er unterdrückte einen Seufzer der Erleichterung, damit sie ihm nicht ansah, wie froh er über den Themenwechsel war. „Nein, kann ich nicht. Aber es wäre ziemlich dumm von Ihnen, durch diese Tür zu gehen. Ich bin Ihre beste Chance darauf, am Leben zu bleiben."

Sie musterte ihn mit zusammengekniffenen Augen, wofür sie sich ausgiebig Zeit nahm und ihren heißen Blick bei seinen Stiefeln angefangen hoch über seinen Körper gleiten ließ. Mit aller Macht bemühte er sich, dass seine körperliche Reaktion sich nicht auf seinem Gesicht widerspiegelte, aber es wühlte ihn innerlich *verdammt* auf, so von ihr angesehen zu werden. Er musste all sein Training und seine Erfahrungen im Umgang mit instabilen, zornigen Straßen-Shiftern aufwenden. Irgendwie war es einfacher, bei den Dreckskerlen die Ruhe zu bewahren, als bei diesem dünnen, kleinen Mädchen. Dieser *Frau*, korrigierte er sich. Sie war eindeutig eine ausgewachsene Shifterin, auch wenn sie erst einundzwanzig war. Und sie ging ihm viel zu einfach unter die Haut. Wenn er sie wirklich beschützen wollte, durfte er das nicht zulassen.

Als ihr Blick schließlich wieder zu seinem Gesicht wanderte, war ihre Miene weicher, offener. Ihre Augen waren rund geworden und die dunkle, tiefgründige Iris darin hatte sich geweitet. *Großer Gott*, sie war so hübsch, und als sie ihn auf diese beseelte Weise ansah… konnte er mehr als nachvollziehen, warum sie der Liebling des Bürgermeisters und der übrigen vornehmen Gesellschaft war, in der sie verkehrte.

Er wartete darauf, dass sie etwas sagte, entschlossen, möglichst ruhig zu bleiben und ihr entgegenzukommen. Denn sie hatte recht – sie konnte jederzeit durch diese Tür gehen und er hatte keine wirkliche Handhabe, sie hierzubehalten. Doch ihre Überlebenschancen standen mit ihm in dieser sicheren Unterkunft wesentlich besser als irgendwo anders in der Stadt.

Sie schürzte einen Moment die Lippen, dann sagte sie: „Ich brauche meine Ausrüstung. Mein Dunkelkammerzubehör. Ich kann mich in dem kleineren Zimmer einrichten."

Erleichterung durchströmte ihn. „Ich werde

mich darum kümmern, dass Ihre Ausrüstung hergebracht wird. Und ich werde alles tun, was ich kann, damit Sie sich hier wohlfühlen. Ich gehe davon aus, dass Sie eine Weile hier sein werden."

„Das bezweifle ich", sagte sie leise. Ihr Blick war auf seine Brust geheftet, aber sie schaute ihn nicht wirklich an. Ihre Augen hatten ihren Glanz verloren und die plötzliche Verletzlichkeit in ihrem weit entfernten, betrübten Blick weckte in ihm das Bedürfnis, die Hände auszustrecken und sie zu umarmen.

Was *nicht* passieren durfte.

Reiß dich zusammen, Kaden. „Es sollte kein Problem sein, Ihr Zimmer Ihren Anforderungen entsprechend umzugestalten. Ich werde sobald wie möglich damit anfangen." Er streckte die Hand aus, um eine ihrer Kamerataschen zu nehmen. „Warum lassen Sie mich Ihnen nicht erst einmal dabei helfen?"

Er wartete mit ausgestreckter Hand, dass Terra von sich aus die Kluft zwischen ihnen überwand und auf sein Angebot einging.

Ganze fünf Sekunden lang sah sie blinzelnd zu Boden und schwieg.

Er wartete. Blieb geduldig. In ihrem Inneren spielte sich eine Art Krieg ab, den er nicht wirklich verstand, aber verstehen wollte. Noch etwas, das gefährlich für ihn werden konnte.

Schließlich nahm sie einen der Riemen von ihrer Schulter und ließ die Kameratasche in seine ausgestreckte Hand fallen. Dann drehte sie sich ohne ein Wort um und ging in das hintere Schlafzimmer zurück. Er sah ihr nach, wie sie um die Ecke verschwand, und entschied sich dafür, ihr einen Moment zu geben, bevor er ihr folgen würde.

Außerdem musste er sich selbst erst wieder sammeln.

Er hatte sich für diesen Einsatz beworben, weil er sichergehen wollte, dass dieses Mädchen wirklich am Leben blieb. Und jetzt, da er sie kennengelernt hatte, konnte er verstehen, warum der Bürgermeister, obwohl er selbst ein Mensch war, Schutzgewahrsam für sie angeordnet hatte. Es wäre unverzeihlich, wenn die Stadt jemanden wie sie verlor. Kaden verstand nichts von Kunst, doch er konnte bereits etwas Besonderes in dieser Künstlerin sehen. Und allein das Betrachten einiger ihrer Werke während seiner Recherche hatte dazu geführt, dass er etwas sah, was er in dieser Stadt schon immer gesucht, aber nie wirklich gefunden hatte – die guten Dinge. Die Dinge, von denen er glauben wollte, dass sie existierten. Die er beschützen wollte.

Aber wenn Terra Wilding herausfand, wer er wirklich war, wären all seine Bemühungen zum Scheitern verurteilt.

Einschließlich seiner Fähigkeit, sie zu beschützen.

Kapitel Drei

Weniger als vierundzwanzig Stunden später war Terra kurz davor, durchzudrehen.

Sie ging in ihrem winzigen Schlafzimmer auf und ab, aber auch das half nicht. Sie hatte den Raum in eine Dunkelkammer umgewandelt, die spärlichen Möbel im Haus dreimal umgeräumt und es geschafft, etwa sieben Unterhaltungen mit ihrem sehr heißen Bodyguard und Gefängniswärter Officer Kaden Grant aus dem Weg zu gehen. Er schien der Ansicht zu sein, dass sein Job Small Talk beinhalten sollte, aber das war wirklich das Letzte, was sie im Moment ertragen konnte. Und jedes Mal, wenn sie ihn dabei erwischte, wie er sie mit diesen strahlend blauen Augen ansah, begann ihre Wölfin zu hecheln… was einfach nur verrückt war!

Er war ein Mensch.

Sie war noch nie zuvor mit einem Menschen zusammen gewesen und jetzt war bestimmt nicht der richtige Zeitpunkt, damit anzufangen… egal wie sehr ihr Körper sich nach einer Ablenkung sehnte oder wie sehnsüchtig ihre Wölfin nach *ihm* lechzte. Was überhaupt keinen Sinn ergab – selbst die meisten männlichen Wölfe waren nicht Alpha genug, um Terras Interesse zu wecken, wie konnte ein Mensch ihre Wölfin so aus der Fassung bringen? Die Antwort war ganz einfach, auch wenn Terra sich ihr nicht stellen wollte: Sie war emotional ausgewrungen und der Stress, darauf zu warten, dass ein Verrückter sie fand und tötete, setzte ihrem Kopf und ihrer Wölfin gewaltig zu.

Sie befand sich in einem sehr zerbrechlichen Zustand. Sie musste vorsichtig sein.

Und genau aus diesem Grund hatte sie den ganzen Tag damit verbracht, sich in ihrem Schlafzimmer zu verstecken, weit weg von der heißen Versuchung im Wohnzimmer. Es war der beste Weg, etwas zu vermeiden, was sie später bereuen würde. Doch dass sie nicht aufhören konnte, daran zu denken, wie umwerfend sexy Officer Grant seine Klamotten ausfüllte, war ein Zeichen für das Ausmaß ihres Wahns. Er hatte seinen Streifenwagen und die Uniform gegen eine unscheinbare hellbraune Limousine und ein schlichtes Outfit aus Jeans und T-Shirt eingetauscht – aber diese abgetragene Jeans schmiegte sich perfekt an seine muskulösen Oberschenkel und das T-Shirt haftete an seiner Brust als wäre es aufgemalt.

Mit anderen Worten, er war unfassbar *heiß*… und ihr eigener Körper betrog sie mit dem unentwegten Verlangen danach, dass sich all diese Muskeln fest gegen sie drückten.

Es machte sie rasend.

Als ein Klingelton ihres Laptops einen eingehenden Skype-Anruf ankündigte, hätte sie vor Glück beinahe aufgeschrien. Officer Grant hatte für sie eine Freigabe bewirkt, bestimmte Anrufe entgegenzunehmen, und das war der erste, der sie erreichte. Sie hastete zu ihrem Bett, griff nach dem Computer und nahm den Anruf mit einem Klick an. Es war Cassie, deren aufgewecktes, strahlendes Lächeln sofort den Bildschirm erhellte. Terra konnte nicht anders, als das Lächeln zu erwidern. Manchmal war Cassie das Einzige, das sie daran erinnerte, worum es im Leben wirklich ging.

„Das wirst du nicht glauben!“, sprudelte es aus Cassie heraus.

„Was glauben?“ Terra verschränkte ihre Finger,

stützte ihr Kinn darauf ab und beugte sich vor, damit Cassie wusste, dass sie Terras volle Aufmerksamkeit hatte.

„Wir wohnen mit einer richtigen Familie zusammen!“, sagte Cassie. „Sie sind Shifter, aber sie wurden nicht geoutet. Sie haben zwei Jungs und ein Mädchen und zwei Katzen, und eine davon ist ganz schwarz und hat tonnenweise Fell und sogar zusätzliche Zehen!“

Terra spürte ein seltsames Verlangen zu kichern in sich aufsteigen, aber es erreichte nicht ganz die Oberfläche. „Zusätzliche Zehen? Klingt nach ‘nem ziemlichen Unruhestifter.“

Cassie nickte ernst. „Oh ja. Auf jeden Fall. Sie jagt ständig der anderen Katze nach. Ich habe sie geschimpft und ihr gesagt, dass ich größere Krallen als sie habe und sie sich lieber benehmen soll.“

Dieses Mal konnte Terra ihr Lachen nicht mehr zurückhalten, aber es wandelte sich zu einer Art ersticktem Prusten, sodass sie es schnell wieder unterdrückte. Sie wollte nicht, dass Cassie wusste, wie nah sie dem Abgrund war… noch näher als sonst. „Das ist großartig, Cass. Also ist diese Familie… ist sie nett?“

„Oh Mann, ich hätte nicht gedacht, dass irgendjemand so nett wie Mama River sein könnte“, sagte Cassie. „Aber diese Frau – ihr Name ist Lillian – ist *so* lieb. Sie macht jedem von uns eigene Snacks zum Mittagessen und behandelt mich, als wäre ich eines ihrer Kinder. Ich meine, ich weiß, dass ich das nicht bin – aber ich merke, wie sehr sie sich bemüht, dass ich mich als Teil der Familie fühle.“

Terra musste die Tränen zurückkämpfen – und ihr beherztes Ringen war letztendlich erfolgreich. „Das ist fantastisch, Cassie.“ Mehr konnte sie nicht sagen. Cassie war zu jung dafür, doch Terra erinnerte sich noch an ihre Mutter – sie war herzlich und lustig gewesen, aber eine furchtbar schlechte Köchin. Cassies gesamte Kindheit über hatte Terra versucht, wie *sie* zu sein – lustig und liebenswürdig, und hin und wieder ließ sie sogar das Essen anbrennen, nur um aufleben zu lassen, was sie verloren hatten. Ihr Vater hatte sich in seiner Arbeit vergraben und es hatte an Trent und ihr gelegen, Vater und Mutter zu sein… auch wenn sie selbst noch Kinder waren.

Und jetzt hatte Cassie eine neue Mutter.

„Mir gefällt es hier wirklich gut“, sagte ihre kleine Schwester, „aber ich vermisse dich.“

Mehr konnte Terra nicht ertragen. Sie presste

ihre Handfläche gegen den Bildschirm und Cassie tat es ihr auf ihrer Seite gleich. Sie berührten bloß Glas, aber dennoch schwoll Terras Herz so stark an, dass es schmerzte. Tränen traten ihr aus den Augenwinkeln.

„Machst du fleißig deine Aufgaben?" Terra schniefte und versuchte, sich unauffällig die Augen zu trocknen.

„Oh, das Beste habe ich dir ja noch gar nicht erzählt! Ich darf wieder zur Schule gehen!"

Ein regelrechter Schock durchfuhr Terra. „*Was?* Wie kann das sein? Du bist doch erst einen Tag da."

„Ich weiß, aber Lillian hat gesagt—"

„Weiß Trent davon?", unterbrach Terra sie. Als diese Verbrecher, die im Auftrag der Regierung an Shiftern experimentierten, Cassie entführt hatten, hatten sie sie direkt auf der Straße vor ihrer alten Privatschule aufgegriffen. Einer Schule, die ihr Vater ohne groß nachzudenken ausgesucht hatte, und ohne zu überprüfen, ob es ein geeigneter Ort war. Ein *sicherer* Ort.

Cassies Lächeln verschwand. „Trent sagt, es ist okay, wenn *du* sagst, dass es okay ist." Die Traurigkeit, die die großen, runden Augen ihrer Schwester füllte, brachte sie beinahe um. „*Bitte*, Terra. Ich war *ewig* in diesem Berganwesen. Ich möchte einfach ein paar neue Freunde kennenlernen."

Schuldgefühle packten sie. Terra war alles andere als ein geselliger Mensch – sie fühlte sich hinter ihrer Kamera am wohlsten, wo die Distanz der Aufnahme ihr erlaubte, die kalte Wirklichkeit der Welt auf Objektivlänge von sich zu halten – aber Cassie entwickelte sich zweifellos zu einem extrovertierten Menschen. Sie war aufgedreht, gesellig und einfach eine Person, die stets gute Laune versprühte. Wenn Terra in ihrer Isolation schon verrückt wurde, musste Cassie völlig durchdrehen.

Aber Terra konnte sie nicht verlieren. Nicht noch einmal.

„Lass mich mit Trent darüber sprechen, Schatz", sagte sie sanft. „Wir können bestimmt eine Lösung finden, um deine Sicherheit zu gewährleisten."

Cassies Miene heiterte sich umgehend auf. „Okay." Sie verschwand vom Bildschirm, war aber schon einen Augenblick später wieder zurück. „Oh, und übrigens heiße ich nicht länger Cassie", sagte sie feierlich. „Mein Name ist jetzt Shelley." Sie beugte sich zur Kamera und flüsterte: „Das ist Teil meiner geheimen Identität. Wir sind undercover, weißt du."

Das zwang Terra erneut ein Lächeln ins Gesicht. „Okay, *Shelley*… holst du bitte Trent für mich?"

Cassie nickte und verschwand abermals vom Bildschirm. Terra hörte, wie sie durch ihr neues, idyllisches Zuhause trampelte und nach ihrem Bruder rief. Terra ließ ihre Schultern herabsacken, bereits erschöpft von all den Emotionen, die dieses Gespräch in ihr aufwühlte.

Einen Moment später erschien Trent vor dem Laptop. Er betrachtete ihr Gesicht, warf einen flüchtigen Blick über seine Schulter, scheinbar um zu prüfen, ob Cassie in der Nähe war, und wandte sich ihr dann wieder zu. „Du siehst furchtbar aus", sagte er mit einem düsteren Stirnrunzeln.

Terra schlug so heftig gegen das Display, dass der Laptop mit dem Bildschirmrücken auf ihrem Bett landete und Trent einen guten Blick auf die Zimmerdecke bekam.

„Okay, okay", krächzte seine protestierende Stimme aus den Lautsprechern. „Tut mir leid! Ich habe mir nur Sorgen um dich gemacht." Trent hielt inne. „Mensch Terra, jetzt mach mal halblang!"

Sie stellte den Laptop wieder auf und sah Trent böse an. „Wie kommst du dazu, Cassie zur Schule zu schicken?“

Seine hochgezogenen Schultern sanken herab. „Ach so, deswegen bist du so sauer. Manchmal kann man das bei dir echt schwer sagen, Schwesterherz.“

Nein, deswegen *war sie nicht so sauer, aber es musste als Vorwand herhalten.* „Ich habe dir gesagt, dass du sie *beschützen* sollst. Warum versprichst du ihr, sie mit all diesen Wahnsinnigen da draußen in der Öffentlichkeit umherlaufen zu lassen?“

„Ach, komm schon!“ Zorn blitzte in seinen Augen auf. „Vertrau mir mal ein bisschen. Ich werde Cass schon nicht in Gefahr bringen. Aber ich kann sie nicht zu Hause unterrichten, so wie du es im Berganwesen getan hast. Und Lillian tut schon genug, indem sie sie in ihre Obhut nimmt.“

Erneut drohten ihr Tränen aus den Augen zu treten. „Ich kann sie nicht nochmal verlieren, Trent.“

Seine Miene wurde weicher. „Ich weiß. Mach dir keine Sorgen. Ich habe das im Griff.“

„Und wie?“ Tief in ihrem Inneren wusste sie, dass Trent nicht wie ihr Vater war – er würde Cassie nicht im Stich lassen, wenn sie ihn am meisten brauchte – aber trotzdem brauchte sie weitere Details von ihm, um sich zu vergewissern. Und ihr Zwillingsbruder, der ungefähr zwei Minuten jünger war als sie, kannte sie gut genug, um diesbezüglich nicht mit ihr zu diskutieren.

„Es handelt sich um eine kleine Privatschule“, erklärte er. „Das Schulgeld ist wahnsinnig hoch, der Laden ist also äußerst exklusiv. Ich habe eine Spende in Papas Namen geleistet, daher waren sie bei der Sache mit ihrer neuen Identität ziemlich kulant. Außerdem wird einer der Sicherheitsmänner von Riverwise sie jeden Tag hin und zurück begleiten.“

Terra schürzte die Lippen und suchte nach irgendeinem Haken am Plan ihres Bruders, aber da war nichts, gegen das sie etwas einwenden konnte.

Trent hielt für einen Moment inne. „Wir bräuchten nur noch grünes Licht von dir. Cassie wird nicht zur Schule gehen, wenn du nicht damit einverstanden bist.“

Das brach ihren Widerstand endgültig. „Okay“, seufzte sie. „Ich weiß, dass sie dieses ganze Versteckspiel wahnsinnig macht. Geht mir nicht viel anders. Ich muss mal wieder raus, ein paar Fotos machen oder so. Ich brauche neues Material.“

Trents Augen wurden schmal. „Ich dachte, du wärst in dieser Polizeiunterkunft eingeschlossen."

„Bin ich auch." Sie schnaubte frustriert und strich sich die Haare aus dem Gesicht.

„Was tun die eigentlich genau, um dich zu beschützen?" Der Zorn war in sein Gesicht zurückgekehrt. „Du weißt ja, dass ich diesen Kerlen nicht traue."

„Mir geht's gut." Sie winkte ab. Das Letzte, was sie brauchte, war, dass Trent sich erneut über ihre Situation aufregte… und verlangte, dass sie Cassie bei ihrer neuen Bilderbuchfamilie Gesellschaft leistete. „Außerdem ist es nur ein Kerl, der mich bewacht – Officer Grant – und der ist harmlos." Gut, nicht gerade *harmlos*… aber sie war davon überzeugt, dass er keinen Hass auf Shifter hegte. Bei den Blicken, die er ihr zuwarf, schien er eher einer der Menschen zu sein, die insgeheim von Shifterinnen fasziniert waren und liebend gerne mal mit einer von ihnen ins Bett hüpfen würden. Normalerweise schleppten männliche Wölfe weibliche Menschen ab – die WildLove-App war immerhin genau für solche One-Night-Stands entwickelt worden – aber natürlich war es auch andersherum möglich. Es gab bloß nicht viele weibliche Wölfe…

doch zweifellos gab es menschliche Männer, die neugierig auf eine Nacht mit einer Wölfin waren.

Ihre innere Wölfin hechelte heftig bei dieser Vorstellung.

Gott, es war, als würden ihre Hormone verrücktspielen. *Was zur Hölle war nur mit ihr los?* Sie musste dringend hier raus. Und weg von Officer Traumtyp.

„Ich kenne diesen Blick“, sagte Trent, offensichtlich nicht allzu glücklich darüber. „Du planst irgendwas.“

„Ich muss einfach etwas *tun*“, sagte sie und stieß knurrend ihren Frust aus. „Bevor ich noch überschnappe.“

„Mensch, Terra.“ Der besorgte Ausdruck in seinem Gesicht wurde stärker. „Mach nichts Dummes. *Bitte.*“

„Danke für das Vertrauen.“ Jetzt galt ihr Knurren ihm.

„Ich meine es ernst“, entgegnete er und sein zorniger Blick kehrte zurück. „Du darfst dich nicht vom Fleck bewegen, bis diese ganze Sache aus der Welt geschafft ist. Cassie zuliebe. Denk daran, wie fertig es sie machen würde, wenn dir etwas zustößt.“ Die Anspannung in seiner Stimme erinnerte sie daran, dass ihr Bruder sich wirklich um sie sorgte. Und vermutlich hatte er recht.

Sie funkelte ihn trotzdem wütend an. „Ich verspreche, nicht unvernünftig zu sein."

Er nickte, sah aber noch nicht gänzlich überzeugt aus.

„Ich muss los", sagte sie und klappte den Laptop zu, bevor Trent noch etwas sagen konnte. Grollend stieß sie das Gerät so energisch von sich weg, dass es fast von der Bettkante gefallen wäre. Sie begann, wieder im Zimmer auf und ab zu gehen, aber das machte sie nur *noch* wahnsinniger. Stattdessen machte sie sich auf die Suche nach ihren Stiefeln – fand sie unters Bett gestopft – zog sie an und stampfte aus ihrem Zimmer.

Als sie aus ihrem Zimmer gerast kam, überraschte sie Officer Grant, der über sein Handy gebeugt auf der schmuddeligen Couch im Wohnzimmer saß und augenblicklich alarmiert aufsprang. Sie wusste selbst nicht, was sie vorhatte, aber sie brauchte einfach etwas Luft. Sie ignorierte seinen fragenden Blick, ging mit großen Schritten zum Fenster und riss die Vorhänge auf. Die Strahlen der Nachmittagssonne drangen durch die Jalousien, aber Terra konnte immer noch nichts sehen, geschweige denn das Fenster öffnen. Ohne Erfolg zog sie an den komplett verknoteten Schnüren, knurrte, und zerrte dann noch fester daran.

„Gibt es ein Problem?“, fragte Officer Grant hinter ihr. Er hatte sich ihr vom Sofa aus genähert und sein männlicher Geruch strömte ihr in die Nase – erdig und scharf, wie eine Wanderung an einem Wintertag. Ihre Wölfin winselte und wollte, dass sie sich umdrehte und von ihm kostete.

Verdammt. Wahrscheinlich war es ein Fehler gewesen, aus ihrem Zimmer zu kommen.

Terra riss die Jalousien fast aus ihrer Wandhalterung. Dann ballte sie die Fäuste und starrte auf die immer noch geschlossenen weißen Lamellen. *„Nein.“*

„Dieses *Nein* klingt verdächtig nach einem *Ja.*“ Officer Grant kam ihr noch näher.

Sie gestikulierte zu den Jalousien. „Haben Sie eine Ahnung, wie symbolisch das ist?“

„Äh… nein?“ Er war nun dicht hinter ihr.

„Meine Welt hat sich auf *das hier* reduziert.“ Sie schnipste mit den Fingern gegen die Jalousien. „Freiwillig gewählte Gefängnisstäbe, die mich hier drin festhalten und von der wirklichen Welt abschneiden. Wie eine undurchschaubare, leere Oberfläche, ohne jegliches *Leben.*“

„Sie sind in einer Kiste gefangen.“ Die Ruhe in

seiner Stimme und seine Worte wirbelten etwas in ihr auf – Hitze, Verlangen, Erleichterung, dass er *verstand*. Doch sie behielt all dies in sich, weil sie ihn nicht wissen lassen wollte, wie sehr diese Worte sie berührten.

„Das hier ist eine Todeskiste. Ich muss hier *raus*. Ich muss… *ich brauche meine Kunst.*“ Die letzten Worte waren nur ein Flüstern. Sie wusste, wie schwach sie das klingen ließ, aber sie konnte es nicht verhindern. Sie drehte sich zu ihm um. „Ich erwarte nicht, dass Sie das verstehen.“

Seine Miene wurde wieder unleserlich und verschlossen. „Sie halten wirklich nicht viel von mir, oder?“

Einen kurzen Moment klappte ihr Mund auf. *Er hatte recht.* Sie behandelte ihn unmöglich, besonders angesichts der Tatsache, dass er sie offensichtlich *sehr wohl* verstand, zumindest ein wenig.

Mit geröteten Wangen senkte sie den Blick. „Tut mir leid“, murmelte sie. „Das ist ja nicht Ihre Schuld.“

Er sah sie an und versuchte, ihren Blick einzufangen, aber das konnte sie nicht zulassen… dieses zerbrechliche Gefühl war zurück, als ob Teile ihres Körpers von der geringsten Brise auseinandergeweht werden könnten. Oder von einem seiner heißen Blicke. Sie verschränkte die Arme vor der Brust und starrte verbissen zur Seite auf eine der leeren Wohnzimmerwände.

Er seufzte, aber als er sprach, war seine Stimme sanft. „Es ist völlig normal, dass einem nach einer Weile die Decke auf den Kopf fällt. Ich hatte zwar gehofft, dass es länger als einen Tag dauern würde—"

Jetzt zwang sie sich doch, seinen Blick zu erwidern. „*Einen Tag?* Ich verstecke mich seit Monaten. *Monaten.* Die Kiste ist anders – kleiner, eine engere Schlinge um meinen Hals – aber das Gefängnis ist dasselbe."

Die Güte in seinen Augen ließ sie erneut den Blick abwenden.

„Es wird hart, aber du wirst das durchstehen, Terra", sagte er. „Es ist meine Aufgabe, dafür zu sorgen, dass du das schaffst, und ich habe einen nahezu perfekten Ruf auf dem Revier. Den will ich mir nicht ruinieren." Er versuchte zu scherzen, aber der Humor erreichte sie nicht. Konnte die Anspannung nicht abbauen, die sie fest im Griff hatte.

„Können wir wenigstens die Jalousien hochziehen?", fragte sie, ohne ihn anzusehen.

„Nein, sorry. Das ist nicht sicher." Aber seine Stimme war sanft.

„Darf ich hinaussehen?“ Sie sah ihn immer noch nicht an.

„Ich kann nicht riskieren, dass dich irgendjemand sieht.“

„Ich werde meine Kamera holen.“

„Terra—"

Sie wandte sich ihm zu und bat ihn mit flehendem Blick um Verständnis. „Ich muss *irgendetwas* tun.“

Er zögerte und hunderte verschiedene Emotionen schienen über sein Gesicht zu huschen – so schnell, dass Terra nicht einmal sicher war, welche es waren. Doch in diesem Moment wollte sie nur ihren Fotoapparat in der Hand halten und diesen gutaussehenden und gefühlvollen Mann vor ihrem Objektiv haben…

Seine Miene wurde einmal mehr undurchschaubar. „Okay. Die Kamera. Aber nichts anderes.“

Augenblicklich aufgeheitert jagte sie um ihn herum und sprintete fast zurück in ihr Zimmer. Vielleicht würde sie das Objektiv durch die Jalousien stecken und darauf hoffen, dass da draußen etwas anderes als eine Gasse war. Womöglich würde sie die Linse aber auch auf das lebendigste Ding in diesem kleinen, schäbigen Unterschlupf richten… Officer Kaden Grant.

Sie wühlte sich durch ihre Tasche und war schon auf halbem Wege zurück ins Wohnzimmer, als ihr Handy in ihrer Gesäßtasche summte. Sie zog es heraus und warf einen Blick auf das Display. Es war eine Nachricht von ihrer Freundin Sally. Sie war eine brünette, ältere Frau, aber immer noch hübsch, und sie hatte etwas für Terras Kunst übrig.

Officer Grant kam an ihre Seite geeilt. „Was gibt's?"

Sie zeigte ihm das Display, aber die Pop-up-Benachrichtigung war schon wieder verschwunden. „Eine Nachricht von einer Galeristin im Stadtzentrum von Seattle."

Officer Grant runzelte die Stirn.

Terra wischte übers Display, um die Nachricht zu öffnen, und überflog sie. „Sie kennt einen Privatsammler, der sich mit mir treffen möchte. Anscheinend hat er Interesse an meiner Kunst." Sie blickte auf. „Sie sagt, er sei ein Freund des Bürgermeisters."

Officer Grants Stirnrunzeln vertiefte sich nur noch. „Das gefällt mir nicht."

„Aber das ist doch spitze! Genau das, was ich brauche, um nicht den Verstand zu—"

Er hob einen Finger, um sie zu unterbrechen, während er sein eigenes Telefon hervorholte. „Antworte nicht. Mach gar nichts. Lass mich das erst überprüfen."

Sie biss sich auf die Lippe, während er seinen Anruf tätigte, und Aufregung und Anspannung sich damit abwechselten, auf ihren Magen einzutrommeln. In knappen Sätzen unterhielt er sich mit jemandem am anderen Ende der Leitung. Sein Stirnrunzeln wurde immer tiefer und als er das Telefongespräch beendete, zögerte er, bevor er sich ihr zuwandte.

„Offenbar ist da was dran. Der Bürgermeister persönlich hat diesem Treffen zugestimmt. Sagte, dass es gut für die Stadt sei oder sowas." Er blickte immer noch finster drein. „Mir gefällt das trotzdem nicht."

„Ja!" Triumphierend riss sie die Arme hoch.

Das zauberte ein kleines Lächeln auf Officer Grants Gesicht. „Okay, okay. Pack deine Kameras ein oder was du sonst noch so brauchst. Ich werde das Treffen arrangieren. Und dafür sorgen, dass wir nicht irgendein dummes Risiko eingehen. Mir ist egal, wer dieser Typ ist, selbst wenn es sich um ein uneheliches Kind des Bürgermeisters handelt, das ihn erpresst. Ich werde deine Sicherheit in keinster Weise gefährden."

Sein Beschützerinstinkt ließ noch mehr Freude

durch sie strömen und der Fröhlichkeit hinterherjagen, die bereits durch ihren Körper kreiste.

„Ich pack schnell meine Sachen.“ Beschwingt hüpfte sie in ihr Schlafzimmer.

Erst als er außer Sichtweite war, realisierte Terra, dass sie Officer Grant gerade zum ersten Mal lächeln gesehen hatte.

Kapitel Vier

Kaden gefiel das überhaupt nicht.

Er und Terra waren mit dem Wagen in Richtung Innenstadt unterwegs. Scheinbar war dieses Treffen von ganz oben in der Befehlskette, also vom Bürgermeister persönlich, genehmigt worden, sodass Kaden keine Möglichkeit hatte, sich zu weigern. Doch jede Faser seines Körpers sträubte sich dagegen. Es konnte doch nicht ernsthaft sein, jemanden, der sich in Schutzgewahrsam befand, mitten in die Innenstadt zu fahren, um einen komplett Fremden zu treffen – selbst wenn dieser Fremde ein Freund des Bürgermeisters war. Kaden war erfahren genug, um zu wissen, wie die Dinge abliefen, besonders innerhalb von Seattles Polizeibehörde – der „Freund" des Bürgermeisters war vermutlich ein politischer Geldgeber oder irgendjemand, dem er einen Gefallen schuldete. Oder der Nachbar vom Bruder eines entfernten Cousins, der etwas gegen den Bürgermeister in der Hand hatte. Es war die typische politische Scheiße. Doch es hielt jede Menge tödliche Gefahren für Terra bereit. Außerhalb ihrer Wohnung konnte er unmöglich alles unter Kontrolle haben.

Doch diese Entscheidung lag nicht bei ihm.

Terra hingegen saß strahlend auf dem Beifahrersitz neben ihm. Die Veränderung in ihr war nicht zu leugnen, jetzt, da sie draußen war und arbeitete. Fast die gesamte Fahrt über klebte ihr Fotoapparat vor ihrem Gesicht und sie hatte Fotos von… irgendwas geschossen. Er war sich nicht ganz sicher, wovon, aber sie hatte ein paarmal die Kameraobjektive gewechselt und mindestens zweimal ihre Speicherkarte ausgetauscht. Er musste zugeben, dass ihm das Lächeln auf ihrem Gesicht gefiel.

Wenn diese Sache bloß nicht so leichtsinnig und gefährlich wäre.

Sie schien völlig unbekümmert zu sein… zumindest im Moment. Dieses Mädchen machte einen verrückt. In der einen Minute war sie stinkwütend und in der nächsten waren diese großen schwarzen Augen voller Kummer. Doch eigentlich spielte es keine Rolle, auf welcher Seite des Gefühlsspektrums sie sich befand – alles davon löste ein enormes Bedürfnis in ihm aus, sie zu beschützen. Natürlich war es sein Job, aber es war mehr als das. Irgendwie war sie ihm unter die Haut gegangen und sie zu beschützen war zu etwas *Persönlichem* geworden. Nicht die Art von persönlich, bei der er ihr die Kleider vom Leib riss und ihren Körper mit seinem erkundete – er musste sich immer wieder ins Gedächtnis rufen, dass *das* nicht infrage kam – aber wenn sie diesen verlorenen Blick in ihren Augen hatte, war alles, was er wollte, diesen wegzuküssen.

Kurz vor ihrem Ziel fuhr er den Wagen in eine Tiefgarage. Terra packte ihre Kamera zurück in die schwarze Tasche, die auf ihrem Schoß lag. Ihr Lächeln wurde schwächer, als sie in die Dunkelheit hinabrollten. Kaden fuhr im Kreis, bis er einen Platz gefunden hatte, der sowohl nah am Aufzug als auch am öffentlichen Ausgang war. Er wollte sich möglichst viele Optionen für einen schnellen Rückzug zum Auto offenhalten.

Er parkte den Wagen und wandte sich ihr zu. „Okay, damit das klar ist: Wir gehen rein, reden mit diesem Kunstsammler und dann hauen wir wieder ab. Kein Herumtrödeln. Wir halten uns dort nicht länger auf, als wir müssen."

„Verstanden." Doch die Bereitschaft, mit der sie zustimmte, irritierte ihn. Er hatte mehr Widerspruch erwartet.

„Ich mein's ernst, Terra." Er versuchte, sich seinen Frust nicht anmerken zu lassen. „Es ist meine Aufgabe, für deine Sicherheit zu sorgen. Und dafür musst du tun, was ich sage."

Sie nahm ihre Kamera wieder aus der Tasche, richtete sie auf ihn und knipste ein paar unvorteilhafte Fotos von ihm, während sein Mund offenhing und er sich fragte, was zur Hölle sie da tat. Das schelmische Grinsen auf ihrem Gesicht war den Schock, der sein Gehirn kurzzeitig lahmlegte, beinahe schon wert. Dann verstaute sie die Kamera und lächelte auf eine Art, die auch den letzten klaren Gedanken aus seinem Kopf vertrieb.

Gütiger Himmel, dieses Mädchen würde ihn noch in Schwierigkeiten bringen.

„Rein und raus", sagte sie lächelnd. „Das ist alles. Versprochen."

Er seufzte und nickte knapp. Sie stiegen aus dem Auto und noch bevor sie die Straße erreichten, hatte sie schon wieder ihren Fotoapparat hervorgeholt.

Dieser Teil des Stadtzentrums war ziemlich edel – glänzende Läden, in denen überteuerte Handtaschen verkauft wurden, Schaufenster mit Schmuck, der zur Prinzessin von Monaco gepasst hätte, und verschiedene Cafés, die die Art von gesundem Essen anboten, auf das Seattles Hipster standen. Die Kunstgalerie lag zwischen einem Café und einer Buchhandlung, nur einen Häuserblock von der Tiefgarage entfernt.

Terra schien jetzt weniger Interessantes auf der Straße zu finden und verstaute ihre Kamera wieder. Oder aber sie bereitete sich innerlich schon auf das Treffen mit der Galeristin vor.

Kaden hielt ihr die Tür auf. Die breite Glasfront der Galerie ließ jede Menge natürliches Licht herein und die ausgestellten Gemälde und Fotografien waren auf überdimensionale Leinwände gedruckt und an Raumteilern befestigt, die scheinbar willkürlich in dem offenen Saal der Galerie aufgestellt waren. Es war wie ein Labyrinth, das einen dazu zwang, sich an all den unterschiedlichen Kunstwerken vorbeizuschlängeln, jedes mit seinem eigenen kleinen Infokärtchen. Kaden hatte keine Ahnung von Malerei oder Fotografie und daher auch keine richtige Meinung zu irgendeinem der ausgestellten Werke, aber die Galerie an sich war ein Sicherheitsalbtraum. Hinter den Trennwänden hätten sich hunderte Bombenleger der Wolfshasser verstecken können, und er würde sie erst sehen, wenn es zu spät war.

Er wich nicht von Terras Seite, wobei seine Hand direkt hinter ihrem unteren Rücken schwebte, ohne sie jedoch zu berühren. Es juckte ihm in den Fingern, auch noch die letzten Zentimeter zu überbrücken, aber sie schien seine Nähe nicht einmal zu bemerken. Sie schritt einfach durch den Galeriesaal und setzte ein breites Lächeln für die ältere Frau auf, die von weiter hinten auf sie zugeeilt kam. Die Galeristin war ganz in Schwarz gekleidet, das jeden Quadratzentimeter ihres spindeldürren Körpers bis hoch zu einem fürchterlich violetten Schal bedeckte, der um ihren Hals gewickelt war. Ihre riesigen Ohrringe, die jeweils aus einem Doppelring bestanden, klimperten, als sie Terra umarmte.

Die Umarmung schien endlos zu dauern. „Oh mein Gott, Terra, ich war so in Sorge wegen all dieser schrecklichen Vorfälle." Die Frau war ungeschminkt und ihr entsetzter Gesichtsausdruck wurde durch den straff nach hinten gebundenen Dutt und ihre zugekniffenen Augen noch verschlimmert. „Diese Videos sind abscheulich! Und jetzt..."

Sie wich zurück und legte Terra die Hände auf die Wangen. „Und jetzt sind sie hinter *dir* her, mein Kind! Wie erträgst du das überhaupt?“

Kaden musste ein Knurren unterdrücken. Das übertriebene Drama, mit dem diese Frau Terras bedrohliche Situation beschrieb, war wirklich *keine Hilfe*. Die Videos an sich waren schon schlimm genug.

Terra umarmte die Frau erneut und drückte sie fest an sich. „Du musst dir keine Sorgen machen, Sally, versprochen. Mir geht’s gut.“ Sie wich zurück und gestikulierte zu Kaden hinter ihr. „Siehst du? Ich habe meinen eigenen Bodyguard.“

Sally musterte ihn von Kopf bis Fuß. „Ja, das hast du.“ Es war mehr als ein bisschen unheimlich, von einer Frau beäugt zu werden, die dreimal so alt wie er war. Sie war älter als seine Mutter, und seine Mom mochte vieles sein, aber sie jagte keinen jüngeren Kerlen hinterher. Obwohl er schon so lange nicht mehr mit ihr geredet hatte, dass er absolut keine Ahnung hatte, was sie gerade tat. Er hatte dieses Leben hinter sich gelassen, als er sich geweigert hatte, sich den Gangs anzuschließen.

„Das ist Officer Kaden Grant“, sagte Terra. „Und er passt gut auf mich auf.“

„Schön, freut mich sehr, das zu hören.“ Sally

trat auf ihn zu und streckte ihm die Hand entgegen. „Terra ist ein seltenes Talent, ein Juwel. Sie müssen unbedingt alles tun, um sie zu beschützen." Sein unheimliches Gefühl von zuvor wurde von ihrer aufrichtigen Sorge um Terra etwas gemindert.

Wenigstens waren sie sich in diesem Punkt einig. „Der beste Weg, sie zu schützen, ist so kurz wie möglich hier zu sein." Kaden nickte Sally zu. „Nichts für ungut, Ma'am."

„Kein Problem." Aber sie ließ seine Hand los und trat einen Schritt zurück. „Und selbstverständlich sollten wir unser Treffen hier möglichst schnell abwickeln." Sie wandte sich Terra zu. „Dein neuer Förderer wartet hinten auf dich. Folgt mir." Daraufhin huschte sie in ihren Ballerinaschuhen lautlos über den Betonfußboden davon, verschwand hinter einem der Raumteiler und steuerte durch das Labyrinth die Hinterseite der Galerie an.

Kaden blieb weiter nah bei Terra, während sie der Frau folgten.

Terra neigte ihren Kopf nach hinten und flüsterte: „Bitte entschuldige Sally – ich glaube, sie baggert jeden Mann an, der durch ihre Tür kommt."

Das entlockte ihm ein Grinsen. „Ach, das hat sie also gemacht?"

„Komm schon! Erzähl mir nicht, du hättest nicht gemerkt, wie sie dich abgecheckt hat." Terra funkelte ihn an, worauf sein Körper viel zu stark reagierte.

„Ich habe keine Ahnung, wovon du redest."

Terra verdrehte die Augen, aber sie mussten ihre Unterhaltung beenden, da sie den hinteren Teil der Galerie erreicht hatten. Sally führte sie durch eine weiße Tür, die fast nahtlos mit der Wand verschmolz. Auf der anderen Seite befand sich der Lagerbereich der Galerie – verpackte Bilder und gestapelte Kisten säumten die Wände einer höhlenartigen Lagerhalle. Ein Mann in einem engen, maßgeschneiderten Anzug stand etwa drei Meter von ihnen entfernt mitten im Raum – Kaden schätzte ihn sofort als jemanden ein, der viel Geld hatte. Mitte 30, muskulös, aber dennoch schlank, stechend blaue Augen und dunkles Haar – und die Sorte Mensch, die es gewohnt zu sein schien, das zu bekommen, was sie wollte.

Kaden konnte ihn augenblicklich nicht leiden.

Sally stellte ihn vor. „Terra, das ist Julius McGovern. Er kommt mit den höchsten Empfehlungen des Bürgermeisters. Es scheint, als hätten beide Herren etwas für deine Kunst übrig."

Julius lächelte und seine Augen weideten sich

auf eine Art an Terra, die Kaden gewaltig auf die Nerven ging. Dann kam der Mann über den Betonfußboden auf sie zu geschlendert und nahm Terras Hände in seine. Sein Blick wanderte über ihr Gesicht, als würde er ein Kunstwerk betrachten, dann beugte er sich vor und küsste sie kurz einmal auf jede Wange.

Kaden musste gegen den unmittelbaren Impuls ankämpfen, diesen Typen durch den Raum zu schleudern. Das heftige Bedürfnis, dieses Arschloch davon abzuhalten, Terra zu berühren, war so stark, dass es ihn selbst überraschte – und diese Überraschung ließ ihn mehr als alles andere an Ort und Stelle verharren.

Terra wirkte ebenfalls perplex. Doch gerade als Kaden diesem Scheiß ein Ende bereiten wollte, ergriff Julius das Wort. „Bitte verzeih mir, meine liebe Terra." Sein Lächeln war ölig und überheblich. „Ich war nur überwältigt von deiner Schönheit und da deine Kunst bereits einen Platz in meinem Herzen hat, bin ich kurzzeitig unvernünftig geworden."

Terra schien sich zu entspannen, doch Kaden brachte dieser Schwachsinn nur noch mehr auf die Palme. Redete man in der Kunstwelt etwa wirklich so bescheuert? Für ihn hörte es sich fast so an, als hätten sie es hier mit einem Stalker zu tun, aber was wusste er schon über Kunstsammler? Möglicherweise war er einfach ein normaler Bewunderer ihrer Arbeit. Kaden richtete sich also nach Terra, die unter dem Lob des Mannes aufzuleuchten schien.

„Ich weiß nicht so recht, was ich dazu sagen soll“, stotterte sie und Kaden musste zugeben, dass die Schamesröte auf ihren blassen Wangen mehr als nur ein bisschen attraktiv war.

Julius schien dies ebenfalls zu bemerken und fast hätte Kaden laut losgeknurrt, als der Mann seine Hand an ihre Wange hob und leicht über die gerötete Haut dort streichelte. „Du bist wirklich ein Kleinod“, sagte er sanft. Glücklicherweise ließ er danach Terras Hände los und trat ein paar Schritte zurück.

Kadens brodelnde Wut kühlte etwas ab. *Scheiße.* Entweder interpretierte er all das hier falsch, oder sein überbordender Beschützerinstinkt gab ihm einen berechtigten Grund dazu, diesem Kerl den Kopf abreißen zu wollen. So oder so war er froh, dass der Typ auf Abstand ging.

„Nun, ganz offensichtlich bin ich ein riesiger Fan deiner Arbeit.“ Er warf einen kurzen Blick auf Kaden, schien dessen Anwesenheit aber für unwichtig zu halten und wandte sich wieder Terra zu. „Und ich würde dir gerne ein Angebot unterbreiten, falls du so freundlich wärst, es dir anzuhören."

„Natürlich." Terras Aufregung schwang deutlich in ihrer Stimme mit. „Ich bin sowieso schon dankbar, einen Vorwand zu haben, aus dem Haus zu kommen und wieder über Kunst reden zu können. Du kannst dir nicht vorstellen, was für eine Erleichterung das für mich ist."

Julius klatschte begeistert in die Hände. „Umso besser!" Er beugte sich vor und senkte seine Stimme. „Ich habe mir schon gedacht, dass dieser ganze Unsinn mit diesen Videos und dem Wolfsjäger dich ziemlich belasten muss. Und da habe ich mich gefragt, Julius, was kannst du tun, um dieser armen jungen Frau in dieser furchtbaren Situation zu helfen? Und dann kam mir ein Geistesblitz." Wie zur Unterstreichung schnipste er mit den Fingern. „Ich hoffe, du gestattest mir einen Moment, die Idee auszuführen."

Terra nickte eifrig. „Ich bin sehr gespannt."

Julius gestikulierte vage zu den verpackten Kunstwerken um sie herum. „Was ich von deinen bisherigen Arbeiten gesehen habe, war absolut großartig und faszinierend – du schaffst es, Seattles dunkle Seite zu betrachten und dabei diese gewaltige Leuchtkraft hervorzubringen. Selbst bei denjenigen von uns, die diese Stadt bereits kennen und lieben, hat es für ein tieferes Verständnis gesorgt, aber für alle außerhalb von Seattle hast du ein Image der Stadt geschaffen, das sie so vorher nicht hatte – ein schlagendes Herz der Menschlichkeit. Dass du imstande bist, die Fantasie so vieler Menschen zu beflügeln, zeigt, wie groß dein Talent ist. Doch jetzt, bei all diesen neuen Enthüllungen über die Shifter unter uns… und all dem blindwütigen Hass und den Vorurteilen, die in die Öffentlichkeit schwemmen… finde ich, dass insbesondere *du* als Shifter-Künstlerin in der einzigartigen Position bist, diesen neuen Aspekt unserer Gemeinde zu beleuchten."

Terras dunkle Augen leuchteten auf. „Wie meinst du das?"

Julius deutete ihr mit gekrümmtem Finger, näherzukommen. Kadens Alarmglocken schrillten erneut, als der Mann eine Hand auf ihre Schulter legte.

„Ich würde gerne etwas bei dir in Auftrag geben", sagte er.

Wieder musste Kaden ein Knurren unterdrücken. „Was ist das für ein Auftrag?"

Alle drei – Sally, die Galeristin, Julius, der schmierige Kunstmäzen, und Terra – warfen ihm stutzige Blicke zu, als hätten sie nicht erwartet, dass er während dieses ganzen Unterfangens überhaupt etwas sagte. *Natürlich.* Er war ja nur der hirnlose Muskelprotz. Aber er war hier, um für Terras Sicherheit zu sorgen, und bei diesem Julius schienen die Probleme schon vorprogrammiert zu sein. Und das nicht nur, weil Kaden Julius jedes Mal, wenn er Terra berührte, seine überhebliche Fresse polieren wollte.

„Also…" Julius sah Kaden mit einer hochgezogenen Augenbraue an, richtete seinen Blick dann aber schnell wieder auf Terra. „Ich möchte, dass du einen Bildband erstellst. Und zwar zum Thema 'Die Menschen von Seattle.' Nur dass du in diesem Werk keine Menschen, sondern *Shifter* abbilden wirst – aber nicht in ihrer menschlichen Gestalt."

Terra runzelte die Stirn. „Du meinst, ich soll Shifter in ihrer Wolfsgestalt fotografieren?"

„Genau!" Begeistert zeigte Julius mit dem Finger auf sie. „Mir ist natürlich sehr wohl bewusst, dass Shifter besonders im Moment nicht geoutet werden wollen. Du selbst leidest ja unter der Tatsache, dass jeder weiß, dass du nicht nur eine Künstlerin, sondern auch eine Wölfin bist. Doch ich finde, dass gerade das dich zur perfekten Fotografin macht, um dieses Kunstwerk zu erschaffen. Es gibt hunderte, möglicherweise tausende von gewöhnlichen Leuten – von denen du wahrscheinlich schon einige vor der Kamera hattest – die heimliche Shifter sind. Ich habe kein Interesse daran, sie bloßzustellen, aber wenn du sie in ihrer Shifter-Gestalt fotografieren und hervorheben könntest, dass diese Wölfe in Wirklichkeit auch nur Menschen sind…"

Terras gesamter Körper strotzte jetzt vor Leben. „Ja! Allein der Titel 'Die *Menschen* von Seattle' würde sie vermenschlichen. Und es wäre der Kontrast zwischen dem Titel und den Bildern – Menschen und Wölfe – der dem Werk Leben verleihen würde. Wenn wir dazu noch eine Geschichte erzählen können, ihre Lebensgeschichte…" Sie atmete aufgeregt ein und war jetzt die personifizierte Begeisterung. „Es würde definitiv die Menschlichkeit der Shifter betonen."

Ihre Wangen waren rosarot, ihre Augen glänzten und ein Lächeln umspielte ihre Mundwinkel. Was Terras Kunst mit ihr machte… nun, das gefiel ihm. *Sehr sogar*. Sie war von sich aus schon wunderschön und das hier ließ sie auf eine Art lebendig werden, die ihn tief in seinem Inneren berührte.

Was dazu führte, dass er Julius erst recht von ihr wegstoßen wollte.

„Das ist brillant!“, frohlockte Sally, die sich zum ersten Mal zu Wort meldete. „Absolut genial! Terra, mein Liebes, du *musst* mich das ausstellen lassen, sobald es fertig ist. Es werden sich bestimmt auch andere darum reißen, aber bitte, ich flehe dich an, lass mich die Erste sein.“

Terras Lächeln erhellte das gesamte Lager. „Na klar. Es wäre mir eine Ehre.“ Zu Julius sagte sie: „Ich liebe diese Idee, aber ich müsste dafür…“ Über die Schulter sah sie zu Kaden und Zweifel trübten ihren Blick. „Ich müsste draußen sein, unter Shiftern. In der Stadt.“

Kaden machte sich bereit, seine Einschätzung dazu abzugeben. Er schüttelte den Kopf. *Auf gar keinen Fall.* „Terra—“

„Selbstverständlich hätte deine Sicherheit höchste Priorität“, unterbrach Julius ihn. „Jederzeit. Dafür ist dein Bodyguard doch da, oder nicht?“

Wieder kam dieses starke Verlangen in ihm hoch, Julius ins Gesicht zu schlagen. Kaden konnte sich gerade noch zurückhalten. „Ich bin kein Bodyguard—“

„Oder“, schnitt Julius ihm wieder das Wort ab, „vielleicht ist das als Schutzmaßnahme auch zu wenig." Er gestikulierte abwesend in Kadens Richtung, seine Worte waren jedoch an Terra gerichtet. „Ich wäre mehr als gewillt, dir jeglichen Schutz zur Verfügung zu stellen, den du benötigst, meine Liebe. Lass es mich einfach wissen. Selbst wenn du eine ganze Truppe bewaffneter Wachen brauchst, sollst du sie bekommen!"

„Nein!", sagten Kaden und Terra gleichzeitig. Sie sah ihn verwirrt an, dann wandte sie sich wieder Julius zu. „Das wird nicht nötig sein. Außerdem fühlen sich meine Fotomodelle unwohl, wenn da mehr ist, als nur meine Kamera und ich. Sie müssen sich für meine Aufnahmen in ihrer Umgebung und der Situation verlieren, um sich mir zu öffnen und ihre innere Strahlkraft zur Geltung zu bringen. Das bekomme ich nicht hin, wenn sich eine ganze Mannschaft im Hintergrund aufhält." Stirnrunzelnd sah sie zu Kaden. „Selbst ein einziger Bodyguard wird problematisch sein, aber ich bin sicher, dass Officer Grant mehr als fähig ist, meine Sicherheit zu gewährleisten."

Ein warmes Gefühl breitete sich in seiner Brust aus, als er diese Worte aus ihrem Mund hörte. Doch er hatte seine eigenen Gründe, kein zusätzliches Sicherheitspersonal zu wollen – nämlich, dass er keinem anderen traute, einschließlich der Leute in diesem Raum.

„Natürlich“, sagte Julius und schien nicht allzu enttäuscht zu sein. „Ich werde es deinem Ermessen überlassen, wie du deine Kunst am besten gestaltest. Aber ich muss sagen, dass ich extrem aufgeregt bin, zu sehen, was du daraus machst.“

Terra schien für einen Moment nach Worten zu ringen… dann fiel sie Julius um den Hals und umarmte ihn. „Danke“, sagte sie leise. „Vielen, vielen Dank dafür.“

Kaden knirschte mit den Zähnen, als Julius‘ Hände bei der Erwiderung ihrer Umarmung etwas zu freundlich über ihren Rücken streichelten, aber sie lösten sich voneinander, bevor Kaden protestieren konnte. Oder gegen etwas geschlagen hätte.

Scheiße, diese ganze Sache brachte ihn gehörig aus der Fassung. *Sie* brachte ihn aus der Fassung.

Selbst wenn man seinen extremen Beschützerinstinkt außer Acht ließ, war diese ganze Angelegenheit eine ungeheuer schlechte Idee. Sobald er wieder allein mit ihr war, würde er versuchen, ihr die Sache auszureden. Aber im Moment war er in der Unterzahl. Und sie hörte ihm sowieso nicht zu.

„Sieht so aus, als ob wir hier fertig wären?“ Kadens Frage war direkt an Terra gerichtet.

Sie wich mit einem Lächeln im Gesicht von Julius zurück. „Ja, ich denke schon. Danke nochmal, Julius."

„Nein, ich danke *dir*, mein Liebes." Er lächelte breit. „Bitte sag mir direkt Bescheid, wenn du die ersten Aufnahmen präsentieren kannst." Er überreichte ihr eine kleine weiße Karte, auf der nur ein Name und eine Telefonnummer standen.

Terra nahm sie entgegen und bedankte sich erneut bei ihm. Kaden geleitete sie hinaus und sie ließen Sally und Julius im Lager zurück, während er Terra durch die Trennwände in der Galerie führte.

„Mir gefällt das nicht", sagte er leise, als sie draußen waren. „In der Stadt herumstreifen – wie kann das für dich Sinn machen? Es ist wahnsinnig gefährlich."

Sie ergriff seinen Arm und brachte ihn zum Stehen. „Es macht Sinn, weil ich dadurch in der Zeit, die mir noch bleibt, etwas Bedeutendes erschaffen kann."

Kaden kniff kurz die Augen zu, dann öffnete er sie und bohrte seinen Blick ernst in ihre tiefen, dunklen Augen. „*Die Zeit, die dir noch bleibt?* Terra, ich werde nicht zulassen, dass irgendjemand—"

Mit erhobenem Finger unterbrach sie ihn. „Das kannst du nicht garantieren. Nichts ist sicher. Nicht, ob man am Morgen aufwacht. Nicht, ob man den nächsten Tag erlebt. Nicht in diesem Leben. Ich weiß, dass du versuchst, mich zu beschützen, aber wenn der Tod mich holen will, wird er mich so oder so finden, egal, was du tust. Du musst mich das hier machen lassen. Es ist einfach zu wertvoll, um es nicht zu riskieren."

Der Tod wollte sie holen? Du liebe Güte. Er schüttelte den Kopf, aber er fand keine Argumente gegen diese Einstellung. „Terra, bitte mach das nicht."

Ihre Wut verschwand und ihre Miene wurde weicher. „Ich *muss*. Außerdem kenne ich den idealen Ort, an den wir gehen können – ein Ort, an dem ich sicherer sein werde als irgendwo sonst in der Stadt. Komm mit. Ich zeige ihn dir." Dann wandte sie sich von ihm ab und ging mit großen Schritten in Richtung Tiefgarage.

Kaden eilte ihr nach. Das war eine furchtbar schlechte Idee, aber er hatte keine Ahnung, wie er Terra aufhalten konnte, außer sie physisch ins Auto zu zwängen und zurück in die Zeugenschutzwohnung zu fahren. Und dagegen würde sie sich zweifellos wehren, mit Reißzähnen und Krallen. Dem wäre er zwar gewachsen, aber trotzdem… wahrscheinlich würde sie sich direkt beim Bürgermeister beschweren und man würde ihn schneller von diesem Auftrag abziehen, als er blinzeln konnte.

Und dann wäre sie noch schlimmer dran.

Verdammte Scheiße. War das ein Schlamassel.

Wo auch immer sie ihn hinschleppte, er würde einfach alles dafür tun müssen, die Gefahr für sie so gering wie möglich zu halten. Wenn er musste, würde er sie mit seinem Leben beschützen. Und das nicht nur, weil es sein Job war. Oder weil sein Beschützerinstinkt auf Hochtouren lief. Sondern weil sie wirklich versuchte, etwas Gutes für die Stadt und *all* ihre Bewohner zu tun, einschließlich der Shifter.

Und er musste sich zähneknirschend eingestehen, dass sie recht hatte – es war zu wertvoll, um es nicht zu riskieren.

Kapitel Fünf

Terra tauschte eilig eine weitere Speicherkarte in ihrer Kamera aus.

Sie konnte kaum glauben, wie viel Rohmaterial sie bereits hatte sammeln können. Zuerst auf der Autofahrt zur Kunstgalerie und jetzt, während sie sich in einen der sozialen Brennpunkte Seattles begaben, in dem das Leben etwas härter und verzweifelter ablief. Sie hatte schon genügend Bilder gemacht, um wochenlang in ihrer Dunkelkammer arbeiten zu können.

Officer Grant hingegen hätte sein Missfallen nicht deutlicher zeigen können. „Mir gefällt das wirklich überhaupt nicht." Er umklammerte das Lenkrad so fest, dass es unter seinen Händen knirschte.

Terra hielt ihren Fotoapparat aus dem heruntergelassenen Beifahrerfenster und schoss weitere Fotos, während sie an heruntergekommenen Ladenfronten und bröckelnden Wohnkomplexen vorbeifuhren. Wahrscheinlich würden die Aufnahmen unbrauchbar sein, aber vielleicht erwischte sie ja zufällig etwas Magisches. So oder so belebte es sie auf eine Art, die sie seit Monaten nicht mehr verspürt hatte.

„Wieso kannst du nicht verstehen, wie phänomenal Julius' Idee ist?", fragte Terra und bemerkte, wie Ärger in ihre Stimme sickerte. „Liegt es daran, dass du kein Shifter bist?" Sie spähte weiter durch ihre Kamera und sah ihn nicht an, war sich aber sicher, dass ihre Worte ihn noch saurer gemacht hatten.

Seine Antwort war überraschend sanft. „Die Idee ist gut. Aber ich mache mir um *dich* Sorgen."

Das ließ sie nun doch von ihrem Fotoapparat aufschauen.

Er blickte starr geradeaus auf die Straße. „Wir fahren in den mit Abstand schlimmsten Teil der Stadt."

Sie zuckte mit den Achseln. „Das ist halt die Gegend, wo die Shifter leben."

„Wo die Shifter-*Gangs* leben." Die Muskeln in

seinen Wangen arbeiteten. „Ich fahre hier Streife. Mir ist sehr wohl bewusst, was hier unten vor sich geht."

Terra zog ihre Kamera zurück ins Auto, um sich ihm direkter zuzuwenden. Sie wusste wirklich überhaupt nichts über Officer Kaden Grant. „Du kennst Shifter aus diesem Viertel?"

„Mehr oder weniger." Langsam drehte er den Kopf und warf ihr einen ernsten Blick zu. „Beim geringsten Anzeichen von Schwierigkeiten werde ich deinen hübschen kleinen Arsch hier wegbringen, egal ob du mit Bildermachen fertig bist, oder nicht – verstanden?"

Hübschen kleinen Arsch? Die Wölfin in ihr nahm dieses verdeckte Kompliment wie eine Eichhörnchenfährte auf und jagte ihm nach. Kaden wandte sich wieder ab und starrte auf die Straße vor ihnen, was Terra entgegenkam, da ihr vor Überraschung der Mund aufgeklappt war.

Sie schaffte es, ihn wieder zu schließen. „Verstanden."

Beinahe hätten sie die Stelle verpasst, an der sie hatte anhalten wollen. „Da drüben." Sie zeigte auf einen mit Unkraut überwucherten Parkplatz vor einem großen leerstehenden Lebensmittelgeschäft. Dies war zu so etwas wie einem Zufluchtsort geworden – sie war noch nie im Innern gewesen, hatte es aber während ihrer Streifzüge durch die Stadt entdeckt. Das Gebäude hatte einen nicht besonders geheimen Ruf, teils als Hauptquartier der Shifter-Gangs und teils als Unterkunft für arme, herumirrende Seelen zu dienen.

„Großartig“, sagte Officer Grant sarkastisch. Dieser Ort stand offenbar weit oben auf seiner schwarzen Liste.

Terra hatte viele Fotoausflüge in die Innenstadt unternommen, wobei sie auch durch die dunklen Gassen gestreift war, wo sich die Menschen aufhielten, die an den Rand der Gesellschaft gedrängt worden waren – aber sie hatte sich immer von den Shifter-Gangs ferngehalten, die einen großen Teil der Stadt beherrschten... einfach weil sie nichts mit ihnen zu tun haben wollte. Allerdings war sie für ihre Kunst bisher auch noch nie aktiv auf der Suche nach Shiftern gewesen – welche für gewöhnlich sehr auf ihre Privatsphäre bedacht waren. Aber jetzt, bei diesem neuen Projekt, waren die Shifter-Gangs *genau* das, was sie brauchte. Sie würden mehr als alle anderen profitieren, wenn die breite Öffentlichkeit davon überzeugt werden konnte, dass Shifter *Menschen* waren. Der Ruf der Gangs, in illegale Machenschaften verwickelt zu sein und zu

Gewalt zu neigen, war nicht gänzlich unverdient, aber größtenteils überzogen. Dennoch bewegten sie sich zweifellos im Zwielicht der Stadt, die sie als ihr Zuhause bezeichneten – weil sie keine Wahl hatten. Weil die Gesellschaft sie dazu zwang. Terra wusste nur zu gut, dass die Welt manche Menschen einfach vergaß. Sie hatte die unterschiedlichsten Leute gesehen, egal ob Shifter oder nicht, die durch die Maschen des sozialen Netzes gerutscht und heftig gefallen waren. Schlimme Dinge konnten jedem zustoßen.

Es war genau so, wie sie Officer Grant gesagt hatte: Im Leben gab es keine Garantien. Das wusste sie seit dem Moment, als ihre Mutter gestorben war und sich Terras Welt für immer verdunkelt hatte.

„Da hast du dir ja eine ziemlich üble Gegend ausgesucht." Kaden war um den Wagen herumgelaufen und hielt ihr die Tür auf, damit Terra aussteigen konnte.

„Ich bin eine Shifterin, Officer Grant. Das hier sind meine Leute. Und außerdem kann ich auf mich aufpassen." Sie rückte die Kameratasche auf ihrer Schulter zurecht und hob den Fotoapparat an ihr Gesicht, um einige Außenaufnahmen des heruntergekommenen Gebäudes zu machen. Zwei jung aussehende, sehr muskulöse Männer bewachten die

Eingangstür und musterten sie argwöhnisch. Eindeutig Shifter. Der eine nickte dem anderen zu und dieser verschwand im Innern. Sie wusste, dass das hier gefährlicher war, als sie behauptet hatte, aber Officer Grant brauchte bestimmt nicht noch einen Grund, beunruhigt zu sein.

„Du magst es zwar gewohnt sein, durch die Innenstadt zu ziehen“, sagte er, während er sie zur Tür des Gebäudes begleitete, „aber das hier ist anders. Das muss dir klar sein.“

Mit einem stutzigen Blick sah sie zu ihm hoch. Wie viel wusste er über Shifter und ihre Rudel? Doch sie hatte keine Zeit, ihn danach zu fragen, bevor sie beim muskulösen Wachmann an der Tür ankamen. Er war groß, breitschultrig und hatte dunkelbraune Augen – und war mit diesen Muskelmassen offensichtlich ein Shifter – hatte aber ein frisches Gesicht, das vermuten ließ, dass er noch mitten in seinen Teenagerjahren steckte.

Sie gestikulierte mit ihrer Kamera in der Hand. „Ich würde gern mit demjenigen sprechen, der hier das Sagen hat.“

Der Typ verschränkte die Arme und zog eine Augenbraue hoch. „Und was genau hast du *damit* vor?“ Er schoss einen kurzen Blick auf ihren Fotoapparat.

„Mein Name ist Terra Wilding—"

„Ja, ich weiß, wer du bist." Er kniff die Augen zusammen. „Jeder weiß das. Aber ich weiß nicht, was du hier willst. Schätze, es wäre das Beste, wenn du wieder verschwindest." Sein wütender Blick richtete sich auf Officer Grant. „Und jemanden wie *ihn* haben wir hier sowieso nicht gerne."

Jemanden wie ihn? Dieser Junge schien zu wissen, dass Kaden Polizist war.

Terra biss sich auf die Lippe und starrte zur Tür, in der Hoffnung, dass bald jemand kommen würde – schließlich war der andere Wächter losgegangen, um irgendwem Bescheid zu sagen. „Hör mal", sagte sie und streckte ihre Hände aus, um zu zeigen, dass sie mit Ausnahme der Kamera leer waren. „Wenn du weißt, wer ich bin, weißt du auch, dass ich eine Shifterin bin. Wir sind auf derselben Seite."

„Sieht für mich nicht danach aus." Erneut funkelte er den massigen Polizisten neben ihr finster an.

„Er muss nicht unbedingt dabei sein." Terra machte sich gar nicht erst die Mühe, zu Kaden zu sehen – sie konnte die Hitze seines *Nie-im-Leben*-Blickes förmlich auf ihrem Gesicht spüren.

Der Wachmann schnaubte belustigt, schaffte es

aber nicht mehr, etwas zu erwidern, bevor die Tür aufging.

Terra wollte dem, der hier das Sagen hatte, sofort ihr Anliegen vortragen, aber dann blieb ihr Mund einfach offen stehen. „Marco?“, keuchte sie und ihr gesamter Atem schien ihr dabei zu entweichen. „Mein Gott, Marco Wilding! Was zur Hölle machst du hier?“

Ihr Cousin stieß ein Knurren aus und seine dunkelblauen Augen glühten vor Wut. „Ich könnte dich dasselbe fragen, *Cousinchen*. Ich erinnere mich nicht daran, dich hierher eingeladen zu haben.“ Dann bemerkte er Officer Grant und wich zurück, wobei er noch lauter knurrte und die Krallen ausfuhr. Diese Bewegung brachte den jungen Wachmann draußen und die drei anderen Shifter, die Marco begleiteten und hinter ihm in der Tür standen, ebenfalls dazu, in Kampfstellung zu gehen.

Die Anspannung stieg ins Unermessliche.

„Bist du jetzt eine Art Drogenfahnderin, oder was, Terra?“, grollte Marco.

„*Was?*“ Terra sah zwischen ihrem Cousin und Kaden hin und her und versuchte dahinterzukommen, was hier vor sich ging.

Kaden hob beschwichtigend die Hände. „Ich bin nur hier, um das Mädchen zu beschützen.“

Was sollte das? „Marco!“ Terra wedelte mit der Kamera vor seinem Gesicht herum. „Ich bin hier, um Fotos zu schießen, nicht um Ärger zu machen. Ich hatte überhaupt keine Ahnung, dass du hier bist. Wie lange ist es her? Zehn Jahre? Ich habe dich nicht mehr gesehen, seit wir Kinder waren! Ich war nicht einmal sicher, ob du noch *lebst.*“ Die Wahrheit dieser Worte erfasste sie mit unerwarteter Heftigkeit und bevor sie wusste, was sie tat, taumelte sie vorwärts und fiel ihrem Cousin um den Hals.

Marco war schon als Kind ein düsterer und grüblerischer Mensch mit allerlei Problemen gewesen. Als er vom Erdboden verschwand, waren alle davon ausgegangen, dass er umgebracht worden war. Der rebellische Sohn ihres Onkels Frank Wilding hatte immer schon Schwierigkeiten gesucht… und es hatte so ausgesehen, als hätte er sie letztendlich gefunden. Onkel Frank war fast genauso nutzlos wie ihr Vater, es war also nicht so, als hätte er Tag und Nacht die Straßen nach seinem Sohn abgesucht. Doch für sie war es wie ein Schlag in die Magengrube gewesen, als Marco verschwand – er hatte immer zu ihren Lieblingscousins gehört.

Dass er die ganze Zeit hier in der Stadt gewesen war…

Marco zögerte einen Moment, schloss aber schließlich auch die Arme um sie und erwiderte ihre Umarmung. „Ich habe kein großes Interesse daran, Papa wissen zu lassen, wo ich so rumhänge", sagte er in einem ironischen Tonfall, der Terra zurückweichen ließ. „Und ich benutze den Namen Wilding nicht mehr, weil ich auf diese Familie scheiße. Nicht auf dich, Ter. Auf den Rest von ihnen."

Sie nickte. Die Wildings waren schon ein ziemlich verkorkster Haufen. Aber sie wusste, dass er hauptsächlich seinen Vater meinte.

Sie sah sich erneut um. „Also gehört das alles hier… dir? Das ist dein Rudel? Du hast hier das Sagen?"

Marco stieß ein leises Lachen aus. „Guck doch nicht so überrascht."

„Tu ich nicht, aber—"

„Wie auch immer." Er winkte ab. „Was machst du hier, Ter?" Sein Blick fiel auf ihre Kamera und wanderte dann wieder hoch zu ihr. „Und sag mir *bitte*, dass du gepaart bist, und nicht verrückt genug, um als alleinstehendes Weibchen in der Shifter-Unterwelt umherzustreifen." Sein Blick schnellte zu Officer Grant. „Besonders wenn *dieser* Penner dich beschützen soll."

Ein Knurren stieg in Kaden hoch, das aber sofort von Marcos Rudel widerhallte.

Hitze strömte in Terras Wangen – ihr Beziehungsstatus war nicht gerade etwas, das sie vor Officer Grant diskutieren wollte. Oder unter den heißen Blicken von Marcos plötzlich sehr interessierten Rudelmitgliedern.

Zornig starrte sie ihren Cousin an. „Einen Partner zu finden hatte für mich in letzter Zeit nicht gerade oberste Priorität – nicht vor dem Hintergrund, dass meine gesamte Familie *getötet* werden sollte. Und insbesondere ich."

Marcos Augen blitzten auf, doch seine Stimme wurde umgehend weicher. „Ich weiß, Terra. Ich gucke die Nachrichten. Und nur, weil unsere Familie komplett im Arsch ist, heißt das noch lange nicht, dass ich irgendwem davon den Tod wünsche. Und offen gesagt habe ich mir in letzter Zeit besonders um dich Sorgen gemacht. Aber das beantwortet immer noch nicht meine Frage – was machst du vor meiner Haustür? Hat Papi dir jetzt doch den Geldhahn zugedreht?"

Bei jedem anderen hätte sie auf diese Anschuldigung reagiert, indem sie ihre Klauen ausgefahren und ihm das Gesicht zerkratzt hätte. Aber was Marco betraf… sollte Terra es tatsächlich schaffen, ihren Vater so zu schockieren, dass sie ihn aus seiner Trance riss und er ihr den Geldhahn abdrehte… nun, dann wäre Marco wahrscheinlich sogar beeindruckt gewesen.

Stattdessen hob Terra einfach ihre Kamera und richtete sie auf ihn, während sie durch das Objektiv spähte. „Ich will bloß Fotos machen. Von Wölfen." Sie ging fest davon aus, dass er sie davonjagen würde.

Marco legte seine Hand auf ihr Kameraobjektiv und schob es von seinem Gesicht weg. „Fotos von Wölfen? Du meinst Shifter in Wolfsgestalt? Wieso?"

„Ich arbeite an einem Werk mit dem Namen *Die Menschen von Seattle*… nur mit Shiftern. Ich fange mit Wölfen an, aber ich könnte mir vorstellen, dass ich es später noch ausweite. Denk drüber nach, Marco – all diese Angst und der Hass, die gerade in der Stadt hochbrodeln. Die ganzen Leute, die glauben, dass Shifter *Bestien* und keine *Menschen* sind. Ich will ihnen die Menschen in den Wölfen zeigen." Sie blickte in die mulmigen Gesichter der großen, muskulösen Männer, die sie umzingelten. Ihre Kamera stellte eine der wenigen Bedrohungen dar, die solches Unbehagen in ihren Mienen hervorrufen konnte. „Keine Sorge, ich werde niemandes

Identität preisgeben. Ich will einfach nur die Schönheit unserer Wolfsgestalten zeigen. Ich will eure Lebensgeschichten erzählen, von den guten Dingen, die ihr hier verrichtet – denn ich kenne dich, Marco. Du wärest nicht hier, wenn du nicht etwas Unglaubliches und Wertvolles vollbringen würdest. Ich will diese Geschichten, diese *guten* Geschichten, mit dem Image der Wölfe verbinden. Es persönlich machen. Es *real* machen."

Marcos Rudel schwieg, während sie sprach, und seine Miene wurde weicher. „Also bist du wirklich deswegen gekommen?", fragte er. „Um zu versuchen, all das hier zu ändern?" Er gestikulierte vage zur verfallenen Stadt um sie herum. Ein kleines Lächeln schlich sich auf sein Gesicht. „Du warst schon immer eine meiner Lieblingscousinen."

„*Eine* deiner Lieblingscousinen?", spottete sie mit gespielter Empörung. „Ich war die *einzige*, die es mit dir ausgehalten hat."

Er schmunzelte kurz, doch es verschwand rasch wieder. „Okay, aber du machst nur Fotos von Freiwilligen. Und nur in Wolfsgestalt. Und wir haben hier mehr Geschichten, als du dir überhaupt vorstellen kannst, Terra. Die misshandelten Teenager, die Waisenkinder, die verstoßenen Halblinge, die nicht wissen, wohin sie sonst gehen sollen… wir haben sie alle. Sie kommen zu uns und finden eine Familie. Ein Rudel. Wir passen aufeinander auf, wie es eine richtige Familie tun sollte. Du kannst gerne hereinkommen und schauen, wer bei deinem Projekt mitmachen möchte, solange es nichts von dem hier gefährdet." Dann sah er Kaden finster an. „Aber dieser Scheißkerl bleibt draußen."

Terra runzelte die Stirn und konnte spüren, wie Kaden sich anspannte, sich aber noch zurückhielt. Sie wusste, dass er sie auf keinen Fall ohne ihn in die Festung dieser Shifter-Gang gehen lassen würde. „Marco, er ist mein Bodyguard. Ich kann nicht einfach—"

„Bodyguard?", fragte Marco ungläubig. „Er ist *Polizist!*" Er sprach es aus, als hätte er Dreck im Mund. „*Und* er ist ein Mensch."

„Ich befinde mich gerade in Schutzhaft—"

„Scheiße, Terra… hast du überhaupt irgendeine Ahnung, wer das ist?" Marcos stechender Blick haftete immer noch auf Kaden. „Weißt du, was er macht, wenn er nicht gerade die Lieblingskünstlerin des Bürgermeisters babysittet?"

Kaden hob sein Kinn, sagte aber nichts. Die Spannung schien erneut anzusteigen.

Marcos Stimme triefte vor Abscheu. „Er ist der Schlimmste von allen. Er ist hier *aufgewachsen*, verdammt nochmal. Wurde genau hier geboren und ist mit uns in diesem Drecksloch groß geworden. Und dann konnte er nicht schnell genug von hier verschwinden. Doch jetzt ist er *zurück*, wie du siehst. Mit seiner glänzenden Dienstmarke, einer Waffe und der Macht, Leben zu zerstören. *Deine* Sicherheit kann ich dir garantieren, Terra, aber glaub mir, niemand will diesen Bullen hier drin haben. Vermutlich will er selbst nicht mal hier rein."

Kaden blieb ruhig und ließ Marcos Anschuldigungen einfach auf sich einprasseln. Terras Magen zog sich zusammen. Kaden hatte mehr als deutlich gesagt, dass er nicht hierherkommen wollte, doch sie hatte ihn im Prinzip dazu gezwungen. Sie wusste nicht, warum böses Blut zwischen ihm und Marcos Rudel herrschte, aber offensichtlich war es vorhanden und noch frisch. Doch sie konnte Kaden auch nicht alleine hier draußen lassen. Er war schließlich nur ein Mensch und Marcos Rudel machte den Eindruck, als würden sie nur auf die Gelegenheit warten, ihre Zähne in ihm zu versenken.

„Ich werde Officer Grants Leben bei diesem Projekt nicht in Gefahr bringen", sagte Terra bestimmt. „Und ich werde das hier auch nicht ohne ihn tun. Es geht darum, Hass zu bekämpfen und nicht, ihn zu füttern.“

Marcos Augen blitzten erneut auf und sie merkte, dass er kapierte, worauf sie hinauswollte. *Dass er den ersten Schritt machen musste.* Er knirschte mit den Zähnen und schüttelte den Kopf, während er lange auf den Boden vor ihren Füßen starrte.

Schließlich sagte er: „Na schön. *In Ordnung.* Komm rein. Bring den Bullen mit. Ich werde euch begleiten und dafür sorgen, dass niemand auf dumme Gedanken kommt.“

Ein enttäuschtes Knurren ging durch sein Rudel. Er antwortete ihnen mit einem deutlichen Zähnefletschen, das sie schnell wieder beruhigte… oder zumindest dazu brachte, keine hörbaren Geräusche des Widerwillens mehr von sich zu geben. Marco öffnete die Tür und deutete ihnen, hineinzugehen.

Kadens Miene war wieder komplett unleserlich, aber Terra würde das Vermögen ihres Vaters darauf wetten, dass er sie innerlich mit jedem Schimpfwort verfluchte, das er kannte. Sie verlangte von ihm, ein großes Risiko einzugehen, ein *persönliches* Risiko, nur für sie. Schlimmer noch, es war für ihre Kunst… und sie war sich sicher, dass die ihm scheißegal war.

„Ich beeile mich auch“, sagte sie an ihn und Marco gewandt.

Und das tat sie.

Das Gebäude war von einem Lebensmittelgeschäft in ein notdürftiges Lager umgebaut worden, das mit Barracken, Duschanlagen und sogar einer Kantine ausgestattet war. Es war halb Guerilla-Kriegslager und halb Obdachlosenheim. Hier waren Shifter aller Altersgruppen, von sehr jungen Welpen, die fröhlich herumtapsten, bis hin zu alten Omas. Am liebsten hätte Terra auch Fotos von ihnen in ihrer menschlichen Gestalt gemacht und vielleicht würde sie eines Tages zurückkommen und genau das tun. Aber im Augenblick hatte sie es nur auf ihre inneren Wölfe abgesehen. Und auf ihre Geschichten. Einem nach dem anderen schilderte sie ihr Projekt und sie erklärten sich bereit, für Terra zu shiften. Manchmal schoss sie Fotos von ihnen in ihren Betten, manchmal wie sie auf dem Boden mit ihren Spielzeugen spielten. Manche der Welpen waren so klein, dass sie praktisch in ihre Kameratasche gepasst hätten. Einige der Älteren hatten Kampfwunden, die in ihrer Shifter-Gestalt noch besser zu sehen waren. Von jedem machte sie mehrere hundert Aufnahmen und versuchte dabei, ihr inneres Leuchten einzufangen, das ihr wahres

Selbst zum Vorschein bringen würde. Ihre Geschichten hielt Terra mit der Aufnahmefunktion ihres Smartphones fest und hörte erst auf, als sie nichts mehr durch die Tränen sehen konnte, die ihr unaufhörlich die Wangen hinunterflossen.

Das ganze Erlebnis war großartig und schrecklich und demütigend zugleich… und als Terra das Lager verließ, fühlte sie sich völlig ausgelaugt.

Marco hielt sein Wort und beschützte Kaden. Und er sorgte dafür, dass die hungrigen Blicke der alleinstehenden männlichen Wölfe nicht in finstere Handlungen umschlugen. Nach einer anstrengenden Stunde kehrten sie und Kaden endlich zum Auto zurück und machten sich auf den Rückweg zu ihrer Polizeiunterkunft.

Sie hatten überlebt. Sie hatte bekommen, was sie brauchte. Und sie war erschöpft.

Aber sie konnte sich nicht daran erinnern, wann sie das letzte Mal so gestrahlt hatte.

Kapitel Sechs

Terra hatte sich schon vor einer halben Stunde in ihr Schlafzimmer – das gleichzeitig ihre Dunkelkammer war – zurückgezogen, aber Kaden war immer noch sauer.

Er hatte von vorneherein gewusst, dass es eine beschissene Idee war, rauszugehen – *egal wohin.* Die Sache mit der Galerie war schon schlimm genug gewesen – Terra hatte sich in einem ungesicherten, der Öffentlichkeit zugängigen Gebäude mit jemandem getroffen, der eine zweifelhafte Sicherheitsfreigabe erhalten hatte. Kaden wusste zwar, dass die Genehmigung tatsächlich aus dem Büro des Bürgermeisters gekommen war… aber das hieß noch lange nicht, dass es ihm gefallen hatte, Bekanntschaft mit Julius zu machen. Und dann hatte Terra darauf bestanden, sich tief in die Innenstadt zu begeben, und zwar genau in das Gebiet der Shifter-Gangs, in dem Kaden regelmäßig Streife fuhr.

Er hatte Glück gehabt, dort heil wieder rausgekommen zu sein.

Aber was ihn wütend machte, war nicht die Sorge um sein eigenes Leben. Es lag nicht einmal an der Demütigung, sich dem Wohlwollen der Shifter ausgesetzt zu haben, denen er normalerweise Handschellen dafür anlegte, dass sie mit Drogen dealten, Diebstähle begingen oder noch schwerwiegendere Straftaten verübten, wie zum Beispiel bei diesem illegalen Autoteile-Ring, wo er sicher war, dass sie dahintersteckten. Nein, was sein Blut immer noch zum Kochen brachte, war die Tatsache, dass Terra dabei die ganze Zeit einem extremen Risiko ausgesetzt gewesen war. Sie hatte einfach nur Glück gehabt, dass man sie weder angegriffen noch gefangen genommen hatte. Oder noch schlimmer – dass sie einem gewaltsamen Paarungsritual zum Opfer gefallen war.

Das war etwas, woran er vorher nicht einmal gedacht hatte.

Doch jetzt, wo ihm so deutlich bewusst war, dass

sie ein alleinstehendes Weibchen war… entfachte das einen lodernden Beschützerinstinkt in ihm.

Und trübte wahrscheinlich sein Urteilsvermögen.

Er war immer noch dabei, von dem Adrenalinschub runterzukommen, der die ganze Zeit, die sie unterwegs gewesen waren, durch sein System geschossen war. Es war, als steckte er in diesem Zustand fest – er nahm alles überdeutlich wahr, atmete schwer und fühlte sich ungewohnt angriffslustig. Wie ein Tier in seinem Käfig ging er in der Wohnung auf und ab, nicht viel anders, als Terra es getan hatte, bevor sie aufgebrochen waren. Aber sie war eindeutig als eine andere Person von ihrem Ausflug zurückgekehrt. Sie hatte den ganzen Rückweg zur Wohnung über gestrahlt und war dann direkt mit einer Handvoll Speicherkarten in ihr Schlafzimmer gehuscht. Er war sich sicher, dass sie sofort in ihre Arbeit abgetaucht war und keinen Gedanken an ihn verschwendete, oder daran, wie er das Wohnzimmer abschritt. Er versuchte, sich zur Ablenkung ein Sandwich zu machen, aber dann lag es doch nur unberührt auf dem Teller vor ihm. Nach zehn Minuten gab er auf und warf es in den Müll.

Dann tigerte er wieder durch den Raum.

Er war so in Gedanken versunken, dass er kaum hörte, wie sich ihre Tür langsam öffnete und Terra auf leisen Sohlen mit einem Fotoabzug in der Hand und einem weichen Ausdruck der Freude im Gesicht ins Wohnzimmer kam.

Seine Schultern sackten herab. Es war schwer, wütend zu bleiben, wenn ihre Kunst so eine Wirkung auf sie hatte.

„Schau dir das mal an, Kaden“, sagte sie sanft, als sie ihm einen Schwarzweiß-Abzug zeigte. Es war eines der kleinen Kinder, das neben den Pritschen saß, die als Betten genutzt wurden, nur dass das Kind in seiner Wolfsgestalt war, auf dem Hinterteil saß und eines seiner Pfötchen auf einen kleinen roten Ball gelegt hatte. Hinter ihm waren ein halb zerbrochener, halb verrosteter Spielzeuglastwagen und ein Kinderbuch mit bunten Bildern und wenig Text zu sehen, aus dem die Seiten herausfielen. Es war niedlich… und gleichzeitig herzzerreißend. Die Gegenstände auf dem Foto waren so ziemlich alles, was dieses Kind besaß.

Kaden wusste ganz genau, wie sich das anfühlte.

„Das ist toll, Terra“, sagte er und wandte den Blick vom Bild ab. „Hör mal, ich muss noch was klarstellen. Ich hoffe, dass du alle Fotos bekommen hast, die du brauchst, denn es kommt absolut nicht in Frage, dass wir nochmal dorthin zurückgehen."

Sie verzog ihr hübsches Gesicht und er wusste, dass das nicht das war, was sie hören wollte. Aber sie widersprach nicht, sondern begann, ihn aufmerksam zu mustern, als ob sie nach etwas suchte. Er wusste nicht, was sie zu finden hoffte, indem sie in seine Augen starrte, aber er konnte nicht wegschauen. Eigentlich sollte er eine professionelle Distanz wahren und einfach seinen Job machen und sie beschützen… aber so funktionierte es mit Terra nicht. Entweder war sie völlig offenherzig oder sie verschloss sich ihm komplett – dazwischen gab es nichts. In diesem Augenblick öffnete sie sich ihm und das brach ihn ebenfalls auf… und er bekam Angst, was sie in seinem Inneren sehen könnte.

Er rieb sich mit einer Hand den Nacken und gestikulierte mit der anderen in Richtung ihres Schlafzimmers. „Kannst du in deiner Dunkelkammer so arbeiten, wie du es dir vorgestellt hast?"

Sie ignorierte seine Frage. „Ich weiß, dass du da nicht hingehen wolltest, Kaden. Ja, verdammt, eigentlich wolltest du nicht einmal das Haus verlassen. Hier ist es sicherer. Ich verstehe das. Aber es ist *nichts passiert.* Es ist gutgegangen. Und jetzt, da ich einmal dort war—"

„*Nein!*", sagte er etwas zu energisch und sie schreckte mit einem leichten Grollen in der Brust vor ihm zurück. *Gott,* was machte er hier nur? Aber sein Beschützerinstinkt wütete schon wieder in ihm. „Nur, weil du nicht *gestorben* bist, heißt das nicht, dass die Aktion eine gute Idee war. Es hätte auf unzählige Arten schiefgehen können. Und dann wäre da noch dieses kleine Detail, dass du nicht gepaart bist…"

Ihr Gesicht verzog sich noch stärker. „Darüber musst du dir keine Sorgen machen."

Er trat näher an sie heran und musste seine Hände mit aller Kraft an seine Seiten pressen, um Terra nicht bei den Schultern zu packen. „Ich muss mir um *alles* Sorgen machen. Wenn dir unter meiner Aufsicht irgendwas passiert, bin ich dran. Du bist eine alleinstehende Wölfin ohne Partner. Du bist wunderschön und berühmt. Jeder Wolf in dieser Gang hat der Vorstellung nachgesabbert, dich zur Partnerin zu nehmen – und ich weiß nicht, was du glaubst, was dort passiert wäre, wenn wir nicht zufällig deinen Cousin getroffen hätten. Selbst so spielt der Rest von ihnen bestimmt immer noch mit dem Gedanken, sich an dir zu vergreifen. Das war unglaublich gefährlich."

Sie kniff die Augen zusammen und spähte in sein Gesicht hoch. „Was weißt du über Wölfe und ihre Paarung?"

„Ich weiß genug." Er fuhr in dieser Gegend Streife, das wusste sie, aber es ging noch darüber hinaus. Weit darüber hinaus. Doch das brauchte sie nicht zu wissen.

„Was hatte das vorhin alles zu bedeuten?", fragte Terra und gestikulierte vage zur Wohnungstür. „Marco hat gesagt, dass du dort aufgewachsen bist. Hassen sie dich deshalb so sehr? Oder liegt's einfach daran, dass du Polizist bist und sie dafür verhaftest, dass sie versuchen, sich in den Gossen dieser Stadt irgendwie über Wasser zu halten – einer Stadt, die sie nur deshalb ausschließt, weil sie nicht menschlich sind."

„Ich bringe Verbrecher hinter Gitter." Das Knurren in seiner Stimme war unüberhörbar. „Marco mag zwar dein Cousin sein, aber trotzdem betreibt er mitten in Seattle kriminelle Geschäfte. Es ist meine Aufgabe, Leute wie ihn ins Gefängnis zu stecken und die gesetzestreuen Bürger der Stadt vor ihnen zu beschützen."

„Aber du bist dort groß geworden“, protestierte sie. „Du weißt, dass das nicht alles Kriminelle sind.“

„Ja, ich bin dort aufgewachsen. Mit einer alleinerziehenden Mutter, keinem Vater, überall Gangs… Sie haben die Kids direkt von der Straße geholt und in ein hoffnungsloses Verbrecherleben herabgezogen, dem sie praktisch unmöglich entfliehen konnten. Ich hatte niemanden, der mich beschützte. *Niemanden.* Das Arschloch, das meine Mutter geschwängert hat, ist nicht einmal bis zu meiner Geburt geblieben. Ich bin diesem Leben *entkommen*, Terra. Ich gehe nur dorthin zurück, weil ich versuche, wenigstens ein paar Kinder davor zu bewahren, in das Loch zu fallen, in das ich selbst fast gestürzt wäre. Ich will ihnen helfen, da rauszukommen.“ Er holte Luft – seine Brust hob und senkte sich, als wäre er eine Meile gerannt. Er hatte nicht beabsichtigt, all das preiszugeben, und er bekam das Gefühl, als hätte man ihn innerlich ausgehöhlt. Von Dingen befreit, die er noch nie zuvor jemandem gestanden hatte. Nicht mal seiner Mutter, als er sie verlassen hatte, um die Polizeischule zu besuchen.

Doch Terras Augen waren wieder sanft und rund geworden und das war es, was ihn wirklich dazu gebracht hatte, mehr und mehr von sich zu verraten.

Erneut zeigte sie ihm das Foto. „Dieser kleine Halbling hier hat niemanden, der sich um ihn kümmert. Marco und seine Gang übernehmen das. Er rettet die Halblinge, die sonst niemand haben will – manche von ihnen shiften, andere nicht, aber sie akzeptieren sie alle. Er macht dort nichts Böses, Kaden. Er versucht bloß, diesen Kindern zu helfen und ihnen ein Rudel zu geben. Ein Zuhause."

Kaden wich ein Stück vor ihr zurück und verschränkte die Arme vor der Brust. „Ich sehe das anders." Sie kam der Wahrheit viel zu nah.

Doch anstatt ungehalten auf seine Worte zu reagieren, kam Terra näher. Der zarte Duft ihres Parfüms hüllte ihn ein – eine ätherische, erdige Wildheit lag darin, ein purer, weiblicher Geruch. Es löste etwas in seinem Inneren… und dieses Etwas war alles, was ihn zurückhielt.

Sie streckte eine Hand nach seinem Gesicht aus. Sein Herz pochte in seinen Ohren, aber kurz bevor sie seine Wange berührt hätte, hielt sie inne. „Was verschweigst du mir?", fragte sie fast im Flüsterton. „Was ist dein Geheimnis?"

Er konnte ein leichtes Zusammenzucken nicht

verhindern, flüchtete sich aber dennoch in eine Lüge. „Ich habe keine Geheimnisse."

Sie nickte, aber es war kein zustimmendes Nicken. „Bleib genau hier."

Was?

Sie flitzte davon, zurück in ihr Schlafzimmer. Wohin hätte er ihrer Meinung nach denn gehen sollen? Aber Terra kam sofort wieder zurück – sie hatte das Bild weggelegt und stattdessen ihre Kamera geholt. Sie hob sie hoch und bevor er reagieren konnte, schoss sie ein halbes Dutzend Aufnahmen von ihm.

Er löste seine verschränkten Arme und ließ sie mit geballten Fäusten sinken. „Was tust du da?"

Sie blieb weiter hinter ihrem Objektiv. „Erzähl mir dein Geheimnis, Kaden Grant." Der Fotoapparat klickte und sie knipste ein weiteres halbes Dutzend Fotos von ihm.

„*Terra*", sagte er warnend.

Sie umrundete ihn, schoss von allen Seiten Fotos und zwang ihn dazu, sich mit ihr im Kreis zu drehen. Er war sich ziemlich sicher, dass sie lediglich seinen wütenden Blick mit ihrer Kameralinse einfangen konnte. „Terra, hör auf damit."

Sie senkte die Kamera und hielt sie vor ihr schwarzes T-Shirt. „Was ist deine Geschichte,

Kaden Grant? Wo ist dein inneres Licht? Hin und wieder sehe ich etwas, das…“

Etwas in ihm schlug um… und er bewegte sich ohne darüber nachzudenken auf sie zu. Er schob den Fotoapparat zwischen ihnen zur Seite. „Etwas, das… was?“

Mit ihren wunderschönen schwarzen Augen sah sie zu ihm auf. „Etwas, das meine Wölfin zum Hecheln bringt“, flüsterte sie.

Zum Hecheln? Heilige Scheiße. Sie waren nur wenige Zentimeter voneinander entfernt – zu nah, gefährlich nah – und er wollte nichts lieber, als sie zu küssen, bis sie nicht mehr atmen konnte. Vielleicht sogar ihr die Wahrheit sagen. Sie war nicht die Sorte Mensch, die ihn verurteilen würde, das wusste er jetzt. Er glaubte schon fast, dass ihre Kamera ihn durchleuchtet und genau das gesehen hatte, was er vor allen anderen verstecken wollte.

„Terra.“ Er meinte es als Warnung, doch das Knurren in seiner Stimme führte nur dazu, dass Terras Atem stockte und sich ihre Augen weiteten. Er war sich sicher, dass sie ihn wollte – er konnte ihre sexuelle Erregung förmlich riechen. Und wenn er auch nur noch ein bisschen näherkam, würde sie die Beule in seiner Hose spüren, da sein Körper ihn verriet und zeigte, woran er die ganze Zeit schon

gedacht hatte. Die Tatsache, dass sie noch nicht gepaart war, machte ihn genauso geil und verrückt vor Verlangen, wie die Mitglieder aus Marcos Rudel. Er wollte sich in ihr versenken. Sie dazu bringen, seinen Namen zu schreien…

Aber das wäre ein schlimmer, schlimmer Fehler.

Sie streckte die Hand nach ihm aus, aber er hielt ihr Handgelenk fest. Ihre Haut war weich, so verdammt weich, und dieser Hautkontakt hätte seine Entschlossenheit beinahe gebrochen. Aber dann schob er sie langsam von sich weg und trat einen Schritt zurück.

„Es ist mein Job, dich zu beschützen", sagte er mit heiserer Stimme. „Mehr nicht."

Der Raum kühlte sich um zehn Grad ab, als sie zurückwich und ihre Wangen sich röteten – wahrscheinlich vor Wut, möglicherweise aber auch aus Verlegenheit, dass er so lange mitgespielt hatte, nur um sie dann abblitzen zu lassen.

„*Fick dich*", sagte Terra und ihr leiser, tiefer Ton schnitt direkt durch sein Innerstes.

Sie kehrte ihm den Rücken zu, stapfte zurück in ihr Schlafzimmer und knallte die Tür ins Schloss.

Verdammte Scheiße. Er fuhr sich mit beiden Händen übers Gesicht und durch die Haare. Was zur Hölle hatte er da nur getan? Seine grandiose

Dummheit hatte sie verletzt und dieser Gedanke bohrte sich wie ein Dolch in seine Brust. Es sollte ihm nicht so viel bedeuten – *sie* sollte ihm nicht so viel bedeuten – aber aus irgendeinem Grund spürte er ihren Ärger wie glühende Kohlen, die ihn von innen heraus verbrannten.

Fuck.

Er taumelte zum Sofa, ließ sich darauf fallen und vergrub den Kopf in den Händen. Obwohl er versucht hatte, das hier nicht zu versauen, hatte er genau das getan. Aber es war besser so. Besser, sie war böse auf ihn – zumindest vorübergehend, er war sich sicher, dass sie darüber hinwegkommen würde – als dass sie sich beide noch näher kamen, als sie es ohnehin schon getan hatten. Außerdem würde er, sollte er mit ihr ins Bett gehen, danach zu keinem ihrer Wünsche mehr nein sagen können – so gut kannte er sich selbst. So konnte er unmöglich einen klaren Kopf bewahren und sie beschützen.

Und *das* war das Einzige, was wirklich zählte.

Kapitel Sieben

Es war schon über eine Stunde her, aber Terra konnte immer noch den brennenden Schmerz von Kadens Zurückweisung spüren.

Sich in ihrer Dunkelkammer einzuschließen und weiter in die Sache hineinzusteigern, hatte natürlich auch nicht geholfen.

Kaden. Er wollte sie, zumindest körperlich, so viel stand fest. Sie hatte seine Erregung spüren können und der glühende Blick in seinen Augen war unmissverständlich gewesen… außerdem hatte sie einen flüchtigen Blick auf die harte Beule in seiner Hose erhaschen können, was ihre Wölfin vor Verlangen ganz verrückt gemacht hatte. Doch er war offenbar fest entschlossen, seinen Job zu machen, und das bedeutete anscheinend, dass sie sich nicht näherkommen durften, obwohl er es genauso sehr wollte wie sie.

Es machte sie wahnsinnig.

Sie war nicht böse auf ihn – sie war sauer auf sich selbst. Die Kränkung war beinahe zu viel für sie und sie fühlte sich, als würde sie in dem dunklen Schmerz der Abweisung ertrinken, nachdem sie sich an Kaden rangeschmissen hatte. Zurückweisung war nichts, was sie oft erlebte, oder, vorsichtig ausgedrückt, gut aufnahm. Trotzdem schien es so, als würde sie in letzter Zeit nichts als Ablehnung erfahren.

Zuerst war da Jaxson gewesen – der einzige Alphawolf, bei dem sie geglaubt hatte, er könnte endlich *der Eine* für sie sein. Doch in Wahrheit hatte er nie ernsthaftes Interesse an ihr gehabt, auch nicht bevor seine Partnerin aufgetaucht war und den tödlichen Fluch brach, mit dem eine Hexe ihn belegt hatte. Dann hatte Terra sich blamiert, indem sie sich an seinen Bruder Jace ranschmiss, als wäre er eine Art Trostpreis. Irgendein peinlicher, verzweifelter Teil von ihr hatte wohl gehofft, dass sie Jaxson damit eifersüchtig machen könnte.

Aber auch Jace hatte ihr eine Abfuhr erteilt.

Selbst ihre kleine Schwester hatte einen besseren Mutterersatz, eine bessere Familie gefunden und ein neues Leben ohne sie begonnen. Und obwohl Terra genau das gewollt hatte – denn so war Cassie wenigstens in Sicherheit – fühlte es sich trotzdem wie eine scharfe Kritik für all die Jahre an, die sie versucht hatte, eine Mutter für Cassie zu sein… und offenbar gescheitert war.

Und jetzt… jetzt wurde sie sogar von einem männlichen *Menschen* zurückgewiesen. Kaden war zugegeben kein gewöhnlicher Mann, aber Wolfpheromone waren angeblich unwiderstehlich für Menschen. Sie hatte nie Schwierigkeiten gehabt, männliche Wölfe ins Bett zu kriegen, wenn sie Lust dazu gehabt hatte, aber nun fragte sie sich, ob selbst ihre Verführungskünste sie jetzt im Stich ließen…

Es war, als wäre etwas in ihr zerbrochen.

Diesem finsteren Gedanken nachhängend beförderte sie mehrere Fotoabzüge von der Entwickler- in die Stopplösung, bevor sie dann die Schlusswässerung vornahm. Sie war so in ihrem düsteren Grübeln versunken, dass sie kaum darauf achtete, was sie tat. Als sie den Abzug aus der Flüssigkeit herausnahm und umdrehte, entpuppte er sich als komplette Katastrophe.

Auf dem Foto war einer von Marcos Wölfen zu sehen, aber es war verwaschen und trostlos. Fast gegensätzlich, wie ein Negativ, das dort schwarze

Flecken setzte, wo Helligkeit sein sollte, während Licht die dunklen Stellen vergiftet hatte.

Scheiße.

Sie hängte den grässlichen Fotoabzug auf und schaltete resignierend das Licht ein. Dann warf sie sich auf ihr Bett und klappte ihren Laptop auf – vielleicht gab es eine Nachricht von Cassie oder irgendetwas anderes, mit dem sie sich eine Weile ablenken konnte. Erfolglos ließ sie ihren Kopf kreisen und versuchte, die Verspannung in ihren Schultern loszuwerden. Die Hitze von Kadens Zurückweisung brannte immer noch in ihr.

Ein Pop-up in ihrem Browser führte sie zu einer Nachrichtenseite und sie begann, diese durchzuscrollen.

Was für ein Fehler.

Der auf sie zugeschnittene Newsfeed zeigte ihr die Highlights von Seattles Lokalnachrichten, bei denen scheinbar alle Schlagzeilen von *ihr* handelten.

Neues Video des Wolfsjägers greift heimische Berühmtheit Terra Wilding an.

Oh Gott, was kam jetzt? Ganze fünf Sekunden lang schwebte ihr Finger zögernd über dem Bildschirm. Sie musste wissen, was sich hinter dieser Überschrift verbarg, fürchtete sich zugleich aber auch davor. Das hier war nicht die Art von Ablenkung, die sie brauchte. Sie sollte sich Katzenvideos anschauen oder irgendeinen anderen Quatsch, der sie aufmuntern würde, aber nein… der Sog der Dunkelheit war zu stark.

Sie klickte auf die Überschrift.

Ein neues Fenster mit einem Video öffnete sich. Es zeigte den Wolfsjäger, der sich hinter seiner Maske versteckte – dieses Mal trug er eine Salvador-Dali-artige Maske, bei der eine Gesichtshälfte geschmolzen war, die aber dennoch seine Identität kaschierte. Das unförmige Gesicht grinste überheblich in die Kamera und sein Kopf neigte sich von einer Seite zur anderen, bis er sich schließlich für ein aufrechtes Starren entschied. Das Gesicht war nahe genug an der Videokamera, dass Terra zum ersten Mal bemerkte – oder vielleicht zum ersten Mal gut genug sehen konnte – dass er blaue Augen hatte. Dunkelblau. Ein dunkles Saphirblau, das Kadens Augen ähnelte.

Dieser Gedanke ließ sie erschaudern.

Doch es war nichts im Vergleich zu dem, was der Wolfsjäger anschließend tat. Er lehnte sich zurück und hielt einen überdimensionalen Fotodruck hoch – von einem Bild, das sie gemacht hatte. Sie wusste nicht, wo er das Bild herhatte, vielleicht aus dem Internet, aber der Druck war fast groß genug, um ein Ausstellungsobjekt aus einer Galerie zu sein. Der Wolfsjäger riss ihn mit einem langen, reißenden Geräusch in der Mitte durch und Terra fühlte sich, als würde sie dabei selbst durchtrennt.

„*Terra Wilding.*“ Er sah sie durchdringend an, oder zumindest wirkte es, als würde er direkt in die Kamera und ihr mitten ins Gesicht starren. „Sie ist Seattles Liebling, aber warum? Wegen ihrer Bilder von Leuten aus unserer Stadt – *richtigen Leuten.* Menschen! Was für ein Hohn!“ Er griff nach einem weiteren Fotodruck und hielt ihn vor die Kamera – diese Aufnahme zeigte einen älteren obdachlosen Mann, den sie bei Anbruch der Abenddämmerung fotografiert hatte. Er hatte offenbar keinen Unterschlupf gefunden und zitternd in der kalten Feuchtigkeit Seattles gesessen.

„Ist das das Bild, das sie von uns Menschen hat?“, spottete der Wolfsjäger. „Wahrscheinlich *hätte* sie gerne, dass Menschen so sind – unterdrückt, der Kälte ausgesetzt und jedem Shifter ausgeliefert, der sie in den dunklen Gassen unserer Stadt überfallen will.“

Theatralisch zerriss er das Foto, wieder und wieder, bis er es in winzige Fetzen zerrupft hatte und als Konfetti in die Luft warf. „Von Tieren wie ihr müssen wir uns nicht erzählen lassen, wer wir sind. Wir müssen unsere Stadt von dieser Ungezieferplage befreien." Er deutete auf das Konfetti, das um ihn herum lag. „Und Terra Wilding ist ein guter Anfang dafür."

Der Wolfsjäger grinste bösartig in die Kamera und als er diese näher zu sich zog, bekam Terra das Gefühl, als könnte er aus dem Bildschirm springen und sie packen. Sie knallte den Laptop zu und warf ihn quer durch den Raum, dann rollte sie sich auf ihrem Bett so fest zu einer Kugel zusammen, dass es schmerzte. Ihr tat alles weh, innerlich und äußerlich. Sie legte die Hände auf ihren Bauch, der sich vor Angst verkrampft hatte – glücklicherweise hatte sie den ganzen Tag noch nichts gegessen, sonst hätte sie sich jetzt übergeben.

Terra kniff die Augen zu und schlang die Arme mit eisernem Griff um ihre Beine, als müsste sie sich so zusammenhalten. Es fühlte sich gefährlich danach an, als würde sie wieder in der Dunkelheit versinken.

Der Wolfsjäger würde sie finden und sie wie ihre Fotos in Stücke reißen. Sie hatte die Videos gesehen, die er davor gemacht hatte – sie musste nicht einmal darüber spekulieren, was er mit ihr anstellen würde. Das Schlimmste war, dass dieser Horror, diese schreckliche Angst, die er in ihr auslöste, alles Gute, was heute geschehen war, bedeutungslos werden ließ. Alles, was sie mit ihren Fotografien erreichen wollte. Wie hatte sie nur hoffen können, den abgrundtiefen Hass des Wolfsjägers mit ein paar Bildern und Geschichten zu bekämpfen? Ein Kind und sein klägliches Spielzeug waren nichts gegen die Gewalt dieses Terrors.

Minuten verstrichen und zogen sich immer länger… sie wusste nicht, wie lange sie so zusammengerollt auf dem Bett lag, aber plötzlich ertönte ein brummendes Geräusch, das sie aus dem albtraumhaften Strudel dunkler Gedanken riss, der ihren Kopf eingenommen hatte.

Mühsam öffnete sie die Augen. Der Raum war natürlich noch derselbe – doch es konnte mitten in der Nacht oder helllichter Nachmittag sein. Aufgrund des abgedunkelten Fensters war das schwer zu sagen.

Sie brauchte einen Moment, um zu realisieren, dass das Brummen aus ihrer Hosentasche kam. *Ihr Handy*. Sie fischte es heraus – sie hatte eine Textnachricht bekommen. Eine kleine Flamme der Hoffnung flackerte in ihrem Herzen auf… vielleicht war es Cassie, die sie einmal mehr mit ihrer Energie und ihrer Lebhaftigkeit rettete.

Aber es war nicht Cassie, sondern eine ihr gänzlich unbekannte Telefonnummer.

Hallo, Terra.

Hier ist Julius. Sally hat mir deine Nummer gegeben.

Falls es keine zu großen Umstände macht, würde ich mich gerne mit dir treffen und etwas besprechen – ohne die anderen. Es geht um etwas Privates.

Hättest du Zeit?

Kaden würde dem unter keinen Umständen zustimmen. Er würde nicht zulassen, dass sie auch nur einen Schritt aus ihrer sicheren Unterkunft machte, zumindest nicht heute. Vielleicht auch nie wieder.

Aber sie wusste, dass ein Treffen mit Julius keine Gefahr darstellte. Mehr noch als das: Im Moment war er die einzige Person in ihrem Leben, die Terras Kunst wirklich verstand. Sie könnte ein paar Abzüge der Bilder mitbringen, die sie am Morgen gemacht hatte. Ihr war fast egal, worüber er reden wollte, sie brauchte einfach dringend *irgendjemanden*, mit dem sie über Kunst sprechen konnte. Über das Leben. Über etwas Positives und Kraftvolles und Gutes – und Julius war perfekt dafür.

Sie setzte sich im Bett auf und schrieb schnell zurück.

Ja. Können wir uns jetzt sofort treffen?

Die Antwort kam umgehend. *Ja! Ausgezeichnet.*

Er schickte ihr die Wegbeschreibung zu einem kleinen Café in Seattles Innenstadt. Zufälligerweise war es nicht weit von ihrer Wohnung entfernt, obgleich er unmöglich wissen konnte, wo sie sich aufhielt. Sie sah über Google Maps nach und obwohl die Hauptverkehrszeit vorbei war und die Abenddämmerung hereinbrach, sah es so aus, als könnte sie in der Nähe einen Bus nehmen und innerhalb von zwanzig Minuten am vereinbarten Treffpunkt sein. Sie schickte ihm die Uhrzeit, wann sie dort sein könnte, dann zupfte sie schnell die fertigen Fotoabzüge von der Leine und suchte aus, welche sie mitbringen würde. Sie mochte es nicht, unvollendete Werke zu zeigen, und so wählte sie letzten Endes nur zwei Abzüge aus, die sie in eine Fotomappe steckte. Blieb nur noch die Frage, wie sie sich rausschleichen konnte, ohne dass es Kaden auffiel… Er musste drüben im Wohnzimmer sein, wo er praktisch ständig war.

Es gab nur einen anderen Weg nach draußen… *durch das Fenster.* Es war komplett abgedeckt, aber das ließ sich ändern. Vermutlich würde sie einen Heidenlärm dabei machen, aber das würde Kaden nur davon überzeugen, dass sie noch im Zimmer war – und wenn er glaubte, dass sie gerade in einem

Anfall von Scham oder Wut oder was auch immer ihr Zimmer auseinandernahm, war er bestimmt nicht scharf darauf, nach ihr zu sehen.

Aber das war ihr auch egal.

Sie würde ihren Schutzpatron treffen.

Die Busfahrt ging erstaunlich schnell – Terra war auf ihrer Suche nach Material schon so oft durch die Stadt gestreift, dass sie sich ziemlich gut mit den Buslinien auskannte – und so kam sie sogar noch vor der vereinbarten Zeit am Café im Stadtzentrum an.

Julius war bereits dort. Seine blauen Augen glänzten vor Aufregung und es schien ihn sehr zu freuen, dass Terra allein war.

Er nahm ihre Hände in seine. „Du glaubst gar nicht, wie aufgeregt ich bin, dich ohne deinen Aufpasser zu sehen, meine Liebe. Ich schätze es sehr, dass du dir die Zeit genommen hast, mich zu treffen, besonders so kurzfristig."

„Natürlich", sagte sie mit einem Lächeln. „Ich habe sogar was mitgebracht, das ich dir zeigen möchte. Aber du wolltest ja noch etwas anderes besprechen – geht es um meine Arbeit?"

Er ließ ihre Hände los, lächelte und deutete ihr, ihm gegenüber an dem kleinen Tisch Platz zu nehmen. Das Café war ein exklusiver kleiner Laden mit weißen Tischdecken und frischen Blumen und Julius schien sich hier ganz zu Hause zu fühlen. Er gab dem Kellner ein kurzes Zeichen, der daraufhin schnell zwei Gläser Wasser holte. Dann wies Julius ihn an, eine Flasche eines Rotweins zu bringen, den Terra nicht kannte, der Kellner aber offenbar schon. Er eilte davon.

Julius faltete die Hände und stützte das Kinn darauf ab, während er Terra mit freudigem Gesichtsausdruck ansah. „Die Sache, die ich mit dir besprechen wollte, betrifft durchaus deine Arbeit, aber das kann warten, wenn du mir etwas zeigen willst. Ich muss unbedingt sehen, was du mitgebracht hast!"

Wieder breitete sich dieses innere Glühen in ihr aus und drängte die Dunkelheit zurück, genauso, wie sie es sich von diesem Treffen erhofft hatte. Sie legte die Mappe auf den Tisch, zog den Reißverschluss auf und holte die beiden Abzüge hervor – einen von dem Welpen mit dem roten Ball und einen von einer älteren Frau mit zotteligem Fell und silbernen Haarspitzen, deren Schimmer ihren Körper wie ein Heiligenschein umgab.

Julius' Blick wanderte hungrig über die Fotoabzüge. „Du musst mir unbedingt mehr darüber erzählen. *Bitte.*" Die Begeisterung in seiner Stimme ermutigte sie, lockerte die Spannung in ihrem Körper und ließ sie ganz in ihrem Werk aufgehen.

„Das Kind wurde in einem Gang-Unterschlupf geboren“, sagte Terra. „Sie haben dort nur sehr wenig, fast nichts, aber es wächst in einem Rudel auf, das es ungeheuer liebt. Es ist, als hätte es zwanzig Väter und ein Dutzend Mütter, zusätzlich zu seiner leiblichen Halblingsmutter natürlich.“

Julius' Miene leuchtete interessiert auf. „Ein Halbling?“

„Ja, jemand, bei dem nicht beide Elternteile zu hundert Prozent Wölfe sind. Das kommt häufiger vor, als du wahrscheinlich denkst. In manchen Fällen kann das Kind seinen Wolf zeigen und ist in der Lage, zu shiften, in anderen nicht. Es gibt keine festen Regeln für diese Dinge, aber die Halblingsmutter hat sich mit einem vollblütigen Wolf gepaart und es sieht so aus, als könne ihr Sohn bereits shiften. Die Mutter und den Rest des Rudels hat das unglaublich gefreut. Er ist ein richtiger kleiner Schatz. Mal abgesehen davon, dass sie mit ihm alle Hände voll zu tun haben.“

Julius schmunzelte leicht. „Ja, ich kann mir gut vorstellen, dass die Erziehung eines Kindes, das shiften kann und mit Klauen und Reißzähnen ausgestattet ist, eine etwas andere Herausforderung darstellt als üblich."

Terra lächelte. „Es ist nicht so anders wie du denkst – Kinder sind Kinder. Die menschliche Seite bereitet die größeren Schwierigkeiten."

Julius nickte und zeigte auf die zottelige Wölfin mit den silbernen Fellspitzen. „Und dieser Wolf hier?"

„Sie ist schon seit vielen Jahren in dieser Unterkunft, länger als die meisten anderen Bewohner. Ihr Partner wurde vor einigen Jahren bei einer gewaltsamen Gangauseinandersetzung getötet. Sie ist jetzt wie eine Oma für das Rudel. Sie wohnt bei ihnen, hilft dabei, sich um die Welpen zu kümmern, und empfängt jeden Hilfsbedürftigen, der durch die Tür kommt: jeden neuen Halbling oder Streuner oder sonstige verlorene Seelen."

Julius nickte erneut. „Das ist sogar noch fantastischer, als ich es mir habe träumen lassen, Terra. Deine Arbeit ist einfach sagenhaft. Ich kann deine erste Ausstellung hierzu kaum erwarten."

Terra strahlte. „Und ich kann dir gar nicht genug für diesen Auftrag danken. Du hast mich buchstäblich vor… nun ja, einer Dunkelheit gerettet, die mit der Zeit immer schwerer zu bekämpfen ist."

Er runzelte die Stirn. „Du redest doch nicht etwa von diesem Monster, dem Wolfsjäger, oder? Ich würde die Vorstellung hassen, dass irgendetwas von dem, was dieser Wahnsinnige sagt, dich in irgendeiner Weise beeinflusst."

Terra spürte erneut, wie die Dunkelheit nach ihr griff. „Reden wir nicht darüber, okay? Ich würde viel lieber erfahren, was das für eine geheimnisvolle Sache ist, die du besprechen wolltest."

Er sah sie mit abwägendem Blick an, hörte aber auf, sie zum Wolfsjäger zu befragen. „Also gut." Er beugte sich vor und verschränkte seine Finger wieder. „Ich nehme an, dass das hier nicht die einzigen beiden Wölfe sind, von denen du Fotos gemacht hast?"

„Nein, ich habe heute Morgen dutzende Wölfe fotografiert."

„Hast du zufällig irgendwelche… *weißen* Wölfe gesehen?" Sein Blick bohrte sich neugierig in ihren.

Ein Kribbeln kroch ihren Nacken hoch. „Einen weißen Wolf?"

„Ich weiß, dass sie sehr selten sind", sagte er. „Obwohl unsere neue Kongresskandidatin Grace Krepky offenbar einer ist."

„Ja, ich weiß." Die Wendung, die dieses Gespräch nahm, machte sie aus unerfindlichen

Gründen sehr nervös. Julius konnte unmöglich wissen, dass die Wilding-Familie einen weißen Wolf in ihrer Vergangenheit gehabt hatte – bis vor Kurzem war es nur eine Familienlegende gewesen, bis ihr Cousin Noah verkündete, dass die Regierungsexperimente, denen er ausgesetzt gewesen war, *ihn* in einen weißen Wolf verwandelt hatten. Seiner Ansicht nach war das der Beweis dafür, dass er ein direkter Nachkomme des weißen Wolfes war, der das Wilding-Rudel damals in der Generation ihres Großvaters zersplittert hatte. Noah behauptete auch, dass er und der weiße Wolf, den er für seinen Vorfahren hielt, in Wahrheit Hexer waren – so, wie es die Gerüchte besagten, die schon Ewigkeiten in ihrer Familie kursierten.

Terra war genau wie alle anderen überrascht gewesen, als Noah ihr all das eröffnet hatte. Und natürlich fragte sie sich wie jedes andere Mitglied ihrer Familie auch, ob sonst noch jemand von ihnen die Veranlagung zu einem weißen Wolf in sich hatte. Sie shiftete nicht oft, aber wenn sie es tat, war ihr Fell tiefschwarz.

Das Problem war nur… dass Julius nichts davon hätte wissen sollen. Dieses dunkle Geheimnis wurde auch heute noch streng vom Wilding-Rudel gehütet. Hatte er irgendwie von Noahs Verwandlung erfahren?

Aber noch wichtiger war, warum Julius weiße Wölfe überhaupt erwähnte.

„Ich habe heute keine weißen Wölfe gesehen“, sagte Terra vorsichtig. Was der Wahrheit entsprach. „Aber warum fragst du?“

„Ich weiß, dass das merkwürdig wirken muss“, sagte er, senkte den Kopf und spielte mit der Tischdecke. Dann sah er wieder auf. „Wie du wahrscheinlich schon festgestellt hast, hege ich eine gewisse Faszination für Shifter und besonders für die verschiedenen Wolfsarten. Als Grace enthüllt hat, dass sie eine weiße Wölfin ist, habe ich erkannt, wie viel es vom Shifter-Dasein gibt, das ich noch nicht verstehe. Ich habe nachgeforscht, Recherche betrieben, und bin zufällig auf diese alten Erzählungen über den weißen Wolf gestoßen und darüber, wie mächtig er ist. Wie stark seine Magie ist. Viel stärker als bei einem durchschnittlichen Shifter.“ Er räusperte sich und warf ihr ein kleines, verlegenes Lächeln zu. „Bitte verzeih mir meine Überschwänglichkeit. Manchmal lasse ich mich von meiner Begeisterung hinreißen.“

„Ist schon gut“, sagte sie und tätschelte seine Hand. „Hast du mit Grace gesprochen?“

„Das habe ich tatsächlich getan. Aber natürlich weiß sie kaum mehr als ich. Sie findet sich ja selbst noch in ihrem Wolfsdasein zurecht. Und anscheinend ist ihre Abstammung ein etwas heikleres Thema."

Grace war mit Jared River gepaart, Jaxsons älterem Bruder, daher wusste Terra von den komplexen Umständen ihrer Situation. Und dass Grace das Bastardkind eines Shifters war, der eine Affäre mit ihrer Mutter gehabt hatte – und sie tatsächlich verführt und dann sitzengelassen hatte, so wie die Wolfshasser es den Shiftern immer vorwarfen. Sie konnte gut verstehen, warum Grace nicht darüber reden wollte, besonders nicht mit einem Menschen.

„Naja, obwohl Grace eine weiße Wölfin ist, ist sie nur ein Halbling", entgegnete Terra. „Ihre Mutter war eindeutig ein Mensch."

„Sie mag zwar nur ein Halbling sein, aber sie hat außergewöhnliche Heilkräfte… zumindest habe ich das gehört."

Terra ging nicht davon aus, dass das ein großes Geheimnis war, also nickte sie.

Julius beugte sich mit eifrigem Blick nach vorne. „Verstehst du nicht? Die Macht des weißen Wolfes muss wirklich außergewöhnlich sein. Wenn selbst

Nachkommen, die nur Halblinge sind, solche außerordentlichen Heilkräfte haben, welche Kräfte besitzt dann wohl der ursprüngliche weiße Wolf?"

Dass dieser ursprüngliche Wolf sehr wahrscheinlich ein Hexer war, verschwieg Terra lieber. „Ich vermute, da ist was dran."

„Es ist nur eine Theorie." Julius wedelte mit den Händen in der Luft. „Aber ich habe da dieses Bauchgefühl… dass wenn ich diesen weißen Wolf, dieses mythische, reine Wesen nur finden könnte, er unserer Stadt womöglich Frieden bringt. Vielleicht besitzt dieser weiße Wolf irgendetwas, das uns wieder zusammenführen kann."

Terra runzelte die Stirn. Die Idee, dass der weiße Wolf eine Art Retter war, war ziemlich absurd… aber sie wollte Julius' Träumereien diesbezüglich nicht zum Platzen bringen. Zudem hatte sie selbst nicht sonderlich viele Fakten zur Hand – nur die Gerüchte innerhalb ihrer Familie und die Tatsache, dass Noah ein weißer Wolf war. Sie wusste lediglich, dass ein weißer Wolf für die Wilding-Familie nur Unheil bedeutet hatte.

Sie räusperte sich. „Also, ich schätze, ich könnte bei meiner Arbeit nach diesem weißen Wolf Ausschau halten, wenn du möchtest." Sie hoffte, dass ihm das genügte.

Wieder leuchteten seine Augen auf. „Ausgezeichnet! Vielleicht könntest du dich sogar bei den Shiftern in der Stadt umhören, wenn du dich unter sie mischst. Dann können wir möglicherweise mehrere Hinweise zusammenfügen. Jedes kleine Gerücht oder Stück einer Legende wäre schon hilfreich. Oh, was für ein großartiges Mysterium!" Erneut sah er verlegen drein. „Entschuldige, es ist eine kleine Besessenheit von mir und mir ist bewusst, dass es recht… merkwürdig ist. Ich würde deine Verschwiegenheit bei dieser Sache zu schätzen wissen. Ich wollte das Thema nicht vor den anderen anschneiden, weil ich mich ehrlich gesagt nicht blamieren wollte. Denn in der Regel versuche ich durchaus, für voll genommen zu werden."

Das brachte Terra zum Lachen. „Dein Geheimnis ist bei mir in guten Händen, Julius."

Daraufhin setzte er ein breites Lächeln auf. „Terra, meine Liebe, du wirst mir mit jedem Moment, den ich mit dir verbringe, sympathischer. Wenn ich ein Wolf wäre, würdest du ernsthaft Gefahr laufen, dass ich dich um ein richtiges Date bitte."

Sie grinste, aber bevor sie antworten konnte, brummte ihr Handy neben ihr auf dem Tisch.

Es wurde kein Bild angezeigt, aber sie erkannte Kadens Nummer.

Scheiße.

„Oh je“, sagte Julius, als er auf ihr Telefon blickte. „Ich hoffe, ich habe dich nicht in Schwierigkeiten gebracht.“

Eilig stand sie vom Tisch auf. „Ich fürchte, ich muss gehen. Die kannst du behalten.“ Sie schob ihm die Mappe mit den Fotos zu.

„Natürlich! Natürlich! Geh ruhig.“ Mit wedelnder Handbewegung winkte er sie fort.

Sie schnappte sich ihr Handy und überlegte, Kadens Anruf einfach zu ignorieren. Sie wusste, dass das später nur noch mehr Ärger für sie bedeuten würde, aber sie wollte seinen zweifellos wütenden Anruf nicht vor Julius annehmen.

Sie ließ es klingeln, während sie aus dem Café stürmte.

Kapitel Acht

Oh Gott, sie war wirklich geflohen.

Kaden bekam einen regelrechten Herzinfarkt. Denn der Schmerz in seiner Brust, als er auf Terras zerrissene Fensterabdeckungen starrte und ihm klar wurde, dass sie *nicht hier* war, musste daher kommen, dass sein Herzschlag kurzzeitig ausgesetzt hatte. Er konnte nicht atmen. Konnte nicht denken.

Er hatte sie verloren.

Scheiße! Nein. Langsam setzte sich sein Gehirn wieder in Gang, während er quer durch den Raum lief und die schiefhängenden schwarzen Vorhänge beiseiteschob, um seinen Kopf aus dem Fenster zu stecken. Die schmale Gasse vor dem Fenster war leer, aber sie führte zur Straße. Er kletterte hinaus, verbog dabei in seiner Eile eines der Fliegengitter und hastete den schmalen Weg bis zur Straße hinunter. Vielleicht war sie gerade erst weg. Vielleicht konnte er sie noch einholen.

Was zur Hölle hatte sie bloß vor?

Stolpernd kam er am Bordstein vor der Polizeiunterkunft zum Stehen. Es gab keine Spur von ihr. Er eilte den Bürgersteig entlang und sah sich in alle Richtungen um, aber natürlich konnte er schlecht ihren Namen durch die Nachbarschaft schreien. Denn eigentlich sollten sie sich ja möglichst unauffällig verhalten, verdammt nochmal! Kaden hastete zurück zur Vorderseite des Hauses, fuhr sich mit beiden Händen durchs Haar und versuchte, seine Panik so weit runterzufahren, dass er *denken* konnte.

Warum war sie abgehauen? Er ging ihren „Streit" gedanklich nochmal durch… er hatte ihr komplett falsche Signale gesendet und war *verdammt* kurz davor gewesen, sie zu küssen – alles, weil er sich nicht hatte beherrschen können. Und dann hatte er wie ein richtiges Arschloch einen Rückzieher gemacht und diesen Scheiß gefaselt, dass er nur seinen Job machen würde, oder so. Daraufhin hatte sie ihm vollkommen zu Recht ein „Fick dich" an den Kopf geworfen und war in ihr Zimmer gestürmt.

Im Nachhinein ergab es absolut Sinn, dass sie

verschwunden war – keinen „absoluten Sinn“ für eine ruhige, rationale Person, aber für Terra? In einem Wutanfall abzuhauen passte definitiv zu ihr. Und die Tatsache, dass er das nicht hatte kommen sehen, unterstrich einfach, wie sehr er in ihrer Nähe von der Rolle war. *Absolut inkompetent.*

Und jetzt war sie weg.

Er schlug sich mit der Faust gegen die Stirn. Er würde später noch genug Zeit dafür haben, zu analysieren, was für ein Idiot er war. Jetzt musste er sie erst einmal wiederfinden.

Wie lange war sie wohl schon weg? Es waren über zwei Stunden vergangen, bevor er an ihre Tür geklopft hatte, um nach ihr zu sehen. Vielleicht war sie direkt nach dem Streit abgehauen und hatte bereits Zeit gehabt, sich wieder zu beruhigen. Womöglich zog sie gerade in diesem Moment durch die Straßen und fragte sich, was sie jetzt bloß machen sollte… er hoffte nur, dass sie nicht darüber nachdachte, etwas Gefährliches zu tun, wie zum Beispiel dem Wolfsjäger nachzujagen oder etwas ähnlich Dummes anzustellen.

Er nahm einen tiefen Atemzug und stieß ihn durch die Zähne wieder aus. Verdammt, Kaden, *denk nach.*

Sein Handy.

Er zog es aus seiner Hosentasche. Wenn sie mittlerweile etwas gefasster war, konnte er vielleicht vernünftig mit ihr reden. Sie davon überzeugen, zurückzukommen. Er wählte ihre Nummer und es klingelte und klingelte… er wollte gerade aufgeben, als sie endlich ans Telefon ging.

„Hallo." Das war sie.

Gott sei Dank. „Verdammt nochmal, Terra!" Die Erleichterung, ihre Stimme zu hören, ließ sämtliche Luft aus seinen Lungen strömen. „Geht's dir gut?"

„Ja. Mir geht's gut. Ich… bin unterwegs."

„Was zum—" Er musste das Handy gegen seine Brust drücken, damit sie die zahlreichen Flüche, die aus ihm herausplatzten, nicht hören konnte. Doch er hatte sich schnell wieder im Griff. „Wo bist du?", presste er zwischen den Zähnen hervor.

„Kaden, ich musste nur—"

„Wo bist du?" Er war kurz davor, völlig die Fassung zu verlieren. So viel zu seinem Vorhaben, ruhig mit ihr zu reden. *Mist!*

„In der Buslinie vierunddreißig in der Innenstadt", sagte sie mit gedämpfter Stimme. „Ich steige gerade ein und fahre zurück, versprochen."

„Bleib im Bus." Sie war in der Innenstadt? *Scheiße.* Was hatte sie da gemacht?

„Was?" Sie glaubte anscheinend, sich verhört zu

haben.

„Bleib in dem verdammten Bus, Terra!“ Er schrie schon wieder… also legte er einfach auf. Er musste sich endlich wieder beruhigen, doch das würde nur passieren, wenn er sie wieder zu Gesicht bekam. Er sprintete zu seinem Wagen, der unter dem Carport neben ihrem Unterschlupf geparkt war, sprang auf den Fahrersitz, legte den Gang ein und stieß einen weiteren Schwall von Flüchen aus, während er die Straße hinunterfuhr. Am liebsten wäre er mit quietschenden Reifen losgebrettert, doch er konnte es nicht riskieren, Aufmerksamkeit auf ihre Unterkunft zu lenken. Aber er *musste* zu diesem Bus kommen.

Es dauerte gute zehn Minuten, bis er schließlich durch die Innenstadt raste und endlich den Bus Nummer 34 erblickte, der langsam seine Route entlangrollte, Geschäfte passierte und sich an Fahrrädern vorbeischlängelte. Kaden legte einen höchst illegalen U-Turn ein und war nun direkt hinter dem Bus. Erst dann traute er sich zu, sie nochmal anzurufen.

Dieses Mal ging sie beim ersten Klingeln dran. „Hallo?“

„Bist du noch im Bus vierunddreißig?“

„Ja.“ Sie sprach leise.

„Bleib im Bus“, befahl er ihr in unmissverständlichem Ton und legte wieder auf.

Dann stieß er einen tiefen Seufzer aus und etwas von der Anspannung, die sich so gnadenlos in ihm aufgebaut hatte, fiel von ihm ab. Zwar konnte er *sie* nicht sehen, aber er hatte den Bus vor sich im Blick. Er würde ihm einfach hinterherfahren, beobachten, wer einstieg, und dafür sorgen, dass ihr nichts passieren konnte, bis der Bus die Haltestelle in der Nähe ihrer Wohnung erreichte. Das Fahrzeug bewegte sich unerträglich langsam und blies seinem Auto giftige Abgase entgegen, aber es dauerte nicht lange, bis sie den Streckenabschnitt erreichten, der sich durch ihre Wohngegend zog.

Als der Bus endlich an der Haltestelle ankam, verfolgte Kaden mit fest umklammertem Lenkrad, wie Terra hastig ausstieg. Zunächst bemerkte sie sein Auto nicht, aber als der Bus davonrumpelte, entdeckte sie, wie er sie vom Fahrersitz aus zornig anstarrte. Er legte den Gang ein und fuhr zu seinem Carport am Ende des Häuserblocks, ohne sie jedoch mitzunehmen. Denn er war sich nicht sicher, ob er sich genug im Griff hatte, um ihr keine Szene zu machen. Und das würde zu viel Aufmerksamkeit erregen. Mit großen Augen sah sie ihm hinterher, als er an ihr vorbeifuhr, und er hoffte für sie, dass sie das als Aufforderung verstand, das letzte Stück zum Haus zu Fuß zurückzulegen. Er blickte in den Rückspiegel. Wenn sie ihren kleinen süßen Arsch nicht in Bewegung setzte und zum Haus kam, würde er zurückfahren und sie holen.

Aber sie begann, sich auf den Weg zu machen.

Kaden stellte das Auto unter dem Carport ab und vergewisserte sich, dass sie immer noch zum Haus unterwegs war. Sie kam tatsächlich mit gesenktem Kopf und geballten Fäusten näher. Er konnte nicht sagen, ob sie wütend, niedergeschlagen oder sonst was war… aber er selbst war stinksauer. Er war erleichtert, sie zu sehen, und seine Panik hatte sich gelegt, doch das Adrenalin pumpte noch wie verrückt durch seine Adern. Er trat durch die Eingangstür, schloss sie wieder und wartete direkt dahinter im Flur auf sie.

Er fuhr sich mit den Händen durchs Haar und versuchte, tief durchzuatmen und seinen Stress abzubauen.

Es ging ihr gut. Sie war zurück. Sie würden sich schon wieder zusammenraufen.

Aber nur, wenn sie hierblieb.

Dieser Gedanke ließ die Anspannung in seinem Körper direkt wieder zunehmen.

Die Haustür schwang auf.

Terra stand verunsichert und mit weit aufgerissenen Augen in der Tür. Kaden griff nach ihrer Hand, die noch auf dem Türgriff lag, zog sie in die Wohnung und stieß die Tür hinter ihr zu. Irgendwie landete sie in seinen Armen, flach an seiner Brust – und er hielt sie fest, als hätte er sie gerade vor dem Ertrinken gerettet.

„Sag mir, dass es dir gut geht, verdammt nochmal." Er spürte, wie sich ihr Kopf an seiner Brust bewegte – *ja* – und durch die Bewegung floss ihre dunkle Haarpracht über seine Hände. Es entfaltete eine Art magische Wirkung auf ihn und plötzlich verlor er sich darin, versank in dem Gefühl, wie ihr schmaler Körper gegen seinen gepresst war. Er ballte eine Faust in ihrem Haar und zog ihren Kopf in den Nacken, damit er ihr ins Gesicht sehen konnte, doch diese großen, dunklen Augen saugten ihn förmlich auf.

Plötzlich war sein Mund auf ihrem, so, als würde er dorthin gehören.

Ihre Lippen waren heiß und weich und ihre Zunge hieß ihn willkommen. Sein Kuss war wütend, fest und fordernd, als wäre er plötzlich besessen, und seine Zunge wollte jeden Winkel ihres Mundes erobern. Das kleine Wimmern in ihrer Kehle brachte sein Blut zum Brodeln. Er drängte sie nach hinten, bis ihr Rücken an die Flurwand stieß. Sein Körper war wie ein Käfig, umschloss sie, schützte sie und presste sich dabei an jede von Terras köstlichen, weichen Kurven. Seine Hände fanden ihre Handgelenke, zogen sie über ihren Kopf und drückten sie gegen die Wand. Er konnte ihren rasenden Puls darin spüren.

Das Wilde in seinem Inneren wollte sie *besitzen*.

Er schnappte nach Luft und brach den Kuss ab.

Was zum Teufel machte er hier?

Terras Lippen waren geschwollen und ihr Mund stand noch offen von seinem dominanten Kuss.

„Was muss ich tun…", die harten Muskeln seiner sich schwer hebenden Brust drückten sich gegen ihren unendlich zarten Körper, „um dich zum Bleiben zu bringen?"

Ihr Atem stockte und ihre Augenlider senkten sich herab. Der Duft ihrer Erregung vermischte sich mit dem Geruch heißer Haut und dieser köstlichen Note von *ihr*. Worte waren überflüssig. Er konnte spüren, wie die Aufregung ihren Körper beben ließ, konnte das Verlangen in ihren Augen sehen. Und all das verschaffte ihm einen Schwanz aus Granit.

Er neigte sich vor, um ihr ins Ohr zu flüstern. „Ich werde dich so hart ficken, Terra Wilding."

Schon wieder dieses süße Wimmern. *Scheiße,* das würde ihm noch den Verstand rauben. „Dass du eine Weile lang nirgendwo hingehen wirst.“

Dann fiel er wieder über ihren Mund her und dieses Mal erwiderte sie seinen Kuss genauso wild, krallte sich in seinen Rücken und biss seine Unterlippe. Er drückte sie weiter gegen die Wand, während er ihren süßen Mund kostete. Dann küsste er sich über ihr Kinn zu ihrem Hals herab. Er musste ihr *jetzt sofort* die Kleider vom Leib reißen. Er ließ ihre Handgelenke los, damit seine Hände sich ihrem Körper widmen konnten. Mit der einen umschloss er ungestüm ihre Brust – *Gott,* sie passte so perfekt in seine Hand – während er mit der anderen ihren Hintern packte und sie fest gegen seinen steinharten Ständer presste. Für einen kurzen Moment genoss er das Gefühl, wie sie sich in seinem Griff wandte und ihre Finger tief in seine Schultern grub… dann lehnte er sich weit genug zurück, um ihr das T-Shirt über den Kopf zu ziehen. Ihr BH war nur ein hauchdünnes schwarzes Teil mit Trägern – ohne zu zögern riss er ihn in der Mitte auf und ihre prallen Brüste sprangen heraus.

„Gott, Terra“, hauchte er. „Du bist so wunderschön.“ Sofort nahm er eine ihrer steinharten Brustwarzen in den Mund. Ihr Hinterkopf schlug gegen die Wand, als sie sich ihm entgegenwölbte. Beinahe hätte er sich in einem lustvollen Nebel verloren, als er an ihrer süßen Knospe knabberte, in sie hineinbiss und mit der Zunge umspielte, während seine Hände damit beschäftigt waren, diese hautenge schwarze Hose von ihrer Hüfte zu streifen. Als er diese runtergezogen hatte, stöhnte Terra bereits und wandte sich lustvoll unter seiner schnalzenden Zunge auf ihren Brüsten. Jetzt, wo sie nackt vor ihm stand, raubte ihm der Anblick fast den Atem. Er sah sich weiter an ihr satt, während er eilig seine eigene Hose öffnete und runterstreifte, um seinen schmerzenden Schwanz zu befreien. Am liebsten hätte er ihn direkt in ihr versenkt, doch stattdessen stellte er sich aufrecht hin, sodass er sie überragte, und vergrub seine Hand erneut in ihren Haaren.

„Knie dich hin." Seine Hände gaben ihr zu verstehen, was er von ihr wollte, sobald sie dort unten war.

Er rechnete fast damit, dass sie sich weigern oder wehren würde – aber sie sank zu Boden, als könnte sie es kaum abwarten, ihn in den Mund zu nehmen.

„*Fuck.*" Der Anblick ihrer roten, geschwollenen Lippen, die gierig seinen Schwanz hinunterglitten, war fast genauso erotisch wie die Feuchtigkeit ihres

Mundes, der ihn tief in sich aufnahm. *Heilige Scheiße…* so würde er das nicht lange durchhalten. Doch er behielt seine Hand in ihrem Haar und führte sie an, ihn mit jedem Mal tiefer in sich aufzunehmen. Der Duft ihrer Erregung umgab ihn wie eine Wolke – sie wurde hiervon genauso scharf wie er – und irgendwie wusste er genau, was sie wollte. Was sie von ihm *brauchte.*

Heiß, hart und schnell… und dominierend.

Und er war sowas von bereit, ihr das zu geben.

„Steh auf", befahl er und zog ihren süßen Mund von seinem Schwanz weg – was ihn einiges an Überwindung kostete. „Dreh dich um. Hände an die Wand." Doch er wartete nicht, bis sie dem nachkam. Sie war so klein und leicht, dass er sie einfach herumwirbeln und mit dem Gesicht zur Tür drehen konnte. Die Hände flach über ihrem Kopf an der Wand reckte sie ihm ihr köstliches Hinterteil entgegen. Er griff zwischen ihre Beine und streichelte über ihre Vagina, die bereits tropfnass für ihn war. Mehr brauchte er nicht – er packte ihre Hüften und stieß seinen Schwanz tief in sie hinein, füllte sie schnell und heftig von hinten aus.

Sie keuchte auf und ein Stöhnen entwich ihm – sie war so verdammt eng. Ihre Klauen kamen hervor, gruben sich in die Tür und halfen ihr, Halt zu finden, während er von hinten in sie pumpte. Es war fast zu viel für ihn, zu sehen, wie sein Schwanz in ihren süßen Körper hinein- und wieder herausglitt – wenn er weiter hinsah, würde das hier sehr schnell vorbei sein, also fokussierte er sich stattdessen auf ihre wunderschönen schwarzen Haare, die sich über ihren Rücken ergossen und im Rhythmus mittanzten. Er nahm sie wieder und wieder, härter und schneller. Sie war eine *Wölfin* – so zierlich sie auch wirkte, sie war *stark*, anders als die menschlichen Frauen, die er bisher gefickt hatte. Er wusste, dass Terra jeden seiner Stöße vertragen würde. Mehr als das, sie *wollte* es so. *Sehr sogar.*

Er nahm sie immer wilder und härter und presste ihren Körper mit Wucht gegen die Tür. Keuchen und Stöhnen drang aus ihrem Mund und wandelte sich schließlich zu kleinen Schreien. Sie war so heiß und eng, schrie seinen Namen und spornte ihn weiter an… er raste auf einen Orgasmus zu, der alles andere, was er zuvor erlebt hatte, zerschmettern würde. Er lockerte seinen Griff um ihre Hüfte, ließ eine Hand nach vorne gleiten und massierte ihre Klitoris, um sie zuerst zum Höhepunkt zu bringen. Er rammte sich so heftig in sie, dass es ihm dabei beinahe nicht gelungen wäre, doch dann fanden seine Finger ihre empfindlichste Stelle und sie stieß einen kehligen Schrei aus, der Kaden in ihr zum Explodieren brachte. Ihr Körper zog sich um ihn herum zusammen und quetschte seinen Schwanz, als er so heftig kam, dass er Sterne sah.

Er pumpte weiter, während Wellen der Lust durch ihn spülten, ergoss sich in ihr und genoss all die Laute, die Hitze und die strömende Feuchtigkeit, die sie gerade miteinander verbanden. Als er schließlich langsamer wurde und dann ganz anhielt, beugte er sich über sie und drückte ihren Körper erneut gegen die Tür. Sie waren immer noch eins, er tief in ihr, doch ihr beider wilder Atem beruhigte sich allmählich. Er streichelte ihre Brüste, ihren Bauch, ihr dichtes Haar, alles während er weiter hinter ihr stand und seinen Körper an ihren schmiegte.

Gemeinsam kamen sie langsam von ihrem Höhepunkt herab.

Er hatte noch nie dermaßen intensiven Sex erlebt. Und ihr kraftloser Körper in seinem Halt zeigte ihm, dass er sie ebenso zum Höhepunkt und darüber hinaus gebracht hatte. Aber das war mehr als nur Sex gewesen – ja, es war unbestreitbar heiß und erotisch gewesen, doch es hatte auch etwas tief in ihm gelöst, das jetzt emporstieg. Er sprach auf sie wie auf keine andere Frau an, mit der er je geschlafen hatte. Denn mit anderen Frauen, *menschlichen* Frauen, war es wirklich nur Sex gewesen. Eine Befreiung, der Abbau eines angestauten Verlangens – aber das hier war anders.

Vollkommen anders.

Sie brachte etwas in ihm hervor, das er lange und mit aller Macht in sich begraben hatte.

Es lag an diesem überwältigenden Bedürfnis, sie zu beschützen und wahnsinnig heißen Sex mit ihr an der Wohnungstür zu haben, dass all seine wilde Leidenschaft, die er sorgsam weggesperrt und in seinem Inneren vergraben hatte, nun zum Vorschein kam und sie ganz für sich haben wollte.

Sein inneres Biest.

Es erwachte zum Leben, weil es *sie* wollte. Und weil diese kleine, wütende, wunderschön gebrochene Frau, die er gerade zum Orgasmus gebracht hatte, ihn *brauchte*. Er konnte dem unmöglich widerstehen, doch gleichzeitig war er sich sicher, dass sie nichts von all dem ahnte – von ihren Bedürfnissen, seinem Verlangen nach ihr, seinem wahren Wesen. Terra machte ihrem Familiennamen alle Ehre, sie war wild und zügellos, impulsiv und mit einem Verlangen nach einem starken Alpha, der sie liebte und beschützte.

Und er hatte keinen verfluchten Schimmer, wie er damit umgehen sollte.

Besonders nicht, während diese heiße Shifter-Frau ihren süßen kleinen Hintern an ihm rieb und ihr Körper nach mehr bettelte.

Er drehte sie herum und küsste sie sanft auf die Lippen.

„Terra.“ Er war immer noch außer Atem.

Sie drückte ihre Stirn an seine Brust und so hielt er sie einen Moment fest und kuschelte mit ihr. Dann ging er in die Knie und hob sie in seine Arme hoch. Berauscht von ihrem Orgasmus fiel ihr Kopf kraftlos an seine Brust.

„Wo gehen wir hin?“, fragte sie verträumt, so als wäre sie kaum noch wach und als würde sie bereits von einem Nebel tiefer Befriedigung übermannt werden.

Aber er war noch nicht fertig mit ihr. Noch lange nicht.

„Ich bringe dich ins Bett, damit wir uns richtig lieben können.“

Sie öffnete blinzelnd die Augen und sah erstaunt zu ihm hoch.

Er trug sie in sein Schlafzimmer und trat mit der Hacke die Tür hinter ihnen ins Schloss.

Kapitel Neun

Terra hatte soeben den unglaublichsten Sex ihres Lebens gehabt … und Kaden Grant versprach ihr gerade, dass sie sich jetzt „richtig“ lieben würden.

Sie war nicht sicher, ob sie das überleben würde.

Er trug sie so zärtlich in seinen starken Armen, als hätte er Angst, sie zu zerbrechen. Sein männlicher Duft war überall an ihr, in ihr, und entspannte jeden Teil von ihr – sie fühlte sich bei ihm auf eine Art und Weise *geborgen*, wie bei keinem anderen Mann zuvor. Und schon gar nicht bei einem Menschen. Auch das wäre ihr unglaublich vorgekommen, doch ihr Kopf war noch lustvoll vernebelt von dem Genuss, so ausgiebig gefickt worden zu sein.

Sich geliebt zu haben. Das waren seine Worte gewesen, nicht ihre, aber sie waren das letzte Puzzleteil, das letzte Bisschen, das sie brauchte, um sich auf seinem Bettlaken zu entspannen, als er sie darauflegte und ihren Körper mit seinen Blicken vergötterte.

Er hatte ein Tattoo – eine dünne blaue Linie, die seinen Arm nahe der Schulter umrundete und ober- und unterhalb mit den Worten *Beschützen* und *Dienen* geziert wurde. Sie wusste, dass das ein Motto der Polizei war, doch sie hatte das Gefühl, dass es direkt auf sie zutraf. Er beschützte sie mit seinem Leben. Und hatte ihr gerade auf die wunderbarste Weise gedient.

Was auch immer Kaden wollte, sie würde es ihm geben. Ohne zu zögern. Vielleicht war er sogar jemand, den sie an sich heranlassen und dem sie vertrauen konnte… nicht nur mit ihrem Körper, sondern auch mit ihrem Herzen.

Auch wenn sie sich niemals ausgemalt hatte, mit einem Menschen zusammen zu sein.

Kaden ließ sich neben ihr nieder und berührte sie überall – sein Knie drückte ihre Beine auseinander, seine Hände massierten ihre Brüste und sein Gesicht liebkoste ihren Hals. Ihr Körper war sofort bereit für mehr und sehnte sich danach, ihn wieder in sich zu spüren, obwohl es dafür noch viel zu früh war. Sie ließ die Hände über seine Brust gleiten und stöhnte, als sie die harten Muskeln ertastete, die sich unter seiner Haut spannten. Wenn sie in Gedanken nicht so sehr mit dem bevorstehenden Liebesspiel beschäftigt gewesen wäre, hätte sie sich nach ihrer Kamera gesehnt – Kadens Körper war ein Kunstwerk, das sie gerne in einem Bild festhalten wollte.

„Ich muss dir etwas sagen“, flüsterte er ihr ins Ohr und holte sie so aus ihrem Lustnebel.

Es erinnerte sie daran, dass sie ihm noch erklären musste, warum sie durch das Fenster geflohen war. „Und ich schulde dir noch eine Erklärung“, flüsterte sie zurück, während sie mit ihren Fingern eine Linie über seine gewölbten Brustmuskeln bis hin zu seinem Rücken malte.

Er strich ihr eine Haarsträhne aus dem Gesicht und sah ihr tief in die Augen. „Du zuerst.“

Sie schluckte und kam sich im Nachhinein ziemlich dumm vor, dass sie gegangen war, ohne ihm Bescheid zu sagen. Tatsächlich konnte sie sich gerade nicht mehr vorstellen, ihm irgendetwas zu verheimlichen. „Ich habe mich mit Julius getroffen.“

Kaden zuckte zusammen und sofort waren ihre Finger auf seiner Stirn, um die Sorgenfalten zu glätten, die sich dort gebildet hatten. „Ich hätte es dir sagen sollen."

„Ja, das hättest du." Seine Augen glühten und schickten ein Kribbeln durch Terra. Sein zärtliches Streicheln wurde plötzlich eine Spur fester. Er schob einen Arm unter ihre Knie und hob sie an, bis er Terra mit den Knien an ihrer Brust so weit zusammengefaltet hatte, dass ihr blanker Hintern freilag. Dann sauste seine andere Hand herab und gab ihr einen heftigen Klaps auf den Po. Das brennende Gefühl ließ heißes Vergnügen durch ihren Körper schießen, doch ihr Mund klappte vor Schock auf. Er gab ihr einen weiteren schnellen und heißen Klaps auf die andere Pobacke, dann beugte er sich vor und flüsterte mit einem breiten Grinsen: „Eine kleine Erinnerung daran, dass du mir immer zuerst Bescheid sagen solltest."

Die Hand, mit der er ihr den Hintern versohlt hatte, glitt nun sanft über ihren Po, doch das Brennen hatte bereits nachgelassen.

Sie schluckte und ihr Mund war plötzlich trocken. „Das könnte das Gegenteil bewirken."

Seine Augen loderten erneut auf, aber diesmal wanderte seine Hand zu ihrer Vagina und glitt mit zwei Fingern in sie hinein. Sie keuchte und krallte sich in die eine seiner Schultern, die sie über ihre gefalteten Beine hinweg zu fassen bekam. Er begann, mit seiner Hand in sie zu pumpen, und sie drückte ihm keuchend die Hüfte entgegen und verlangte mehr. *Gott*, er konnte sie wirklich mit nur zwei leichten Schlägen und zwei Fingern von null auf hundert katapultieren.

„Ich dachte, du wolltest mir etwas sagen." Sie schnappte nach Luft und versuchte, ein Stöhnen zu unterdrücken, scheiterte aber kläglich. Er versenkte seine Finger noch tiefer in ihr und ließ mit jedem Mal seinen Daumen über ihre Klitoris schnellen. *Grundgütiger*, er war ein *Gott* im Bett und das nicht nur wegen seines umwerfenden Körpers, sondern auch wegen der perfekten Art, wie er mit ihrem Körper spielte.

„Das kann warten", sagte er mit angestrengter Stimme, und als er sie näher zu sich zog, spürte sie seine wachsende Erektion an ihrem frisch versohlten Hintern. „Ich bin noch nicht fertig mit deiner Bestrafung."

Oh Gott. Ihre Vagina verkrampfte sich bei diesen Worten um seine Finger und beinahe wäre sie direkt gekommen.

Doch es folgte kein weiteres Klatschen auf ihren Hintern, stattdessen kniete er sich hin und zog ihre Beine hoch, sodass ihre Fußknöchel auf seinen

Schultern lagen. Seine Hand tauchte immer noch tief in sie ein, doch sein Penis schwebte bereits steif und hart zwischen ihren gespreizten Beinen. Sie streckte eine Hand danach aus und streichelte ihn, woraufhin Kadens Hand noch stärker in sie stieß. Sie musste dem Drang widerstehen, sich vor Lust hochzuwölben, sonst hätte sie den Griff um seinen Schwanz verloren… sie erschauerte bei dem Gedanken, ihn wieder in sich zu haben. Er war so groß, so dick, lang und kräftig, und zu spüren, wie er in ihrer Hand pulsierte, ließ sie wimmern. Als sie ihn im Mund gehabt hatte, hatte sie nur einen Bruchteil davon in sich aufnehmen können. Und als er sie von hinten nahm, hatte er sie wie kein Mann zuvor gedehnt und ausgefüllt.

Er nahm ihre Hand von seinem Schwanz, was ihr einen protestierenden Laut entlockte.

„Kaden, *bitte.*“ Sie flehte ihn an und das schien das Feuer in seinen Augen nur noch stärker lodern zu lassen.

„Was ist?“, neckte er sie und lehnte sich nach vorne. Ihre Beine lagen immer noch auf seinen Schultern, nur befand sein Gesicht sich jetzt direkt über ihrem, sodass ihre Knöchel auf der Höhe ihrer Ohren waren. Sie war jetzt praktisch in der Mitte zusammengeklappt, während sein Penis über ihrem Eingang schwebte. „Wollen Sie mich, Ms. Wilding?"

Oh mein Gott. „Ja", war alles, was sie herausbringen konnte, und ihre Augen weiteten sich bei der Aussicht, ihn in dieser Position so tief in sich aufnehmen zu können. Sie klammerte sich an seinen Rücken und versuchte, ihn näher zu sich zu ziehen, doch er hielt sich weiterhin zurück. Wenn er kein Mensch gewesen wäre, hätte sie ihre Krallen ausgefahren, um ihm mit mehr *Nachdruck* zu zeigen, wie sehr sie ihn in sich haben wollte.

Sein Schwanz strich aufreizend ihre Spalte entlang. „Alles von mir?"

„Oh Gott, Kaden." Sie bog sich ihm entgegen, aber er bewegte sich mit ihr, um zu verhindern, dass er in sie eintauchte.

Dann unterbrach er ihr lustvolles Keuchen mit einem zärtlichen Kuss auf den Mund. „Sag, dass du alles von mir willst."

„Ich will alles von dir", sagte sie hastig.

Er drang langsam in sie ein – nur ein kleines Stück, aber es brachte sie bereits zum Keuchen.

„Sag, dass du bleiben wirst", flüsterte er in ihr Ohr. „Sag, dass du dich von mir beschützen lässt."

„Ich tue alles, was du willst", keuchte sie. *Und sie meinte es so.* Nicht nur, weil sie seinen Schwanz *jetzt sofort* in sich haben wollte… sondern weil ihre Wölfin verzweifelt nach ihm winselte und ihr zu verstehen gab, dass dieser Mann der Alpha war, auf den sie so lange gewartet hatte.

„Ja, das wirst du“, sagte er heiser. Dann stieß er seinen Schwanz so *fest* und *tief* in sie, dass sie aufschrie.

Er stöhnte und blieb tief in ihr, ohne sich zu bewegen. „Oh Gott, Terra“, sagte er mit vor Lust geschlossenen Augen. Dann öffnete er sie wieder und hielt ihren Blick mit seinen glühenden dunkelblauen Pupillen fest. „Ich will dich genau so… *für immer.*“

Ihre Wölfin hüpfte vor Freude, aber ihr Herz hatte kaum Zeit zu registrieren, was er gesagt hatte, bevor er sich ein Stück aus ihr herauszog und mit Wucht wieder eindrang. Und dann nahm er sie so wild und ungestüm, dass es unmöglich war, an etwas anderes zu denken. Zuvor, als Kaden sie an der Tür genommen hatte, hatte sie sich in der puren, wahnsinnigen Ekstase verloren… und er hatte dominierend, distanziert und erotisch gewirkt. Doch jetzt war er tiefer in ihr als je ein anderer Mann zuvor, war ihr intim und schwer atmend von Angesicht zu Angesicht gegenüber und stöhnte und flüsterte leise, während er wieder und wieder in sie hineinglitt. Sein Gesicht war vor süßer Qual verzerrt und zu sehen, dass sie ihm so viel gab, verdoppelte ihre Lust.

„Gott, Terra", stöhnte er heiser. „Komm für mich." Ihre Sicht verschwamm, als er seine Position leicht veränderte und eine neue Stelle streifte, die sie innerlich fast zum Explodieren brachte und ihrem Höhepunkt entgegentrieb. Sie schrie seinen Namen, wieder und wieder, klammerte sich an ihm fest und plötzlich brachen die steigenden Wellen der Lust über sie ein – und sie bockte so heftig gegen ihn, dass jegliches Denken ausgelöscht wurde und sie nicht einmal mehr wusste, wo sie war. Sie versank in dem Gefühl, zu lieben und geliebt zu werden, und wurde von einem endlosen Meer der Leidenschaft umspült. Kaden brüllte auf, vergrub sich tief in ihr und verharrte dort, als er sich in ihr ergoss. So hielt er sie eine Weile und gemeinsam wiegten sie leicht hin und her und ritten auf den abklingenden Wellen, bis Terra buchstäblich keine Energie mehr hatte.

Völlig kraftlos und erschöpft sank sie zurück in die Laken.

Kaden glitt aus ihr heraus, ließ sie ihre Beine strecken und zog sie dann zu sich, sodass ihre kleine

Figur geschützt an seinem großen, unglaublichen Körper lag.

„Oh Gott, Terra", hauchte er in ihr Haar. „Das müssen wir unbedingt wiederholen. So bald wie möglich."

Ihr Herz schwoll an. Meinte er das ernst? Sagte er wirklich diese Dinge zu ihr? Und bedeutete es das, was sie dachte? Denn bei Menschen musste all das so anders sein. Bei Wölfen gab es das Paarungsritual – eine buchstäblich magische Verbindung, die sie zusammenhielt. Hätte sie diese Erfahrung gerade mit einem Wolf gemacht, würden seine Worte so viel wie *Du bist mein Weibchen* bedeuten. Und sie würden es beide wissen. Ihre Wölfin und sein Wolf würden sich unmissverständlich zueinander hingezogen fühlen. Fast hätte sie das mit Jaxson erlebt, obwohl sie ihm nie nah genug gekommen war, um herauszufinden, ob das Winseln ihrer Wölfin berechtigt gewesen und er wirklich für *sie* bestimmt war. Und wie sich herausgestellt hatte, war das nicht der Fall.

Aber bei Menschen… was bedeutete das alles bei ihnen?

Sie kuschelte sich an seine Brust, während diese Gedanken durch die Glückseligkeit taumelten, die ihren Körper nach dem Orgasmus erfüllte. Sie wusste nicht einmal ansatzweise, wie sie mit ihm darüber reden sollte.

Kaden war eine Minute lang still, streichelte einfach nur über ihr Haar und atmete ihren Duft ein. Dann sagte er: „Terra, ich muss es dir jetzt sagen, bevor das hier noch weiter geht."

Ihr Herz setzte aus, aber sie zwang sich, sich zurückzulehnen und seinem Blick zu begegnen.

Und dieser war so zart, dass es ihr fast das Herz brach.

Er strich ihr mit einem Daumen über die Wange. „Gott, du bist so schön."

Sie lächelte. „Das war es, was du mir unbedingt sagen wolltest?"

Seine Miene verdüsterte sich. „Nein." Einen Moment lang schien er mit sich zu ringen, dann sagte er schließlich: „Ich habe ein Geheimnis. Niemand weiß davon. Also, wirklich *niemand*. Aber ich muss es dir erzählen, weil… nun, wegen dem hier." Sein Blick senkte sich auf ihre nackten Brüste, die gegen seinen Brustkorb gepresst waren.

Sie nickte stumm, weil sie sich nicht zutraute, zu sprechen.

Er schluckte. „Jeder denkt, dass ich ein Mensch bin… aber das bin ich nicht."

Ihre Augen weiteten sich. „Du bist ein *Wolf*."

Er nickte knapp.

Ein breites Lächeln erstreckte sich über ihr Gesicht. „Ich *wusste* es!“ Sie drückte ihn zurück aufs Bett und kletterte auf ihn. Seine Augen wurden groß, als sie sich rittlings auf ihn setzte und mit beiden Händen auf seine Brust schlug. „Ich *wusste*, dass du ein Alpha bist! Meine Wölfin flüstert es mir zu, seit ich dich das erste Mal gesehen habe!“ Sie platzte förmlich vor Freude.

Kaden packte ihre Handgelenke, bevor sie ihn erneut spielerisch schlagen konnte. Seine Miene zeigte nicht die Spur eines Lächelns. „Niemand darf das wissen, Terra. Niemand.“

Ihr Grinsen erlosch. „Warum nicht?“ Doch ihr Gehirn spielte bereits die möglichen Konsequenzen durch. Er arbeitete für das Seattle Police Department – einer *menschlichen* Strafverfolgungsbehörde. „Würde die Polizei dich feuern?“ Finster runzelte sie die Stirn. Verdammt, das war so ungerecht, dass es sie innerlich komplett aufwühlte.

Er sah sie bedrückt an. „Vielleicht. Und selbst wenn nicht… müsste ich mir im Minutentakt über die Schulter schauen. Du weißt ja, wie sie sind.“

Mit hängenden Schultern wich sie zurück. „Du kannst dich nicht outen, weil sie Wölfe hassen.“

Er verzog das Gesicht. „Sagen wir einfach, es

gibt einen Grund, weshalb ich mich so sehr darum bemüht habe, diesen Auftrag hier zu bekommen."

Ihre Augen verengten sich. *Hatte er das?* Sie hatte vom ersten Moment an den Eindruck gehabt, dass er diesen Auftrag hasste… doch dann wurden ihre Augen wieder groß und sie beugte sich vor und legte die Hände auf seine Brust. „Du hast versucht, mich zu beschützen. *Vor ihnen*."

Er nickte.

Wieder bekam sie dieses Gefühl, als würde ihr Herz anschwellen. Sie ließ die Hände in seinen Nacken gleiten, schmiegte sich mit ihrem nackten Oberkörper an seinen und schnurrte, als sie Kaden damit ein kleines Stöhnen entlockte. Ihre Wölfin brüstete sich stolz, dass sich ihr Instinkt bei Kaden bestätigt hatte. Er hatte von Anfang an das Bedürfnis verspürt, ihr zu helfen. *Sie zu beschützen.* Noch bevor er sie überhaupt kannte. Bevor er mehr wusste als das, was die Öffentlichkeit von ihr sehen konnte. Und *genau so* sollte es bei Shifter-Paaren sein – diese unsichtbare Anziehung, als hätten sich die Kräfte des Universums dazu verschworen, sie im perfekten Moment zusammenzubringen, wenn sie einander am meisten brauchten.

Gerade als der Tod Terra fast eingeholt hatte, war endlich ihr wahrer Partner aufgetaucht.

Ihre Hände glitten über seinen Körper. „Oh Gott, Terra.“ Seine Stimme war wieder heiser. „Du brauchst mich nur zu berühren und mein Wolf erwacht zum Leben und will dich wieder und wieder erobern.“

Sie wich zurück, unfähig, ihr zufriedenes Grinsen zu unterdrücken. „Das lässt sich wohl einrichten.“ Heilige Scheiße… normaler Sex mit Kaden war bereits *unglaublich* – wie viel besser würde es dann erst beim Paarungsritual sein?

Aber seine Miene verfinsterte sich wieder. „Ich bin keine gute Partie für dich, Terra.“

Was? Das Lächeln auf ihrem Gesicht erstarb. Sie schlug ihm mit der flachen Hand auf die Brust. „Was zur Hölle redest du da, Kaden Grant?“

Er hob abwehrend die Arme und ein kleines Lächeln huschte über sein Gesicht, verschwand aber schnell wieder. „Mein Wolf ist ein *Geheimnis*, Terra. Was willst du machen? Dich mit jemandem paaren, der vermeintlich ein Mensch ist? Das wäre nicht einmal eine richtige Paarung und das weißt du. Jeder wird das wissen. Und absolut niemand würde glauben, dass jemand wie *du* freiwillig mit jemandem wie *mir* zusammen ist.“

Verstimmt kletterte sie von ihm herunter, zog die Knie an und schlang die Arme darum. „Ich weiß nicht, was du damit sagen willst." Doch das tat sie. Schlimmer noch, sie wusste, dass sie es niemals geheim halten konnten. Sie war zu prominent. Die Klatschblätter würden sich regelrecht auf sie stürzen. Und allein die Gerüchte würden Kaden praktisch als Wolf outen, selbst wenn er es nie öffentlich zugeben würde.

Sich mit ihr zu paaren könnte sein Leben ruinieren.

Kaden richtete sich auf, um neben ihr zu sitzen. Sanft strich er ihr das vom Sex zerwühlte Haar über die Schultern. „Ich würde mein Leben für dich geben. Ich würde die Polizei, meinen Job, all das aufgeben… nur um die Ehre zu haben, mit dir zusammen zu sein und dich zu beschützen. Aber dann *muss* ich mich auch als Wolf outen und… naja, meiner ist nicht die Art von Wolf, die du als Männchen haben willst."

Erneut runzelte sie die Stirn. Er machte sich keine Sorgen um *sich*… sondern um *sie*? „Ich… verstehe nicht ganz."

Er holte tief Luft. „Ich bin nur ein Halbling, Terra. Meine Mutter ist ein Mensch. Und mein Vater war einer dieser Wölfe, die Frauen verführen und sie dann sitzenlassen. Er war ein Arschloch, der sich nicht darum scherte, ob er jemanden schwängerte oder wie viele Halblinge er zurückließ." Kadens Blick wanderte über ihren immer noch nackten Körper. „Hast du dich nicht gewundert, warum ich mich nicht um Verhütung gekümmert habe? Ohne dich zu fragen?"

Ihre Augen weiteten sich. Sie war so sehr daran gewöhnt, unter Wölfen zu sein, dass ihr das nicht einmal aufgefallen war. Aber natürlich hätte ein Mensch nicht wissen können…

Kaden nickte. „Ich habe früh gelernt, wie man die Fruchtbarkeit von Frauen wittert – sowohl bei Menschen als auch bei Shifterinnen. Obwohl du die erste Shifterin bist, mit der… naja, die erste, mit der ich richtig geschlafen habe. Aber das hätte ich nie getan, wenn du gerade fruchtbar gewesen wärst. Ich will nicht so ein Arschloch wie mein Vater sein."

Sie öffnete ihre Arme und legte ihm die Hände auf die Schultern. „Du bist das krasse Gegenteil dieses Typen."

Finster runzelte er die Stirn. „Ich weiß nicht so recht. Ich habe seine DNA. Und die ist verdammt stark. Ich bin vielleicht nur ein Halbling, aber ich kann shiften. Und außerdem ist meine Wolfsgestalt etwas, nun ja, ungewöhnlich." Er knirschte mit den Zähnen. „Sagen wir einfach, ich bin mir sicher, dass es da draußen vollblütige Alphas gibt, die sich viel besser als Partner für dich eignen.“ Dann kniff er die Lippen zusammen und sah aus, als könnte er irgendetwas umbringen.

Und genau so fühlte sie sich bei der Vorstellung, sich mit jemand anderem zu paaren.

Ihre Wölfin knurrte bei dem Gedanken und verlangte, dass sie etwas dagegen unternahm. Und Terra stimmte ihr mit ganzem Herzen zu. Langsam glitten ihre Hände Kadens muskulöse Brust hinab, während er sie mit einem tadelnden und gleichzeitig lüsternen Blick bedachte. Sie griff nach seinem Schwanz, der sich noch von ihrer letzten Nummer erholte, umfasste ihn fest und begann, ihn zu streicheln.

Kaden krümmte sich. „Meine Güte, Terra—“ Doch sein Schwanz erwachte in ihrer Hand unübersehbar zum Leben.

Sie grinste, streichelte ihn weiter und brachte seinen Ständer in null Komma nichts zu seiner vollen Pracht. Dann presste sie sich so an Kadens Körper, dass ihre Brüste verführerisch vor seinem Gesicht wippten. Sie hörte auf, ihn mit ihrer Hand zu quälen, schlang ihm die Arme um den Hals und blickte ihm einen Moment lang fest in die Augen, während ihr Lächeln einem ernsten Ausdruck wich.

„Du bist mein Alpha“, sagte sie mit andächtiger

Freude im Herzen. „Du wirst auf meine Berührungen immer mehr reagieren als bei sonst irgendeiner Frau auf dieser Welt. Ich bin für dich bestimmt, und du für mich. Und ich will dich nicht von anderen Partnern reden hören, denn die wird es *nicht* geben." Plötzlich waren seine Hände in ihren Haaren, dann drückte er sie aufs Bett und verschlang sie mit einem Kuss, der ihr Herz höherschlagen ließ.

Als er sich wieder von ihr rollte, war seine Stimme rau. „Ist das immer so bei Shifter-Partnern?", fragte er atemlos. „Ich meine, ich habe die Geschichten gehört, aber… ich verliere den Verstand, wenn ich in deiner Nähe bin, Terra."

„Ganz genau, so ist das." Sie küsste ihn erneut, lange und leidenschaftlich. Als sie den Kuss beendete, bedachte sie ihn mit einem weiteren ernsten Blick, bevor sie sagte: „Ich brauche dich, Kaden Grant."

Seine Miene wurde weich. „Du kannst dir nicht vorstellen, was das mit mir anstellt."

Nun, wenn es auch nur annähernd so war wie bei ihr… „Ich brauche mehr als nur deinen Körper. Ich brauche deine Magie. Ich muss mich dir unterwerfen. Meinem Alpha."

Er blinzelte. „Ich habe noch nie…" Er

schluckte. „Ich habe mich immer von den Gangs ferngehalten, Terra. Sie wissen nicht einmal, dass ich ein… ich bin seit *Jahren* nicht mehr geshiftet. Ich habe mich noch nie jemandem unterworfen. Ich weiß nicht einmal genau, wie…"

Sie grinste breit. „Shifte für mich, du Riesenbaby."

Er knurrte sie warnend an und sah einen Moment verunsichert drein, doch dann ließ er sie los und setzte sich im Bett auf. Dann shiftete er…

In einen weißen Wolf.

Terra schlug die Hände vor den Mund. Das war doch nicht möglich! „Du bist… ich fass es nicht! Du bist ein *weißer Wolf.*"

Er shiftete zurück und saß wieder nackt und mit finsterem Blick auf dem Bett. „Ich habe dir doch gesagt, dass—"

Sie krabbelte über das zerknitterte Bettlaken zu ihm. „Nein, nein, nein. Versteh mich nicht falsch. Dein Wolf ist… *absolut atemberaubend.*" Sie lächelte, während sie ihm die Hände auf die Wangen legte und der mürrische Blick aus seinem Gesicht verschwand. „Nur… gibt es ein paar Dinge, die du darüber wissen solltest."

Er runzelte die Stirn. „Was denn zum Beispiel?"

„Eins nach dem anderen." Terra strahlte. Sie

würde ihn unter keinen Umständen aus diesem Zimmer lassen, bevor sie ihn nicht mit der Magie gefüllt hatte, die eine Unterwerfung mit sich brachte. Und sich einem weißen Wolf zu unterwerfen… wenn er wirklich ein halber Hexer war, so wie ihr Cousin Noah, dann konnte diese Unterwerfung wild und sogar ein bisschen gefährlich werden… Schon allein daran zu denken machte sie ganz heiß. „Shifte nochmal in diese wundervolle Wolfsgestalt. Meine Wölfin kann es kaum erwarten, dich zu treffen."

Dieses Mal zögerte er nicht. Er shiftete direkt vor ihr. Sie lächelte und shiftete ebenfalls. Jetzt standen sie beide auf allen Vieren auf dem Bett und Terra begab sich umgehend in die Unterwerfungspose – sie streckte ihre pelzigen Pfoten nach vorne aus, reckte ihr Hinterteil in die Luft, senkte den Kopf und zog den Schwanz ein. Auch wenn Kaden wahrscheinlich nicht viel von der Unterwerfung verstand, sein Wolf tat das sehr wohl. Ihre Pose brachte den Alpha in ihm hervor und sogleich stand er mit gespitzten Ohren und erhobenem Schwanz neben ihr. Sobald sie beide in der Pose waren, die die Magie in ihnen entfachte, wurde Terra von ihr wie von einem elektrischen Sturm übermannt. Die magische Energie belebte und stärkte sie, während sie sie mit Kaden verband und ihn nun mindestens bis zum nächsten Vollmond zu ihrem Alpha machte – so, wie es das Schicksal schon bestimmt hatte. Die Bindung musste ihn ebenfalls kräftigen und mit magischer Energie durchströmen – ihre Unterwerfung würde ihn buchstäblich stärker machen. Und er würde sie mit seinem Leben beschützen, so wie er es versprochen hatte. Sie bildeten jetzt ihr eigenes kleines Rudel. Sie würde ihm dienen und schon bald würden sie ihren Bund mit einem Paarungsritual besiegeln.

Aber noch waren sie nicht so weit.

Kaden musste noch mehr über seinen Wolf erfahren. Und sie wusste auch, wie sie ihm dabei helfen konnte. Die Begeisterung, ihn mit seinem Wolf vertraut machen zu können, ihm zu zeigen, wie er seine wahre Alphagestalt annehmen konnte, ließ sie in ihrer Unterwerfungspose ganz zappelig werden und sie wollte unbedingt wieder mit diesem herrlichen menschlichen Körper schlafen.

Einen Moment später wurde ihr bewusst, dass er wahrscheinlich nicht daran gewöhnt war, über Gedanken zu kommunizieren. Geschweige denn wusste, wie er sie aus ihrer Unterwerfungspose entlassen konnte.

Liebling, sendete sie ihm in Gedanken zu.

Heilige Scheiße. Seine Gedanken waren ein unkontrolliertes und zusammenhangloses Durcheinander. *Ach, richtig. Das ist so ein Rudel-Ding, oder? Diese Sache mit dem Gedankenlesen? Heilige Scheiße, das hatte ich ganz vergessen.*

Ihre Wölfin japste ein kleines wölfisches Lachen.

Lachst du mich gerade aus, Terra Wilding? Er wirkte tatsächlich ein bisschen sauer.

Sie hatte ihren Kopf immer noch in der Unterwerfungspose gesenkt, sodass sie seinen Gesichtsausdruck nicht sehen konnte, doch sie spürte die Emotionen in seinen Gedanken. *Nein, mein Lieber. Aber ich gehöre jetzt dir. Du musst mir befehlen, mich zu erheben und zu shiften, ansonsten bleibe ich hier den ganzen Tag mit meinem Hintern in der Luft.*

Oh. Ähm. Äh…

Es musste eine Art geheimer Alpha-Absprache geben, bei der dieses Wissen vermittelt wurde. Und ihr Alpha hatte diese Ausbildung offenbar nie erhalten.

Liebling, sag mir einfach, dass ich mich „erheben" soll. Sie unterdrückte ein Lachen, denn ihr Alpha hatte tatsächlich etwas mehr Mitgefühl verdient.

Erhebe dich, meine Liebe.

Sofort richtete sie sich auf und kuschelte sich an ihn an. Hatte er gerade wirklich „meine Liebe" zu ihr gesagt? Das war zwar nicht nötig, um sie aus der Unterwerfungspose zu entlassen, aber vielleicht dachte er ja, dass es das war? Es war ihr egal – sie freute sich einfach, es zu hören.

Dieses Gefühl… Seine Gedanken waren immer noch voller Staunen. *Hat dir die Unterwerfung wehgetan? Ich fühle mich völlig energiegeladen, so als hätte ich dir etwas gestohlen, vielleicht einen Teil deiner Magie…*

Nein, mein Liebling, dachte sie und leckte ihm übers Gesicht. Und sie wollte liebend gerne noch andere Stellen in ihrer menschlichen Gestalt lecken. *Der Bund stärkt uns beide. Und das hier ist nur die Unterwerfung…* Das Paarungsritual würde hundertmal so intensiv und wunderbar sein. Aber darüber wollte sie noch nicht sprechen.

Du musst mir sagen, dass ich shiften soll, sendete sie ihm in Gedanken zu.

Shifte, meine Liebe, befahl er ihr rasch.

Sie gehorchte und kurz darauf lag sie nackt in seinen Armen, während er ihren Körper mit seinem bedeckte. Wie sie erwartet hatte, war seine Erektion zurück – die Unterwerfung belebte mehr als nur die Magie eines Mannes – und ihr köstlich wunder Intimbereich bebte schon vor Vorfreude.

„Das war unglaublich“, hauchte er und blickte ihr tief in die Augen.

Ihre Hände strichen über sein Gesicht. „Ich kann nicht glauben, dass ich dich gefunden habe." Sie musste innehalten, weil sie einen Kloß im Hals bekam. „Ich war mir nicht einmal sicher, ob es jemals passieren würde."

Seine Augen begannen zu glühen. „Diese Verbindung zwischen uns… sie macht meinen Wolf *stärker*."

„Das ist die Magie des Unterwerfungsbundes." Sie biss sich auf die Lippe. „Sie verstärkt… alles."

„Alles?", fragte er, während sein Blick zu ihrer Brust herabwanderte.

Sie konnte sein Verlangen wie ein heißes Streicheln auf ihrer Haut spüren. „Oh ja", hauchte sie.

Er stürzte sich auf sie, knabberte an ihr und schmeckte sie, berührte sie überall. Ihre Wölfin hüpfte vor Freude.

Es gab noch so viel, das er erfahren musste – über die Paarung, seinen weißen Wolf, über *sie*.

Aber das konnte noch etwas warten.

Kapitel Zehn

Kaden hatte starke Zweifel daran, dass das hier eine gute Idee war.

Es war früh am Morgen und er fuhr mit Terra zurück zum Berganwesen des River-Rudels – demselben Anwesen, von dem er sie ursprünglich weggebracht hatte, um sie in Schutzhaft zu nehmen. Sie wollte, dass er mit ihrem Cousin Noah darüber sprach, wie es war, ein weißer Wolf zu sein, aber Kaden konnte nur daran denken, wie unsicher dieser Ort war… und wie wenig Interesse er daran hatte, sich mit irgendeinem anderen Wolf außer Terra zu unterhalten.

„Also, das war eine sehr schöne Fahrt durch die Berge. Wirklich, landschaftlich sehr reizvoll“, sagte er zu Terra, die auf dem Beifahrersitz neben ihm saß. „Wie wär's, wenn wir jetzt zurück in unsere Wohnung fahren?"

„Noah erwartet uns schon. Wir haben eh Glück, dass er und seine Partnerin noch dort sind." Sie funkelte ihn an, doch in ihrem Blick war keine Wut zu sehen… nur das Leuchten, das noch von ihrer gemeinsamen Nacht darin glänzte. Nachdem sie buchstäblich stundenlang die Bettlaken zerfetzt hatten, hatte er irgendwann doch etwas Ruhe und eine Dusche gebraucht – die sie sich dann beide auch gegönnt hatten – aber trotzdem schwebten sie noch auf dem magischen Hoch, auf das der Unterwerfungsbund und der Sex sie befördert hatten.

Gütiger Himmel, der Sex. Er wäre viel lieber weiterhin in ihrem Versteck geblieben, nur mit Terra und seinem Bett, als sich auf diese unangenehme Reise zu begeben. Innerlich setzte er sich immer noch mit der Tatsache auseinander, dass sein Wolf nach Jahren der Unterdrückung und Leugnung und seinen permanenten Bemühungen, diesen ganzen Mist wegzusperren, wieder voll aufgelebt war. Und er war *alles andere* als begeistert davon, mit irgendjemandem über dieses seltsame Tier in ihm zu sprechen, schon gar nicht mit einem Mann, den er nicht einmal kannte.

„Das schicke Berganwesen deines Cousins ist

nicht gerade *sicher*, Terra“, murrte er und war immer noch nicht gewillt, klein beizugeben. In ein paar Minuten würden sie dort sein. „Der Wolfsjäger kennt diesen Ort. Verdammt, jeder mit Internetzugang kennt ihn. Ich fahre besser rechts ran und wir können Noah anrufen.“

„Nein.“ Ihr Funkeln wurde jetzt definitiv finsterer. „Du musst vor ihm shiften… und er vor dir. Ihr müsst euch einfach über bestimmte Dinge austauschen. Und nicht einmal ich werde dabei sein.“

„*Was?*“ Kadens Wolf brauste in ihm auf und er musste sich fest ans Lenkrad klammern, um ihn unter Kontrolle zu bekommen. Als Terra sich ihm unterworfen hatte, hatte es tatsächlich seinen inneren Alphawolf hervorgebracht… doch er hatte immer noch Probleme damit, ihn im Zaum zu halten. Jetzt, da er erwacht war, wütete er unter seiner Haut und fachte seinen Beschützerinstinkt noch weiter an. Alles, was nach einer Bedrohung für Terra roch – und dazu gehörte auch, sie im Berganwesen aus den Augen zu lassen – rief ein tiefes Knurren in seiner Brust hervor, das so viel wie *Scheiße, nein* besagte. „Und wo hattest du vor, dich währenddessen aufzuhalten?“, fragte er.

Sie warf die Hände in die Luft, als wäre er ein

hoffnungsloser Fall. „Ich werde oben in meinem alten Zimmer sein."

„Das gefällt mir nicht." Das Knurren ließ seinen Kopf dröhnen und er konnte kaum einen klaren Gedanken fassen… aber sein Wolf war eben ein verdammtes Tier… und kein Mann. Kaden zog durch zusammengebissene Zähne die Luft ein. Er musste das in den Griff bekommen.

Terra schien zu spüren, dass er sich beruhigen musste – sie rutschte zu ihm herüber und beugte sich mit ihrer schmalen Figur über die Mittelkonsole zwischen ihnen. Sie legte eine Hand auf seinen Bizeps und drückte ihn sanft, während sie die andere in seinen Nacken gleiten ließ und die kurzen Haare dort kraulte.

Es half. Allein, sie so nah bei sich zu spüren, ließ etwas von seiner Anspannung abfallen.

„Ich werde nur ein Stockwerk über euch sein", flüsterte sie ihm ins Ohr. „Und ich werde dort auf dich warten, bis du und Noah fertig seid. Danach können wir ein paar neue Stellungen ausprobieren, die ich mir überlegt habe…"

Gütiger Himmel. Seine Hose spannte sich schon wieder an. „Wenn du nicht willst, dass ich Noah mit einem Ständer begrüße, dann behältst du diese Überlegungen besser für dich."

Sie grinste und beinahe wäre er rechts rangefahren, um die Anspannung mit einer kleinen Nummer am Straßenrand wieder abzubauen. Doch sie waren so gut wie am Ziel.

Sie rutschte zurück auf ihre Seite des Wagens. „Lass dir ruhig Zeit mit Noah. Ich muss noch ein paar Sachen einpacken, die ich beim letzten Mal hiergelassen habe, und ich würde gerne meine Familie anrufen."

„Na gut", sagte Kaden und gab endlich auf. „Trotzdem, richtig glücklich werde ich erst wieder sein, wenn wir zurück zu unserer Wohnung fahren."

Sie strahlte ihn an. „Wenn ich eines will, dann, dich glücklich zu machen."

„Terra", sagte er warnend. Um Himmels willen. Sie war wunderschön und unglaublich perfekt für ihn… aber das permanente Bedürfnis, sie *haben zu müssen*, sich in ihr zu versenken und sich im wilden Sex mit ihr zu verlieren, brachte ihn fast um.

Sie kicherte und *das* half ihm auch nicht gerade. Glücklicherweise wurde sie dann wieder ernst. „Bevor du dort reingehst, solltest du noch etwas wissen."

„Noch etwas, außer dass dein Cousin auch so ein seltsamer weißer Wolf ist wie ich?" Es verstörte ihn immer noch, dass es da draußen *noch* einen weißen Wolf gab. „Noah, Grace Krepky und ich könnten einen Weiße-Wölfe-Club aufmachen." Krepky war die erste bekennende Shifterin, die für das Repräsentantenhaus kandidierte. Als sie sich öffentlich geoutet hatte, ging diese ganze Sache mit den Wolfshassern erst richtig los. Und hatte auch ihm etwas Angst eingejagt, da er wusste, dass sein Wolf ebenfalls weiß war, auch wenn er ihn jahrelang nicht mehr gesehen hatte. Kaden kannte eine Menge Wölfe in den Gangs. Er war mit ihnen aufgewachsen. Er hatte immer geglaubt, dass weiße Wölfe nur ein Legende waren…

Bis er das erste Mal shiftete und entdeckte, dass *er selbst* einer war.

„Etwas noch Seltsameres", sagte Terra mit ernster Stimme. „Julius wollte sich unbedingt mit mir unter vier Augen treffen, weil er anscheinend geradezu besessen von weißen Wölfen ist."

„Echt?" Kaden sah stirnrunzelnd zu ihr herüber, während er auf den Kiesparkplatz vor dem Anwesen des River-Rudels fuhr. „Okay, das ist tatsächlich seltsam."

„Ja", sagte sie mit ebenfalls gerunzelter Stirn. „Zuerst habe ich gedacht, dass er irgendwie von dem Familiengeheimnis der Wildings erfahren hat."

Kaden parkte das Auto und wandte sich dann Terra zu. „Familiengeheimnis? Abgesehen von der Tatsache, dass ihr alle Wölfe seid?“ Was ja nicht wirklich länger ein Geheimnis war. Aber das sprach er nicht laut aus.

Doch sie wirkte aufrichtig bekümmert.

„Hey.“ Kaden streckte eine Hand aus und strich über die Haare, die ihr Gesicht einrahmten. „Was auch immer es ist, ich bin schon längst dabei, mich Hals über Kopf in dich zu verlieben. Also, solange ihr keine Mafiaorganisation oder so seid, bin ich mir ziemlich sicher, dass es nichts zwischen uns beiden ändern wird. Und wahrscheinlich nicht einmal dann.“

Sie blickte ihn mit diesen dunklen, wunderschönen Augen an und er verspürte einmal mehr dieses bizarre, berauschende Gefühl, das ihn erfasste, seit er sie zum ersten Mal gesehen hatte. „Das Wilding-Rudel wurde damals durch einen Streit zwischen meinem Großvater und seinem Bruder gespalten. Nachdem herauskam, dass sein Bruder mit der Partnerin meines Großvaters geschlafen hat.“

Kaden knirschte mit den Zähnen. „Klingt ja nach ‘nem spitzen Kerl.“

„Es hat unsere Familie zerstört“, sagte sie.

„Doch das Krasseste daran ist, dass dieser Bruder ein weißer Wolf war."

Kaden senkte den Blick. „Großartig. Also sind so ziemlich alle weißen Wölfe Arschlöcher."

„Nein." Das Wort kam so energisch aus ihr heraus, dass er aufsah. „Noah ist keins. Grace ist keins. Und du definitiv auch nicht! Aber es hat mich über etwas nachdenken lassen. Der Bruder meines Großvaters hat das Weibchen seines Alphas gevögelt. Grace ist ein Halbling – das Ergebnis einer Affäre, die ihre Mutter mit einem weißen Wolf hatte. Und du…"

Kadens Augen verengten sich. „Und meine Mutter wurde von einem weißen Arschloch-Wolf flachgelegt. Der danach abgehauen ist."

„Und Grace ist ungefähr so alt wie du." Sie nickte langsam, als wäre sie unsicher, wie er das aufnehmen würde. Selbst *er* war sich nicht sicher, wie er das aufnehmen sollte.

„Du glaubst, Grace Krepky könnte meine Halbschwester sein?" Blinzelnd lehnte er sich zurück. *Heilige Scheiße.* Andererseits… ergab es auf eine schräge Weise irgendwie Sinn. Wenn sein Arschloch-Vater durch die Gegend gezogen war und menschliche Frauen flachgelegt hatte, hatte er das höchstwahrscheinlich mehr als nur einmal getan.

„Vielleicht." Sie biss sich auf die Unterlippe und er konnte erkennen, dass da noch mehr war.

„Was ist?", fragte er.

„Es wäre möglich, dass es sich um denselben Typen handelt." Sie verzog das Gesicht. „Derselbe weiße Wilding-Wolf, der mein Rudel gespalten hat."

Er riss die Augen auf. „*Was?* Moment mal… der Bruder deines Großvaters? Das… das macht überhaupt keinen Sinn, Terra. Der müsste schon längst tot sein. Oder zumindest steinalt. Aber ganz bestimmt ist er nicht vor einundzwanzig Jahren um die Häuser gezogen und hat junge Frauen aufgerissen."

Langsam schüttelte sie den Kopf. „Aber vielleicht… doch. Vielleicht ist er nie gealtert."

„Was erzählst du denn da?"

„Es gibt noch eine Sache, die du über ihn wissen solltest." Sie sah zu Boden, als hätte sie Angst, es auszusprechen.

„Und das wäre?"

„Er ist vermutlich ein Hexer."

Sein Mund wurde trocken. „Ein Hexer. Eine männliche Hexe. Und du glaubst… du glaubst, ich könnte…" Sein Verstand setzte aus. Er hatte bei der Polizei schon öfters mit Hexen zu tun gehabt, meistens wurden sie hinzugeholt, um inhaftierte Shifter in Schach zu halten – aber es waren alles Frauen, extrem verführerische Frauen, doch es war nicht ein verdammter Kerl darunter. Allerdings hatten sie neben ihrer übernatürlichen Schönheit noch etwas anderes gemeinsam… sie alterten kein bisschen. „Ich glaube nicht, dass… *Meine Güte*, Terra, was willst du damit überhaupt sagen?"

Ihre schmalen Schultern bebten ein wenig. „Ich sage, dass Noah ein weißer Wolf ist. Und zur Hälfte ein Hexer. Und du solltest wahrscheinlich mit ihm darüber reden." Er merkte, wie viel Überwindung es sie kostete, diese Worte nur auszusprechen.

Sein Wolf begehrte in ihm auf, verlangte, dass er sie beschützte, tröstete, *irgendetwas* tat, um dieses Beben zu stoppen und den verängstigten Ausdruck aus ihren Augen zu vertreiben. Zumindest glaubte er, dass es sein Wolf war, der diese Dinge verlangte… plötzlich machte die ganze Welt überhaupt keinen Sinn mehr.

Kaden wusste nur, dass Terra ihn ängstlich ansah, und das musste *sofort* aufhören.

Er streckte die Arme nach ihr aus und zog ihren kleinen Körper über die Mittelkonsole auf seinen Schoß. Er strich ihr Haar zurück, legte ihr eine Hand auf die Wange und küsste sie zärtlich.

„In Ordnung, ich werde mit deinem Cousin

sprechen“, sagte er sanft. „Und ich versuche, herauszufinden, was zur Hölle ich genau bin. Aber es ist mir egal, was vor einer Million Jahren in deiner Familie passiert ist. Und mir ist auch egal, wer mein Vater wirklich ist. Ich weiß nur, dass ich nie wieder ohne dich sein will, Terra Wilding. Alles andere spielt keine Rolle.“

Mit schimmernden Augen vergrub sie ihren Kopf in seiner Halsbeuge und umarmte ihn innig. Er hielt sie fest und ließ sie die Kraft seines Körpers spüren, bis ihr Zittern nachließ.

Als sie schließlich zurückwich, sagte sie: „Ich wusste, dass du stark genug sein würdest, um damit umzugehen… Egal wer dein Vater war, du bist nicht annähernd so wie er. Du bist niemand, der wegrennt oder aufgibt, wenn es ernst wird. Nicht wie mein Vater.“ Die letzten Worte waren so leise, dass Kaden sie kaum hörte.

„Dein Vater?“, hakte er behutsam nach. „Ich weiß, dass deine Mutter vor langer Zeit gestorben ist.“ Er erwiderte ihren überraschten Blick mit einem schwachen Lächeln. „Ich habe mich über dich informiert, bevor ich deinen Fall übernommen habe.“

„Verstehe.“ Sie schien darüber sowohl erfreut als auch verblüfft zu sein.

Er bohrte weiter nach. „Aber ich dachte, dein Vater wäre noch unter uns.“

„Nur im wörtlichen Sinne.“ Sie seufzte und ihre Finger kraulten ihn gedankenverloren im Nacken. „Als meine Mutter starb, hat er sich komplett ausgeklinkt. Trent, Cassie und ich… wir haben uns mehr oder weniger selbst großgezogen.“

Ein Knurren rumorte tief in seiner Brust. *Das* war es… *deshalb* brauchte sie ihn. Das war also der Schmerz, den er in ihr gespürt hatte, den sie mit sich herumtrug wie einen Felsbrocken, der um ihren Hals gebunden war. „Ich werde immer für dich da sein, Terra. Du kannst dich auf mich verlassen.“ Und das war ein Versprechen, das er ohne zu zögern geben konnte. Jede Bedrohung für sie verursachte in Kaden das Gefühl, als würde er innerlich zerrissen. Und das traf jetzt, da sie sich ihm unterworfen hatte, doppelt zu. Er konnte sich gar nicht vorstellen, wie intensiv dieses Gefühl sein würde, wenn sie sich erst gepaart hatten. Er war immer noch nicht überzeugt davon, dass es das Richtige für sie war, während er sich gleichzeitig totsicher war, dass es für ihn niemals eine andere geben würde.

„Ich weiß.“ Sie küsste ihn, einmal, zweimal… dann wurde der dritte Kuss etwas heißer. Sie ballte sein T-Shirt in ihren Händen und sein Schwanz erwachte umgehend wieder zum Leben. Wenn sie nicht sofort wieder damit aufhörte, würde er sie auf die Rückbank zerren und sich erneut in ihrem köstlichen Körper versenken. Er hatte den Überblick verloren, wie oft sie es in den letzten zwölf Stunden getrieben hatten… aber anscheinend würden sie nie genug voneinander bekommen.

In ihrer Gegenwart war er unersättlich.

Er löste sich aus ihren Armen, die sie um seinen Nacken geschlungen hatte. „Baby, ich will dich so sehr wie die Luft zum Atmen… aber es wäre verdammt peinlich, deinem Cousin mit einer ausgebeulten Hose gegenüberzutreten."

Sie seufzte enttäuscht. „Na gut, geschieht mir recht. Immerhin habe ich dich hierhergeschleppt. Aber ich schwöre dir, Kaden Grant, wir müssen uns unbedingt paaren. Und das so bald wie möglich. Ich kann es kaum erwarten, dass du deine Reißzähne in mir versenkst."

Wieder wurde sein Mund trocken. Nicht, dass er sich nicht mit ihr paaren wollte… doch vorher musste er wissen, ob Terra sich wirklich sicher war. Denn ihre Beziehung entwickelte sich gelinde gesagt in verfluchter *Lichtgeschwindigkeit*. Es war geradezu wahnsinnig. Jeder vernünftige Teil seines Polizistenhirns sagte *Lass es langsam angehen, du verdammter Idiot*, aber das Tier in ihm wollte davon nichts wissen.

Aber möglicherweise war es auch sein innerer Hexer, der die Strippen zog.

Scheiße.

Terra hatte recht – er musste das klären, bevor sie auch nur einen Schritt weitergingen.

„Dann lass uns mal deinen Cousin besuchen", sagte er und schob sie von sich weg, damit sein Schwanz sich wieder beruhigen konnte. Schließlich hatte er ein paar ernste Fragen an Noah Wilding.

Kapitel Elf

Terra war zurück in ihrem alten Zimmer, doch es fühlte sich nicht länger wie ein Gefängnis an.

Sie hatte Kaden bei ihrem Cousin Noah unten im Erdgeschoss gelassen, wo sie sich miteinander bekannt machten, beide jung, groß gewachsen, breitschultrig und still. Kaden gefiel die Idee nicht, das wusste sie, aber sie hatte vollstes Vertrauen, dass er sich seinem inneren Dämon stellen würde, der ihn sein ganzes Leben lang vor sich hergetrieben hatte. Er hatte nie einen anderen Wolf gehabt, auf den er sich hätte verlassen können, geschweige denn ein ganzes Rudel, doch das war etwas, das ihr zukünftiger Partner verdient hatte – auch wenn er stark genug gewesen war, um als einsamer Wolf zurechtzukommen. Er hatte sich seit seiner Kindheit alleine durchgeschlagen und das bedurfte einer besonderen inneren Stärke. Sie wusste, dass er alles verkraften würde, was Noah ihm darüber zu sagen hatte, wie es war, ein weißer Wolf zu sein… und womöglich ein Hexer noch dazu.

Obwohl Terra das selbst noch nicht vollständig verarbeitet hatte. Sie war immer davon ausgegangen, dass ihr perfekter Partner durch und durch Wolf sein würde. Durch und durch Alpha. Aber Kaden war ohne jeden Zweifel ihr Partner und sein weißer Wolf ergab auf eine seltsame Art Sinn… er hatte die Macht eines Hexers und das innere Licht eines Wolfes. Er war sogar *noch* stärker, als die dominantesten Alphas. Es würde schwer für ihn werden, das alles zu verarbeiten, aber sie vertraute darauf, dass Kaden wissen würde, wie es danach weiterging. Und sie würde diesem Mann bedenkenlos folgen.

Sie musste sich nur eine Weile beschäftigen, um Noah und Kaden genug Zeit zu geben, alles Wichtige zu klären.

Ihr Bruder Trent hatte bereits den Großteil ihrer Sachen zusammengepackt – es lagen bloß noch ein paar Kameraobjektive und spezielles Fotopapier im Zimmer. Es würde nicht lange dauern, das einzupacken. Aber zuerst musste sie jemanden anrufen. Allerdings war es niemand aus ihrer Familie… und bei den Neuigkeiten, die sie hatte, freute sie sich nicht gerade darauf.

Sie scrollte durch die Kontaktliste auf ihrem Smartphone und fand die Nummer von Grace Krepky. Terra hatte keine Ahnung, ob Grace ihren Anruf überhaupt entgegennehmen würde – sie war jetzt eine bedeutende Person und reiste auf ihrer Kampagne fürs Repräsentantenhaus mit ihrem Partner Jared River quer durch den Bundesstaat. Jared wich kaum von ihrer Seite und beschützte sie vor den Wolfshassern, so wie es ein Partner tun sollte. In gewisser Hinsicht fühlte sich Terra Grace sogar verbunden – immerhin standen sie beide in der Öffentlichkeit – aber Grace verfügte über ein Ausmaß von Mut, von dem Terra nur träumen konnte. Die Frau hatte sich freiwillig als Wölfin geoutet und engagierte sich aktiv für die Gleichberechtigung von Shiftern – zu einer Zeit, in der es schien, als wäre ganz Seattle gegen sie. Terra versteckte sich hinter ihrer Kamera und versuchte, mit dem Ergebnis etwas Positives zu bewirken, aber Grace war eine wahre Heldin.

Der Anruf ging durch und jemand nahm ab. „Hallo?“ Es war eine Frau.

„Ist dort Grace Krepky?“

„Terra Wilding?“ Grace musste ihren Namen in der Anruferkennung gesehen haben. „Wie geht es dir, Süße? Jared hat mir schon erzählt, dass deine Familie das Berganwesen verlassen und getrennt untertauchen musste. Ich hoffe, du hältst das alles durch.“

Eine leichte Scham ließ Terra erröten – Grace machte sich um *sie* Sorgen? Bei allem, was sonst noch vor sich ging? „Ja, mir geht's gut. Ich hoffe, es ist okay, dass ich dich anrufe. Ich hätte nur eine Frage an dich, aber falls du zu beschäftigt sein solltest…“

„Für jemanden vom Wilding- oder vom River-Rudel bin ich nie zu beschäftigt.“ Ein gedämpfter Laut ertönte, als würde sie ihr Telefon mit der Hand abschirmen, dann erklang das Geräusch einer Tür, die geschlossen wurde. „Um ehrlich zu sein, hast du mich gerade aus einem unerträglich langweiligen Meeting über meine Umfragestatistiken gerettet. Also, bitte, beschäftige mich für die nächste halbe Stunde oder so.“

Terra musste lachen. Und das allein faszinierte sie schon – das Kichern, das Lachen, all diese übersprudelnden Gefühle der Freude – all das verdankte sie *Kaden*. Es war als hätte die bloße Anwesenheit ihres zukünftigen Partners die Dunkelheit vertrieben, die sie ihr gesamtes Leben lang heimgesucht hatte.

„Na gut, ich beschäftige dich gerne so lange ich kann“, sagte Terra. „Ich habe hier selbst einige Dinge zu klären, vor denen ich mich gerade drücke.“

„Ich habe immer gewusst, dass wir Freundinnen sein sollten, Terra.“ Ein Lächeln lag in ihrer Stimme. „Also, was wolltest du mich fragen?“

„Hast du schonmal von einem Kunstsammler namens Julius McGovern gehört oder ihn getroffen?“, fragte Terra. „Er hat ein etwas sonderbares Interesse an Shifter-Kunst… und er hat deinen Namen erwähnt.“ Den Teil über Julius‘ Interesse an weißen Wölfen wollte Terra noch nicht verraten. Und Kadens Geheimnis würde sie sowieso nicht preisgeben, bis er ihr die Erlaubnis dazu gab. Aber wenn Grace tatsächlich mit Julius gesprochen hatte, würde sie wissen, was Terra meinte.

„Hm, der Name sagt mir nichts“, antwortete Grace. „Aber ich habe in den letzten Monaten mit so vielen Menschen geredet, da kann ich mir unmöglich sicher sein.“

„Glaub mir, das ist eine Unterhaltung, an die du dich erinnern würdest“, sagte Terra.

„Ach ja? Und wieso das?“

„Das kann ich dir gerade nicht erklären, aber warum würde er behaupten, dass er mit dir gesprochen hat, wenn es nicht stimmt?“ Terra gefiel das nicht. Wieso sollte Julius lügen? Oder wollte er sich bloß aus irgendeinem Grund aufspielen? Damit angeben, dass er auf Du und Du mit bekannten Politikern war?

„Naja, verurteile diesen Julius nicht zu früh. Ich habe ein Gedächtnis wie ein Sieb. Ein schreckliches Handicap, wenn man in kürzester Zeit tausende von Leuten trifft. Ganz ehrlich, ich glaube, ich eigne mich nicht besonders zur Politikerin.“ Grace seufzte ins Telefon.

„Naja, du eignest dich mehr dazu als ich, so viel steht fest“, sagte Terra. „Ich verstecke mich schon seit Ewigkeiten vor—“

Ein Klopfen an ihrer Tür unterbrach sie.

Terra ging mit ihrem Handy am Ohr darauf zu. „Hey, Grace, kann ich dich später zurückrufen? Tut mir leid, aber da ist jemand an meiner Tür. Es sind nicht mehr viele Leute im Berganwesen, wahrscheinlich ist es wichtig.“

„Natürlich! Geh ruhig – aber wir sollten bald mal wieder quatschen. Pass auf dich auf, Terra.“

„Du auch.“ Terra legte auf, doch als sie ihre

Zimmertür öffnete, stand dort die letzte Person, die sie erwartet hatte.

Mama River.

Das hielt Terra allerdings nicht davon ab, die Arme um die alte Frau zu werfen, die von Terras enthusiastischer Begrüßung kein Stück überrascht schien.

Mama River erwiderte ihre Umarmung. „Du bist zurück, mein Kind! Als ich das gehört habe, bin ich direkt hier hochgekommen, um mit dir zu reden." Sie ließ Terra los, nahm dann aber ihr Gesicht in ihre schlanken Hände. Ihre Finger fühlten sich angenehm kühl auf Terras heißen Wangen an. „Ich hatte erwartet, dass man dir ansehen würde, wie sehr dich das alles mitnimmt", sagte sie und musterte Terra prüfend. „Aber deine Augen leuchten mehr als an dem Tag, an dem du gegangen bist. Was ist passiert, mein Kind?"

„Ich habe meinen Partner gefunden." Terra hatte gar nicht vorgehabt, das zu verraten, aber es sprudelte einfach aus ihr heraus.

Mama River ließ sie los und zog die Augenbrauen hoch. „Nun, das ist allemal etwas, das einen aufmuntert." Dann runzelte sie wieder die Stirn. „Aber es sind erst ein paar Tage vergangen, Terra, und du warst in Polizeigewahrsam – wie um alles in der Welt hast du da deinen Partner gefunden?“

Terras Freude trübte sich etwas bei der Erinnerung daran, dass Kaden für die Polizei arbeitete… und das war nur eines der Hindernisse, die sie überwinden mussten.

Terra biss sich auf die Unterlippe und begegnete Mama Rivers besorgtem Blick. „Mein Partner ist Kaden Grant.“

Wenn die gute Frau vorher schon überrascht gewesen war, war sie jetzt geradezu geschockt. „*Der Polizist?* Der, der gerade in meinem Wohnzimmer mit Noah redet?“

Terra nickte. „Er ist ein Wolf. Ein *heimlicher* Wolf.“ Terra konnte zwar nichts über seinen weißen Wolf verraten, aber dass er mit Noah redete, sollte bereits ein Hinweis sein. „Wir haben uns noch nicht gepaart, aber ich weiß, dass er der Richtige ist, Mama River. Es ist nur…“ Sie zögerte und wusste nicht genau, wie sie ihre Sorgen überhaupt artikulieren sollte.

Mama Rivers Miene wurde weicher. „Was liegt dir auf dem Herzen?“

„Wenn wir uns paaren, wird herauskommen, dass Kaden ein Wolf ist. Wenn er mit mir zusammen ist, bedeutet das, dass er nicht länger

Polizist sein kann. Ich werde seine ganze Karriere ruinieren! Ich habe zwar Geld, mehr als genug, aber das ist ja nicht das, was im Leben wirklich zählt. Er braucht seine eigene Berufung und ich bin mir nicht sicher, was das ist. Eigentlich habe ich ihn gerade erst kennengelernt und trotzdem… fühle ich mich, als wäre er mir schon seit Ewigkeiten vertraut. Kaden ist der Mann, auf den ich mein ganzes Leben lang gewartet habe! Ich will nur… ich will nur sichergehen, dass ich nicht diejenige bin, die sein Leben ruiniert."

Das war es – sie vertraute Kaden, dass er seinen eigenen Weg mit seinem inneren Wolf und möglichen inneren Hexer gehen würde, aber sie hatte Angst, dass es nicht gerade das Beste für ihn war, dass er sich so zu ihr hingezogen fühlte.

Mama River schüttelte leicht tadelnd den Kopf. „Im Leben eines Wolfes gibt es nichts Wichtigeres, als seinen Partner zu finden."

Terra wusste, dass das stimmte, aber trotzdem machte sie sich Sorgen.

Die kühlen Hände der alten Frau legten sich wieder auf ihre Schultern. „Wenn ihr einander erstmal gefunden habt, könnt ihr auch alles andere bewältigen. *Gemeinsam*. Als Papa River noch lebte, war er alles, das für mich zählte. Wir hatten unsere

Höhen und Tiefen, wie alle anderen auch, aber wir hatten einander. Wir haben unsere drei Jungs bekommen und auch das haben wir gemeinsam geschafft. Und lass mich dir etwas sagen – alles, das ich für eine Herausforderung hielt, während wir zusammen waren, war nichts gegen die Herausforderung, ihn zu verlieren."

Tränen traten Terra in die Augen. „Ich kann mir nicht einmal vorstellen…" Sie hatte Kaden gerade erst gefunden, doch sie weigerte sich bereits, sich ein Leben ohne ihn auszumalen.

„Mit ein bisschen Glück ist das etwas, das du nie erleben musst, mein Kind." Sie lächelte gütig. „Als ich meinen Partner verlor, waren diese Ranch und meine Jungs alles, was ich noch hatte. Und ich liebte sie alle. Genauso wie jeden Wolf, der durch meine Haustür kam. Denn jeder von ihnen war ein besonderes Geschenk, das den leeren Raum mit etwas mehr Leben gefüllt hat." Sie atmete durch und sah Terra entschlossen an. „Und glaub mir – dieser *Wolfsjäger* ist nicht annähernd stark genug, um mir diese Dinge zu nehmen. Nichts auf dieser Welt könnte mich dazu bringen, das Heim zu verlassen, das ich mit meinem Partner aufgebaut habe."

Tränen traten Terra aus den Augenwinkeln und sie ließ es zu. Dann schlang sie Mama River erneut die Arme um den Hals. „Das macht mich so fertig – alle sind stärker als ich!“

Mama River umarmte sie, doch dann wich sie zurück und hielt sie an den Schultern fest. „Das ist Blödsinn! Du fühlst bloß den Schmerz der Welt mehr als andere, Terra. Ich habe dich beobachtet, mein Kind. Du bist so eng mit deinen Emotionen verbunden. Du fühlst und siehst Dinge, bei denen der Rest von uns nicht stark genug ist, sich ihnen von Angesicht zu Angesicht gegenüberzustellen. Du tust das… und machst trotzdem immer weiter. Das ist *keine* Schwäche, mein Mädchen. Das ist die Definition von Stärke. Und wenn dieser Mann, Kaden Grant, dein Partner ist… nun, dann halte ihn so nah und so lange bei dir, wie du nur kannst.“

Terra wischte sich die Tränen aus dem Gesicht und nickte zittrig. „Das werde ich.“

„Dann hast du meine vollste Unterstützung.“ Sie legte den Kopf schräg. „Aber dein Partner wird der Mittelpunkt deines Lebens sein. Und Teil deiner Familie. Wissen Trent und Cassie schon davon?“

„Noch nicht.“ Terra zog eine Grimasse. Mama River hatte recht – sie würde sie anrufen und es ihnen erzählen müssen, obwohl ihr davor graute.

Mama River legte Terra einen Finger unters

Kinn und hob es an. „Sei stark. Ruf sie an. Ich lasse dich wieder in Ruhe, aber sag Bescheid, wenn du etwas brauchst, ok?“

„Mach ich, versprochen.“

Mama River umarmte sie ein weiteres Mal und warf ihr ein aufmunterndes Lächeln zu, während sie durch die Tür hinausschlüpfte. Bevor Terra die Nerven verlieren konnte, parkte sie ihren Hintern auf dem Bett, zog ihr Handy hervor und wählte die Nummer der Familie, bei der sich ihre kleine Schwester versteckte.

Nur ging nicht Cassie sondern ihre neue Ersatzmutter ans Telefon. „Hallo?“ Terra wusste nicht, was sie erwartet hatte.

„Ähm… hallo. Hier ist Terra. Cassies Schwester?“

„Oh, hallo Terra!“ Die Stimme der Frau klang hell und fröhlich. „Cassie wird so enttäuscht sein, dass sie deinen Anruf verpasst hat. Sie ist gerade in der Schule.“

Natürlich war sie das. Cassies Leben ging ohne sie weiter. „Oh, ja. Das hätte ich wissen müssen. Sagen Sie ihr einfach, dass ich angerufen habe, okay?“

Am anderen Ende entstand eine kurze Pause. „Ist alles in Ordnung?“

„Ja. Ich wollte nur Hallo sagen.“ Terra hoffte, dass man ihr die Lüge nicht anhören konnte. „Ich versuch es dann später nochmal.“ Beinahe hätte sie nach Trent gefragt, aber es gab keinen Grund, warum er gerade dort sein sollte. Wahrscheinlich war er in seiner Softwareentwicklungsfirma, führte sein Unternehmen und machte ebenfalls mit seinem Leben weiter.

„Ich sage ihr einfach, dass sie dich zurückrufen soll, sobald sie nach Hause kommt.“

„Danke.“ Terra legte auf und atmete tief durch, bevor sie ihren Bruder im Büro anrief. Er hasste es, bei der Arbeit gestört zu werden.

„Ich bin hier gerade beschäftigt, Terra“, sagte Trent, als er abnahm.

„Ich wollte dich nur wissen lassen, dass ich noch am Leben bin.“ Terra schaffte es nicht, den Sarkasmus aus ihrer Stimme zu halten.

„*Meine Güte*, Terra.“ Trent deckte das Mikrofon seines Handys mit der Hand ab und bellte jemanden im Büro an. Als er die Hand wegnahm, klang es so, als wäre er in Bewegung. „Gut, du lebst noch. Zur Kenntnis genommen. Freut mich, zu hören.“ Sie hörte, wie er eine Tür schloss. „Okay, ich bin jetzt in meinem Büro. Was ist wirklich los?“

„Ich habe meinen Partner gefunden." Sie ließ den Satz in der Luft hängen.

„Du… was?" Einen Moment lang herrschte Stille. „Was in aller Welt erzählst du da?"

„Ich bin mit Kaden zusammen." Sie wollte ihm direkt klarmachen, dass das nicht zur Diskussion stand. Ganz besonders *Trent* würde kein Mitspracherecht dabei haben, wer ihr Lebensgefährte werden würde. Aber es sah ihm ähnlich, dass er davon ausging.

„Dem Polizisten?" Seine Stimme triefte nur so vor Entsetzen und Unglauben. „Was zur Hölle hat dieser Typ mit dir angestellt?" Er knurrte, dann erklang ein Schlaggeräusch, wie eine Faust auf einem Schreibtisch. „Spinnst du, Terra? Dieser Polizist hat dich verführt und jetzt denkst du, dass du dich tatsächlich mit einem Menschen paaren wirst? Hat der Typ dich einer Hirnwäsche unterzogen? Ich rufe den verdammten Bürgermeister an. Sofort. Ich hole dich da raus."

„Nein!", knurrte Terra ins Telefon. „Und er ist kein Mensch, Trent."

"Moment... *was?*" Das Geräusch, wie er die Luft einzog, war laut und deutlich zu hören. „Warte mal. Du sagst also, dass der Polizist, der dich die ganze Zeit über bewacht hat, in Wirklichkeit kein Mensch ist, wie jeder andere verfluchte Cop in Seattle, sondern ein Wolf, den du jetzt als Männchen haben willst."

„Ja."

Trent hielt das Telefon von seinem Mund weg, aber Terra konnte ihn trotzdem fluchen hören. Einen Moment später sagte er: „Könntest du *bitte* den Wahnsinn für eine Weile runterschrauben? Nur für eine kurze Zeit, Terra. Wir haben den Wolfsjäger, der hinter dir her ist, ich habe Cassie gerade erst in einer neuen Schule untergebracht und diesen Deal, den ich hier abschließen muss—"

„Weißt du was?", schnitt Terra ihm das Wort ab. „Vergiss es einfach. Tut mir leid, dich gestört zu haben."

„Terra—"

Den Rest hörte sie schon nicht mehr, weil sie aufgelegt hatte. Beinahe hätte Terra ihr Handy durchs Zimmer gepfeffert, aber ihr fiel gerade noch rechtzeitig ein, dass Cassie sie später zurückrufen würde, und das ging schlecht, wenn ihr Telefon kaputt war. Stattdessen warf sie ihr Handy hinter sich aufs Bett.

Es sank tief in die Bettdecke ein.

Terra knurrte und ballte die Fäuste. Trent war ihrem Vater ähnlicher, als sie hatte wahrhaben wollen. Er stürzte sich in seine Arbeit, vögelte eine Frau nach der anderen und lebte sein Singleleben aus. Diese ganze Sache mit den Wolfshassern, die seine Familie und seine Schwester ins Visier nahmen, war bloß ein Störfaktor in seinem Leben. Eine Unannehmlichkeit, mit der er lieber nichts zu tun gehabt hätte.

Terra atmete tief durch und blies ihre Frustration aus. Nein, das war nicht fair – Trent hatte Cassie eine neue Bleibe verschafft, als sie das Berganwesen verlassen musste. Und er hatte sie in eine neue Schule eingeschrieben, was offenbar gut funktionierte. Er war kein komplett verantwortungsloser Mistkerl wie ihr Vater.

Wahrscheinlich machte er sich nur Sorgen um Terra.

Und wenn sie ehrlich war, war es nicht ganz untypisch für sie, loszugehen und etwas Dummes zu tun. Wie sich mit einem Typen zu paaren, den sie kaum kannte… und der für Seattles Polizeibehörde arbeitete. Oder etwas ähnlich Wildes, Haarsträubendes und Unüberlegtes.

Nur dieses Mal war es nicht so.

Kaden war ihr vorherbestimmter Partner, da war sie sich sicher. Sie musste Trent nur etwas Zeit geben, das auch zu erkennen. Immerhin hatten die beiden sich nur für ein paar Minuten getroffen. Und bei objektiver Betrachtung ging die ganze Sache mit Kaden und ihr tatsächlich unglaublich schnell. Aber so war das bei Shifter-Paaren, zumindest bei denen, die füreinander bestimmt waren.

Trent musste das auch wissen.

Terras Handy summte in seiner Vertiefung, die es sich in der flauschigen Bettdecke gegraben hatte.

Sie stöhnte auf, überzeugt davon, dass es Trent war, der sie zurückrief, aber als sie auf das Display sah, wurde ihr dort eine ihr unbekannte Nummer angezeigt.

Sie nahm ab. „Hallo?“

„Terra, meine Liebe! Ich hoffe, es macht dir nichts aus, dass ich dich nochmal anrufe.“ Es war Julius.

„Nein, natürlich nicht.“

„Ich muss zugeben, dass es jedes Mal eine wahre Freude ist, wenn du meine Anrufe entgegennimmst, meine Liebe. Tatsächlich bin ich immer noch ein wenig schockiert darüber, wie wenig wir miteinander zu tun haben. Aber das liegt wohl einfach an der Verehrung, die ich meinerseits für dich habe. Ich hoffe sehr, dass wir uns bald wieder treffen können.“

Sie war so sehr damit beschäftigt gewesen, mit

Kaden zu schlafen, herauszufinden, dass er ein Wolf war, und ihn dann in die Berge zu bringen, um mit ihrem Cousin zu reden… sie hatte überhaupt nicht mehr an ihre Arbeit gedacht. „Tut mir leid, ich habe noch nichts Neues, das ich dir zeigen könnte, Julius."

„Das macht überhaupt nichts." Die Aufregung in seiner Stimme war irgendwie ansteckend. „Ich habe nämlich etwas, das *dich* interessieren könnte. Es betrifft das Thema, über das wir uns beim letzten Mal unterhalten haben."

Sie setzte sich aufrechter hin. „Meinst du die weißen Wölfe?"

„Ganz genau. Ich habe frische Informationen und eine neue Theorie, bei der ich gehofft hatte, sie dir darlegen zu können. Wäre es möglich, dass wir uns nochmal treffen?"

„Ja, absolut." Jetzt stand sie auf. Vielleicht hatte Julius etwas gefunden, das Kaden helfen konnte, besser zu verstehen, was er war. Und das könnte der Schlüssel dazu sein, dass sie und Kaden zusammen sein und ein Paar werden konnten. „Wann würdest du dich denn gerne treffen?", fragte sie Julius.

„Sobald es dir passt, meine Liebe", erwiderte er. „Aber ich hoffe, du kannst die heikle Natur dieses Themas respektieren. Ich weiß, dass ich dir beim letzten Mal womöglich einige Probleme mit deinem Betreuer verursacht habe. Aber Verschwiegenheit ist bei dieser Sache von höchster Priorität. Wann könntest du dich für ein privates Treffen davonstehlen?“

Terra zuckte zusammen und zögerte. Kaden würde unter keinen Umständen erlauben, dass sie sich alleine mit Julius traf. Und sie konnte auf keinen Fall gehen, ohne es ihm zu sagen. Nicht diesmal. Nie wieder.

Aber das hier war zu wichtig, um es zu ignorieren. Julius war wohlhabend und hatte sehr gute Beziehungen… und war besessen von weißen Wölfen. Was immer er ausgegraben hatte, musste etwas Besonderes sein, um ihn so zu begeistern. Sie musste einfach eine Möglichkeit finden, dieses Treffen irgendwie zu arrangieren. „Gib mir ein bisschen Zeit, um das in die Wege zu leiten. Ich stecke hier sowieso noch mitten in einer anderen Sache, die ich erst zu Ende bringen muss. Kann ich dich unter dieser Nummer zurückrufen?“

„Ja. Wunderbar! Wann immer du Zeit hast, Terra. Ich richte mich da ganz nach dir. Und ich freue mich jetzt schon auf deinen Rückruf.“

Sie verabschiedeten sich und Terra sah sich in ihrem Zimmer um. Sie würde nur ein paar

Minuten brauchen, um ihre Sachen einzupacken, danach konnten sie zurück in die Stadt fahren. Und dann musste sie Kaden irgendwie dazu überreden, dass er sie alleine zu dem Treffen mit Julius gehen ließ.

Kapitel Zwölf

„Willst du mich verarschen?" Kaden konnte seinen Augen nicht trauen.

Noah Wilding demonstrierte gerade seine Fertigkeiten als Hexer. Knisternde blaue Energie flitzte um seine Hand herum, während er diese ausstreckte, damit Kaden es besser sehen konnte. All die Male, die Kaden auf dem Revier mit Hexen zu tun gehabt hatte, hatte er so etwas nie gesehen – ihre Zaubersprüche funktionierten immer über Berührungen. Da gab es keine magischen blauen Funken, die über ihre Haut tanzten.

Das hier war einfach nur abgefahren.

„Ich habe geübt", sagte Noah mit einem Grinsen. „Anfangs konnte ich es nicht besonders gut kontrollieren und Mama River mag es nicht, wenn ich ihr Haus verwüste, also trainiere ich immer nur draußen."

Sie befanden sich hinter dem Haupthaus des Anwesens, ungefähr auf Höhe der Ställe. Hier hinten befanden sich auch mehrere Hütten, hinter denen die Berggipfel in der Ferne aufragten. Aber Noah hatte ihn zu einer offenen Rasenfläche gebracht, wo bereits die Hälfte der umstehenden Bäume die Wucht seiner Magie abbekommen hatte.

Noah ließ seine Hand ein paarmal kreisen und die blaue Energie verdichtete sich zu einer baseballgroßen Kugel, die über seiner Handfläche schwebte. Dann stieß er seine Hand gerade von sich ab und in Richtung eines der Bäume – die Magie schoss so schnell von seiner Hand weg, dass Kaden ihr mit bloßem Auge nicht folgen konnte. Er hörte nur die Explosion, sah eine Wolke von Holzspänen aufwirbeln und dann bloß noch den verkohlten schwarzen Baumstumpf, der übrigblieb.

„Heilige Scheiße." Kaden fiel die Kinnlade herunter.

Noah grinste. „Es gibt einen Grund, warum ich hiergeblieben bin und auf Mama River aufpasse, nachdem sich alle anderen in Sicherheit gebracht haben."

Kaden schaffte es, seinen Mund zu schließen,

und musterte Noah – Terras Cousin war so jung wie er und sie, wahrscheinlich ein- oder zweiundzwanzig, aber Noah hatte eine etwas müde, erschöpfte Art an sich. Terra hatte erwähnt, dass er zur Armee gegangen war, und Kaden wusste bereits, dass er zu den Shiftern gehörte, an denen die Regierung ihre grausamen Experimente durchgeführt hatte.

Unbeholfen verlagerte Kaden sein Gewicht von einem Fuß auf den anderen. „Also… du bist ein weißer Wolf. Oder ein Hexer? Ich verstehe noch nicht so ganz, wie das alles funktioniert."

Noah streckte eine Hand aus. „Zur Hälfte Hexer." Dann die andere. „Zur Hälfte weißer Wolf." Dann shiftete er vor Kadens Augen. Er blieb nur einen kurzen Augenblick in seiner Wolfsform, aber er war definitiv ein weißer Wolf. Dann shiftete er rasch zurück in seine menschliche Gestalt. Seine Klamotten lagen jetzt in einem Haufen auf dem Rasen, also wandte Kaden den Blick ab. Das Gras raschelte, als Noah sich wieder anzog.

Kaden räusperte sich. „Naja, den Teil mit dem weißen Wolf habe ich auch in mir." Er war nicht gerade scharf darauf, vor Noah zu shiften. Es war eine Sache, vor Terra nackt zu sein – das *gefiel* ihm – doch vor einem Kerl war das eine ganz andere

Sache. Der dazu noch ein Wolf war. Und offenbar auch ein Hexer.

„Du musst nicht shiften, Mann“, sagte Noah und las anscheinend seine Gedanken. Er sah auf. „Ehrlich. Wir können auch einfach nur quatschen. Ich hab bloß ein bisschen angegeben.“ Noah hatte seine Hose angezogen, also konnte Kaden ihn wieder ansehen, ohne sich dabei hochgradig unwohl zu fühlen.

„Sollte ich *das* etwa auch können?“ Er gestikulierte zu Noahs Hand, mit der er die blaue Energie geschossen hatte. „Mit magischem blauen Feuer um mich werfen?“ Er war sehr, *sehr* skeptisch, dass er das hinbekommen konnte.

„Ich habe keine Ahnung, was du kannst oder können solltest, Mann. Die Regierung hat mir irgendwelche Seren verabreicht. Ich glaube, das war es, was meinen inneren Hexer hervorgebracht hat. Aber ich bin auch zum Teil Wolf, also das spielt auch noch mit rein. Und du bist ein halber Mensch, wie ich gehört habe, richtig?“

Kaden nickte.

„Bestehen deine Klauen auch aus extrem scharfen Klingen?“

„Was?“ Kaden lehnte sich zurück. „Ähm… nicht, dass ich wüsste.“

„Extreme Heilkräfte?“

Kaden rieb sich den Nacken. „Ja.“ Seine Wunden waren schon immer unmenschlich schnell geheilt. Das war sein erster Verdacht gewesen, dass er zum Teil Shifter sein könnte, selbst bevor ihm seine Mutter eröffnet hatte, dass sein Vater ein Wolf war. Doch er hatte von Anfang an gewusst, dass er anders als andere Wölfe war. Shifter heilten verdammt schnell – er hatte eine Menge Blutvergießen zwischen den Gangs mitbekommen – aber nicht so schnell wie er. Das war einer der Gründe, warum er kein Problem damit hatte, sich mit den Gangs anzulegen – er war sich ziemlich sicher, dass er sich von allem erholen würde, was sie ihm antun konnten, abgesehen von einem sauberen Kopfschuss vielleicht.

Und selbst dabei hatte er gute Chancen, es zu überleben.

„Die Experimente haben vielleicht meinen inneren Hexer hervorgebracht“, sagte Noah, „aber ich habe auch normale Wolfs-DNA in mir und bin bestenfalls ein weißer Wolf in der zweiten Generation. Du und Grace… ausgehend von dem, was ihr über eure Väter erzählt habt, klingt es so, als wäret ihr die direkten Nachfahren eines weißen Wolfes.“

„Ich habe keine Ahnung, ob mein Vater ein

weißer Wolf war, oder nicht", knurrte Kaden. „Ich bin mir nicht einmal sicher, ob meine Mutter es wusste – ich glaube nicht, dass sie ihn je in seiner Wolfsform gesehen hat. Er war bloß irgendein Arschloch, das sie flachgelegt hat."

Noah schürzte die Lippen und nickte. „Ich habe mich ein wenig mit dieser Weißer-Wolf-Sache beschäftigt. Du weißt schon, Nachforschungen angestellt und so. Da waren ziemlich zwielichtige Dinge dabei. Meistens nur Gerüchte. Doch vor langer, langer Zeit waren Hexen und Wölfe offenbar noch keine Todfeinde. Nicht so wie heute. Tatsächlich gibt es ein Gerücht, dass beide von derselben magischen Kreatur abstammen – einer Art von Gestaltenwandler-Zauberer, der alle möglichen Formen der Magie beherrschte. Es gab eine ganze Spezies von ihnen mit verschiedenen Gattungen – manche entwickelten sich wohl eher wie Hexen, manche mehr wie Wölfe, wieder andere wie ganz andere Shifter-Wesen. Es ist, als wären alle magischen Kreaturen, von denen du je gehört hast, früher in einer verpackt gewesen. Und die Art und Weise, wie sich die Magie bei ihnen ausdrückte, war angeblich von der männlichen und weiblichen Balance der magischen Energien abhängig. Also hatte jeder von beidem etwas, aber das Verhältnis variierte stark. Dann ist anscheinend irgendeine Veränderung eingetreten und im Laufe der Zeit wurden die Hexen größtenteils weiblich – und Shifter größtenteils männlich."

„Das klingt wirklich schräg", sagte Kaden. „Aber ich schätze, es ergibt einen gewissen Sinn. Ich habe mich immer gefragt, warum es so wenig weibliche Wölfe gibt."

Noah grinste. „Und warum sie so anstrengend sind, nicht wahr? Es ist fast, als wären sie irgendwie unausgeglichen oder sowas. Ich habe Cousinen und eine Schwester, die diese Theorie definitiv untermauern, glaub mir."

Kaden runzelte die Stirn. Terra war mit Sicherheit wild, da gab es keinen Zweifel, aber sie war nicht *unausgeglichen*. Außerdem war das seine zukünftige Partnerin, über die Noah da redete. „Also, was bedeutet das für mich? Bin ich ein Hexer oder ein Wolf?"

„Ich weiß nicht, Mann. Vielleicht schlägt deine magische Energie eher in Richtung Wolf aus, weil du, naja, mehr der Typ dafür bist."

„Was zur Hölle soll das denn heißen?" Es klang wie eine Beleidigung, obwohl Kaden nicht genau sagen konnte, warum.

Noah gestikulierte zu Kadens geballten Fäusten

und dem bösen Starren, das er gerade zweifellos aufgesetzt hatte. „Ich meine, dass es dir nicht gerade an maskulinen Eigenschaften mangelt, Officer Grant. Scheiße, Mann, ich versuche bloß, dir zu helfen."

Kaden versuchte, seinen aufgebrachten Wolf zu beruhigen. Er hatte schon immer eine kurze Zündschnur gehabt – er war davon ausgegangen, dass es an dem Wolf in seinem Inneren lag, aber vielleicht lag es auch einfach an *ihm*.

Er atmete etwas von seinem Stress aus. „Hey… tut mir leid. Das ist alles noch neu für mich. Und um ehrlich zu sein, macht es mir auch ein bisschen Schiss. Also… was du sagen willst, ist, dass ich eher der männliche Typ bin und mein magisches Biest, das eigentlich sowas wie ein Hexer ist, sich daher eher als Wolf manifestiert."

„Ich habe ehrlich gesagt keine Ahnung." Noah zuckte die Schultern. „Es ist nur eine Theorie. Aber ich weiß, dass du anders bist, als die anderen Wölfe da draußen, Kaden. Und wenn du und Terra zusammen seid, dann gehörst du hierher. Die Wilding-Familie hat zwar ihre Macken, aber das River-Rudel ist absolut cool und akzeptiert so ziemlich jeden. Ich arbeite für Riverwise und diese Jungs haben mich anfangs eine ganze Ecke freundlicher aufgenommen als meine eigene Familie… die haben etwas länger gebraucht."

„Gut zu wissen." Kaden verstand nicht wirklich, worauf er mit all dem hinauswollte.

Noah hob das Kinn. „Aber schreib uns Wildings nicht ab – wir machen Fortschritte. Unser Rudel war so lange zersplittert, ich glaube, wir sind mittlerweile einfach darauf gepolt, niemandem zu vertrauen. Es steckt uns praktisch in den Genen."

„Ja, ich glaube, das habe ich bei Terra auch schon gemerkt." Und er machte sich Sorgen deswegen – ihr eigener Vater hatte seine Elternrolle mächtig versaut und so hatte sie sich schon als kleines Mädchen um sich selbst kümmern müssen. Was Kaden dazu brachte, ihn in Grund und Boden prügeln zu wollen… aber er war immer noch Terras Vater und sowas war nicht cool. Doch seine beschützerische Seite wollte diese traurige Kindheit irgendwie wiedergutmachen – sie ähnelte seiner eigenen viel zu sehr und er wusste, wie weh das tun konnte. Er wollte nichts mehr, als sie mit all der Liebe und Geborgenheit zu überschütten, die er ihr geben konnte. Und das konnte nur eine Sache bedeuten – *eine Paarung*.

Er konnte immer noch nicht ganz begreifen, dass sie das wirklich tun würden. Schon bald, wenn es nach Terra ging. Und von ihm aus konnte es ruhig nach Terra gehen, zumindest was das betraf.

Noah musterte ihn. „Hey, Terra mag zwar extrem wild sein, aber sie ist ein guter Mensch. Und sie ist meine Cousine. Ich gehe fest davon aus, dass sie dir in den Arsch treten wird, wenn du sie nicht ordentlich behandelst, aber für den Fall, dass dich das noch nicht überzeugt…“ Er fokussierte sich auf seine Hand und ließ ein paarmal das Handgelenk kreisen. Die knisternde blaue Energie flitzte wieder über seine Haut und sammelte sich in seiner Handfläche.

Noah hob den Arm, als würde er Kaden den Energieball ins Gesicht schleudern wollen.

Abwehrend riss er die Hände hoch. „Okay, okay. Kein Grund, deinen Hexer an mir auszulassen.“

Noah grinste und schnipste die Energiekugel weg. Sie zog eine lange Brandspur über den Rasen.

Himmel, er würde noch den ganzen Wald abfackeln.

Kaden seufzte. „Ich würde ihr niemals weh tun, Noah. Sie ist das Beste, was mir je passiert ist. Ich muss nur erst meinen eigenen Kram regeln, bevor ich mich anständig um sie kümmern kann.“

„Das klingt schon besser“, sagte Noah und

schüttelte seine Hand aus. „Aber eines kann ich dir sagen – ich habe sie noch nie einen Mann so anhimmeln sehen, wie sie es bei dir tut. Das war das Erste, das mir aufgefallen ist, als ihr beide durch die Tür gekommen seid. Falls dir das hilft. Wenn du dich ihr würdig erweist, Kaden, wird sich alles andere von selbst ergeben."

Kaden atmete durch. Es war eine Erleichterung, dass jemand weiteres bei dieser ganzen Sache mit an Bord war – besonders jemand aus Terras Familie, selbst wenn es nur ihr Cousin war.

„Falls wir uns wirklich paaren sollten", sagte Kaden, „werde ich wahrscheinlich einen neuen Job brauchen. Ich glaube nicht, dass die Jungs beim Polizeirevier allzu erfreut darüber wären, einen Shifter unter sich zu haben."

Noah grinste erneut. „Da finden wir schon eine Lösung. Ich meine, bei all den Drohungen, die vom Wolfsjäger und seinen Anhängern eingehen, schieben wir bei Riverwise sowieso schon Überstunden, um das River- und das Wilding-Rudel zu beschützen. Wie ich schon sagte, es sind gute Leute. Ich bin mir sicher, dass es für jemanden wie dich dort eine Stelle geben wird."

Kaden streckte eine Hand aus, um Noahs zu

schütteln. „Das nimmt mir eine gewaltige Last von den Schultern. Danke."

Noah schüttelte seine Hand und nickte. Dann hob er das Kinn, um über Kadens Schulter hinwegzudeuten. Kaden wandte sich um und sah Terra aus dem Haus und auf sie zugerannt kommen. Ihr schwarzes Haar wehte hinter ihr her und ihre Augen leuchteten. Obwohl ihr Cousin unmittelbar neben ihm stand, hätte Kaden sie trotzdem liebend gerne in den Wald geschleppt und direkt am nächsten Baum gevögelt.

Gütiger Himmel, würde sein brennendes Verlangen nach ihr irgendwann auch nur ein wenig nachlassen?

Mit rotem Kopf und außer Atem kam Terra bei ihnen an. „Ich muss dich was fragen", sagte sie zu Kaden. Dann sah sie zu Noah. „Seid ihr fertig?"

Ihr Cousin hatte ein kaum unterdrücktes Grinsen im Gesicht und Kaden bekam das ungute Gefühl, dass Noah genau wusste, was ihm gerade durch den Kopf gegangen war. Oder vielleicht lag es auch an der Spannung in seiner Hose, die jedes Mal aufzutreten schien, wenn Terra in seiner Nähe war.

„Ja, wir sind erstmal fertig." Noah nickte Kaden zu. „Solltest du noch irgendwelche Fragen haben, mein Freund, weißt du ja, wo du mich finden kannst."

Und mit diesen Worten ging Noah zurück zum Haupthaus.

„Was ist los, Süße?", fragte Kaden sie.

Terras dunkle Augen loderten. „Ich habe eine Möglichkeit gefunden, mehr über weiße Wölfe zu erfahren."

Kapitel Dreizehn

Terra gefiel die Anspannung nicht, die Kaden auf dem Fahrersitz neben ihr ausstrahlte. Sie waren auf dem Weg in den Norden Seattles, um sich mit Julius zu treffen.

„Tut mir leid, aber ich kann diesen Kerl wirklich nicht leiden“, sagte Kaden und sah sie von der Seite an.

„Ich weiß.“ Sie hatte ihm bereits erzählt, dass Julius neue Informationen über weiße Wölfe besaß. „Ich will nur sehen, ob er etwas herausgefunden hat, das, naja, *für uns* relevant sein könnte.“ Terra war etwas besorgt, dass Julius irgendwie hinter Kadens Geheimnis gekommen sein könnte, doch in erster Linie wollte sie so viel wie möglich in Erfahrung bringen, das Kaden helfen konnte, mit sich selbst ins Reine zu kommen.

„Na gut." Seine Miene wurde weicher. „Immerhin bin ich ganz froh, dass wir uns nicht in der Öffentlichkeit treffen. Und *sehr* froh, dass du mir diesmal Bescheid gesagt hast, anstatt dich rauszuschleichen."

Sie zog einen Schmollmund. „Dann muss ich mir wohl etwas *anderes* einfallen lassen, für das du mich dann bestrafen kannst."

„*Gott*, Terra", sagte er und versuchte, unmerklich seine Position zu verändern. „Glaub mir, ich mache liebend gerne was auch immer du willst… *in der Wohnung*."

Sie grinste und griff über die Mittelkonsole, um seinen Oberschenkel zu drücken – er war so stark und muskulös, dass ihre relativ kleine Hand ihn kaum richtig zu fassen bekam. Und es gab definitiv noch andere Körperteile, um die sie ihre Finger lieber gelegt hätte. Sie ließ ihre Hand näher zum Hauptgewinn gleiten, doch Kaden packte ihr Handgelenk und hob es von seinem Bein.

„Oh nein, nicht jetzt." Er sah sie gespielt finster an. „Wir brauchen unbedingt ein paar Regeln, wie scharf du mich machen darfst, während ich ein Fahrzeug steuere."

Sie lachte – und sie liebte das gefährliche Lächeln, das sie damit auf sein Gesicht zauberte – aber sie wusste genau, wie er sich fühlte. Auch sie wäre liebend gerne rechts rangefahren, um wieder mit ihm zu schlafen. Die sexuelle Anziehungskraft zwischen ihnen war *unbeschreiblich* – in seiner Nähe war sie einfach ständig erregt. Und diese konstante Geilheit konnte einen ganz schön ablenken.

Sie sollte es wirklich nicht noch schlimmer machen, also zog sie ihre Hand zurück und legte sie in ihren eigenen Schoß. Außerdem hatten sie sowieso gerade ihren Zielort erreicht.

Es war anders als jede andere Lagereinrichtung, die Terra bisher gesehen hatte. Sie überprüfte noch einmal die GPS-Daten, die Julius ihnen gegeben hatte, aber das hier war zweifellos der richtige Ort. Kaden gab den Sicherheitscode am Tor ein, welches drei Meter hoch und oben mit Stacheldraht gesäumt war. Innerhalb des umzäunten Geländes befanden sich mehrere Lagerhäuser aus Natur- und Ziegelsteinen, die wie ein gentrifizierter Teil der Innenstadt wirkten, der sich in einem Industriegebiet versteckte.

Das Tor klapperte kurz und glitt dann auf und gewährte ihnen Zufahrt zu den sauber geteerten Straßen, die von mehreren Reihen hochmoderner

Gebäude gesäumt wurden, die aussahen wie kleine Wohnhäuser für gut betuchte Anwohner. Julius hatte ihr gesagt, dass diese privaten Lagerräumlichkeiten für die perfekte klimatisierte Archivierung von Kunstwerken und anderen Wertgegenständen entworfen worden waren, und er wollte die Gelegenheit nutzen, ihr seine private Sammlung zu zeigen, während sie sich unterhielten.

Kaden steuerte den Wagen durch die Straßen der Miniaturstadt und schließlich fanden sie die Adresse des Hauses beziehungsweise des Lagerraums, der Julius gehörte. Er stand bereits draußen vor der Tür, in einer grauen Anzughose und einem legeren, langärmeligen schwarzen Polohemd. Plötzlich fühlte Terra sich in ihrem T-Shirt und den Jeans etwas underdressed. Außerdem hatte sie Julius nicht gesagt, dass Kaden dabei sein würde.

Ein kurzer Schatten huschte über Julius‘ Gesicht, als sie aus dem Wagen stiegen, aber als sie bei ihm ankamen, lächelte er wieder.

Julius streckte die Hand nach Kaden aus. „Schön, Sie wiederzusehen, Officer Grant.“

Kaden schüttelte seine Hand, nickte aber bloß zur Antwort.

„Hat Miss Wilding Ihnen von dem hochbrisanten Anlass unseres Treffens erzählt?“ An Julius‘

steifen und hochgezogenen Schultern war ihm seine Anspannung deutlich anzusehen.

Terra beeilte sich, sich zu entschuldigen, bevor es noch schlimmer wurde. „Tut mir leid, Julius, aber Officer Grant musste mitkommen – immerhin ist er für meinen Schutz verantwortlich." Es fühlte sich komisch an, so über Kaden zu reden, angesichts dessen, dass er so viel mehr für sie war, aber sie musste Julius' Bedenken zerstreuen, bevor er noch auf die Idee kam, die ganze Sache abzublasen. Außerdem musste er den Rest wirklich nicht wissen, besonders nicht den Teil, dass Kaden selbst ein weißer Wolf war. „Ich habe Officer Grant nichts von dem Inhalt unseres letzten Gesprächs erzählt", log sie. „Und er versteht, dass wir uns privat unterhalten müssen."

Julius' Augen leuchteten auf. „Ausgezeichnet. Ich weiß es überaus zu schätzen, dass du meine Privatsphäre respektierst, Terra. Ich hoffe, Sie verstehen das, Officer Grant. Hier entlang, bitte." Julius gestikulierte zu der imposanten Eingangstür aus kunstvoll geschnitztem Holz, durch die man sein Kunstlager betrat. Sie alle machten noch drei Schritte bis zum Treppenabsatz, dann tippte Julius den Sicherheitscode ein.

Die Tür öffnete sich in ein Foyer, das man eher

in einem palastartigen Anwesen als in einer Lagerhalle vermutet hätte, und das mit Granitfußboden und einem Kronleuchter aus glitzerndem Kristallglas an der Decke aufwarten konnte. Doch außer einer dekorativen Pflanze in der Ecke war das Foyer leer. Dahinter befand sich ein langer Flur, von dem links und rechts Türen abgingen – vier auf jeder Seite.

„Wenn es Ihnen nichts ausmacht, Officer Grant", sagte Julius, „würde ich Sie bitten, hier zu warten, während ich mit Terra nach hinten gehe, in Raum Nummer vier. Dort ist meine private Kunstsammlung untergebracht und außerdem bietet es ausreichend Privatsphäre für unsere kleine Unterhaltung." Er zwinkerte Terra zu.

Kadens Augen verengten sich. „Wie wäre es, wenn ich Sie zur Tür begleite? Ich kann davor warten."

Mit etwas, das wie ein erzwungenes Lächeln aussah, streckte Julius die Hände aus. „Natürlich." Er führte Terra und Kaden den Flur entlang zur letzten Tür und tippte den Zugangscode ein. Die Tür klickte, blieb aber verschlossen. „Falls es Ihnen nichts ausmacht…" Julius winkte Kaden ein, zwei Schritte zurück.

Terra wand sich innerlich. Offenbar war Julius

lächerlich eigen bezüglich seiner Sammlung und wollte Kaden nicht einmal durch den Türspalt etwas davon sehen lassen. Kaden runzelte die Stirn, trat aber geflissentlich einen Schritt zurück, gerade genug, dass Julius in den Raum schlüpfen konnte, ohne dass Kaden etwas sah.

Julius' Lächeln wurde breiter, dann wandte er sich Terra zu. „Schließ die Augen, meine Liebe." Seine Augen leuchteten auf. „Ich will dich mit dem vollen Effekt überraschen, wenn wir drin sind."

Terra runzelte leicht die Stirn und warf Kaden einen Blick zu, dessen Miene von Sekunde zu Sekunde finsterer wurde.

„Oh bitte, gönn mir das kleine Drama!", sagte Julius mit einem flehenden Lächeln. „Es gehört mit zu meiner Fantasie, wie ich es mir ausgemalt habe, dir meine Sammlung zu zeigen. Aber wenn du dich dabei unwohl fühlst, meine Liebe…"

Terra schüttelte den Kopf. „Nein, nein. Ist schon okay." Sie schloss die Augen und streckte ihre Hände aus. „Geh vor."

Julius nahm ihre Hand. „Du wirst nicht enttäuscht sein, Liebes." Sachte zog er sie vorwärts, während Terra sich mit einer Hand die Wand entlangtastete. Er zog die Tür auf und führte sie hindurch.

„Augen zulassen!“, ermahnte Julius sie. „Bis ich dir sage, dass du sie aufmachen kannst.“

Sie hörte, wie die Tür hinter ihnen ins Schloss fiel, und ließ gewissenhaft die Augen zu, aber sie konnte die Veränderungen im Luftdruck, der Temperatur und der Feuchtigkeit im Raum wahrnehmen. Es war definitiv ein klimatisierter Lagerraum. Ihre Aufregung wuchs, als Julius sich hinter ihr einen Moment an etwas zu schaffen machte.

„Eine Sekunde, ich muss nur noch den Lichtschalter finden“, sagte er und dann war er hinter ihr und legte ihr die Hände auf die Schultern. „Jetzt! Öffne die Augen, Terra.“

Blinzelnd öffnete sie sie und brauchte einen Moment, um sie zu fokussieren.

Doch was sie dann sah, ergab keinen Sinn.

Der Raum war riesig – zwei Stockwerke hoch – und die Wände hingen voller Fotografien, Papieren und Bildschirmen, die alle mit Schnüren verbunden zu sein schienen, die sich von einem Bild zum nächsten zogen. Dabei gingen mehrere Schnüre von einem zentralen Foto aus. Als sie es näher betrachtete, sah sie, dass es eines ihrer Fotos war – vom Wolfswelpen aus der Shifter-Gang, das sie Julius gegeben hatte. Dann warf sie einen Blick auf die Bildschirme, auf denen Videos abgespielt wurden – *Videos vom Wolfsjäger.*

„Was ist das?", fragte sie entsetzt.

„Das bist *du*", flüsterte ihr Julius ins Ohr und sein Griff an ihren Schultern wurde fester.

Er war überraschend stark.

Panik schoss durch ihren Körper – doch bevor sie aus seinem Griff shiften konnte, packte er ihren Nacken und etwas Scharfes piekte sie.

Er hatte ihr etwas gespritzt.

Der Raum verschwamm vor ihren Augen und ihre Knie gaben nach.

Julius griff ihr unter die Arme und fing sie auf, bevor sie zu Boden gehen konnte.

„Gefällt dir meine Sammlung, Terra?" Er drehte sie zur nächstgelegenen Wand, aber sie war so benommen, dass sie ihren Blick kaum fokussieren konnte. Als sie es endlich schaffte, sah sie, dass die gesamte Wand mit Bildern von ihr behangen war. „Das habe ich extra für dich gemacht", zischte er ihr ins Ohr.

Ihr Magen verkrampfte sich. Sie öffnete den Mund, um Hilfe zu rufen, aber Julius' Hand legte sich darüber und erstickte ihren Schrei. Wieder versuchte sie zu shiften, aber ihre Wölfin war… *weg*… in die Tiefen ihres Verstandes verbannt.

Der Raum um sie herum wurde langsam dunkel.

Julius zerrte ihren erschlafften Körper über den Boden. Das Letzte, was sie sah, war, dass das Video des Wolfsjägers wieder von vorne begann.

Es war das Video, in dem er einen Wolf sezierte.

ALS TERRA ZU SICH KAM, war sie an einem komplett anderen Ort. Ihr Magen revoltierte immer noch gegen das, was Julius ihr injiziert hatte, und ihr Körper fühlte sich an, als wäre ihm jegliche Energie entzogen worden. Benommen öffnete sie die Augen.

Sie saß auf einem Stuhl in einem kleinen Raum. Und Julius stand vor ihr. Als sie versuchte, sich zu bewegen, bemerkte sie, dass ihre Arme und Beine an den Stuhl gefesselt waren. Ihr erster Instinkt war, aus ihren Fesseln zu shiften, aber sie konnte nicht. Genau wie zuvor war ihre Wölfin einfach… *weg*.

Ein Frösteln durchfuhr sie.

„Du wirst nicht in der Lage sein, zu shiften“, sagte Julius mit einem Grinsen. Er lehnte mit verschränkten Armen an einer geschlossenen Tür. „Zumindest nicht für eine Weile. Dafür sorgt das Serum. Ein kleines Geschenk von einem teuren, verstorbenen Freund – der, den ihr Agent Smith genannt habt. Ich dachte mir, es macht das Verhör etwas einfacher, wenn ich dir nicht durch den Raum hinterherjagen muss."

Gott, was geschah hier bloß? „Warum tust du das?"

„Sollte das nicht mittlerweile klar sein?" Julius grinste höhnisch. „Ich schätze mal, du hast nicht viel von dem Grips in eurem Genpool abbekommen." All sein elegantes Benehmen war verflogen.

Ein kaltes Schaudern erfasste ihren Körper und wurde zu einem eisigen Tröpfeln, das in ihre Magengrube sickerte. *Sie war allein.* Kaden wusste vielleicht nicht einmal, dass sie fort war… und mit Sicherheit würde er nicht wissen, wo er sie finden konnte. Ihr Partner würde sie nicht retten können.

Am Ende hatte der Tod sie doch eingeholt.

„Was willst du wissen?", spuckte sie Julius entgegen. Er hatte etwas von einem Verhör erwähnt, also musste es *irgendetwas* geben, hinter dem er her war.

„Ich will wissen, wer der weiße Wolf ist." Julius klang, als wäre es vollkommen offensichtlich, worüber er redete, und nicht irgendein vager Unsinn. Er öffnete den Mund, um noch mehr zu sagen, wurde aber durch ein Klopfen an der Tür hinter ihm unterbrochen.

Finster runzelte er die Stirn und drehte sich um, um sie zu öffnen. Ein schroff aussehender Mann in schwarzer Kampfausrüstung stand draußen vor der Tür. Er hielt ein schweres Gewehr in den Armen und hatte noch weitere Waffen um seine Hüfte geschnallt.

„Der Bürgermeister ist am Telefon, Sir", sagte der Mann.

„Ich rufe ihn zurück", sagte Julius ungehalten. „Unterbrich mich nicht noch einmal, außer wir werden tatsächlich angegriffen."

Der Mann zog den Kopf ein und schloss eilig die Tür.

Julius richtete seinen hungrigen Blick wieder auf sie.

Oh Gott. Was würde er mit ihr anstellen?

„Jetzt wird uns niemand mehr stören, Terra. Ich hatte schon fast nicht mehr damit gerechnet, dass wir es heute hierher schaffen… der Bewacher, den Seattles Polizei für dich abgestellt hat, hat sich als ungewöhnlich kompetent erwiesen. Was böse enden könnte… für ihn."

„Lass Kaden in Ruhe!" Die Worte platzten einfach aus ihr heraus, doch bei der Art, wie Julius'

Augenbrauen nach oben gingen, wünschte sie sich, sie hätte es sich verkniffen.

„Ohh, verstehe… du hast deinen Bodyguard gebumst. *Typisch.* Die kleine sexy Wolfsschlampe verführt jeden Menschen, der ihr über den Weg läuft." Er schlenderte auf sie zu.

Sie lehnte sich in ihrem Stuhl zurück, doch sie konnte ihm nicht ausweichen. Ihr Gesicht verzog sich vor Ekel, aber sie durfte nichts mehr sagen – Julius dachte immer noch, dass Kaden ein Mensch war, und es war besser für ihn, wenn das so blieb.

Doch sie betete, dass er sie retten würde. Er war ihr Partner, oder zumindest sollte er das werden. Aber ihr zerrütteter Verstand konnte sich nicht vorstellen, wie er sie finden sollte.

Sie war so dumm gewesen.

„Sollen wir direkt zur Sache kommen, hm?", sagte Julius. „Wie wäre es, wenn du mir einfach sagst, wer der weiße Wolf ist?"

„Ich habe keine Ahnung, wovon du redest." Und das entsprach größtenteils der Wahrheit. Julius konnte nicht wissen, dass Kaden ein weißer Wolf war – redete er von Noah? Auch da glaubte sie nicht, dass jemand außerhalb der Rudel davon wusste. Julius jagte auf seiner versessenen Suche nach diesem mythischen weißen Wolf bloß irgendwelchen Gespenstern oder Gerüchten hinterher…

Nur wusste sie jetzt, wer Julius wirklich war – *der Wolfsjäger*. Oder zumindest einer seiner Anhänger. Julius hatte dem Wolfsjäger in seinem kranken Lagerraum praktisch einen Schrein errichtet und ihn mit ihren Fotos und Bildern von ihrer Familie gefüllt.

„Komm schon, Terra“, sagte Julius und Verärgerung schlich sich in seine Stimme. „So dumm bist du nun auch wieder nicht.“

Sie runzelte die Stirn, denn sie war aufrichtig verwirrt. „Du willst den weißen Wolf, aber ich weiß nicht einmal, was genau das ist. Ich bin zu *dir* gekommen, um es herauszufinden!“

Er wich zurück und musterte sie finster. „Stimmt, du hattest es ziemlich eilig, hierher zu kommen und mehr über den weißen Wolf zu erfahren. Aber andererseits ist es ja auch Teil deiner Familiengeschichte, nicht wahr? Oder sollte ich eher Familien*schande* sagen?“

Er sprach vom Bruder ihres Großvaters – dem weißen Wolf, der das Wilding-Rudel auseinandergebrochen hatte.

„Was weißt du darüber?“, fragte sie mit großen

Augen. Wenn er *davon* wusste, was wusste er sonst noch?

„Wie du auf meiner Wand gesehen hast, weiß ich eine ganze Menge über dich und deine Familie“, erwiderte er höhnisch. „Ich hatte geglaubt, dass der weiße Wolf wohl kommen würde, um seine lieben Kinder und Enkel zu retten, wenn ich anfange, sie einen nach dem anderen hochzujagen… *aber nein.* Offenbar ist er genau so ein Bastard, wie ich erwartet hatte. Also, da es nicht geklappt hat, ihn damit aufzuscheuchen, wie es meine ursprüngliche Absicht war, muss ich auf *das hier* zurückgreifen.“ Er gestikulierte zu ihr, die sie gefesselt auf dem Stuhl saß.

„Glaubst du etwa ernsthaft, ich wüsste, wo der Bruder meines Großvaters ist?“, fragte sie, als wäre er verrückt geworden. Was er auch eindeutig war. „Es ist zwei Generationen her, dass er meine Familie auseinandergebracht hat. Wir haben ihn seitdem nicht mehr gesehen.“

Julius sprang auf sie zu und stützte sich mit den Händen links und rechts auf ihren Armlehnen ab. Sie zuckte erschrocken zurück, doch so wie ihre Arme und Beine festgebunden waren, konnte sie sich kaum bewegen.

Julius‘ Gesicht war viel zu nah an ihrem. „Ja,

erzähl mir gerne, wie er eure Familie zerrüttet hat." Sie konnte seinen heißen Atem auf ihrem Gesicht spüren. „Erlaube mir ein bisschen *Schadenfreude* über das gestörte Chaos, in dem die Wilding-Familie versunken ist. Aber was kann man schon von einem Mann – oder besser gesagt *Wolf* – erwarten, der den elementaren Pakt seines Rudels bricht, indem er mit dem Weibchen des Alphas schläft? Obwohl es eine wunderbare Ironie ist, das muss ich zugeben." Mit einem amüsierten Schmunzeln wich er wieder etwas vor ihr zurück. „Erzähl mir alles, was du weißt, Terra Wilding, und dann denke ich eventuell darüber nach, dich am Leben zu lassen."

Wieder schaute sie ihn an, als wäre er verrückt geworden, doch sie sah keinen Grund dafür, ihm nicht etwas zu erzählen, das er ganz offensichtlich sowieso schon wusste. Sie konnte nur nichts über Kaden, Noah oder sonst jemanden aus ihrer Familie sagen, der noch am Leben war. „Du scheinst die Geschichte ja bereits zu kennen. Der Bruder meines Großvaters hat mit dessen Partnerin geschlafen. Es hat das Rudel zerbrochen. Was mich betrifft, liegt das alles in der Vergangenheit."

Julius' Augen verengten sich. „Aber es liegt nicht alles in der Vergangenheit, oder? Auch heute gibt es noch weiße Wölfe… nicht zuletzt die ehrgeizige

Grace Krepky. Sie war diejenige, die mir, sagen wir mal, den richtigen Durchblick verschafft hat."

Terra lehnte sich wieder zurück. „Ich verstehe nicht."

Julius' dunkelblaue Augen leuchteten auf. „Wenn man alle Punkte miteinander verbindet, ist es eigentlich ganz simpel. Es gibt einen weißen Wolf, der durch unsere Stadt streift. Er ist extrem mächtig, weil er wahrscheinlich nicht einfach nur ein Wolf, sondern außerdem ein Hexer ist – was bedeutet, dass seine Kräfte noch gewaltiger sind. Und er scheint darauf zu stehen, möglichst viele menschliche Frauen zu ficken. Was er schon eine lange Zeit macht, Jahrzehnte, um genau zu sein."

Terra presste die Lippen zusammen – sie würde absolut nichts sagen, das ihn zu Kaden führen könnte.

„Grace war mein erster Hinweis darauf, dass er noch hier ist", sagte Julius. „Wie du bestimmt weißt, ist sie noch ziemlich jung. Viel jünger als ich mit meinen zweiunddreißig Jahren, was bedeutet, dass der weiße Wolf sich vor gerade mal zwanzig Jahren immer noch durch Seattle gefickt hat. Die einzige Frage ist nur – ist er immer noch hier, und wenn ja, wo?"

Terra runzelte die Stirn. Was meinte er damit,

jünger als er mit seinen zweiunddreißig Jahren? „Moment mal… willst du damit sagen, dass du von dem weißen Wolf wusstest, *bevor* Grace sich geoutet hat?“ Verstand sie ihn da gerade richtig?

„Vielleicht bist du doch nicht so dumm“, schnaubte Julius. „Ja, ich wusste von den Eskapaden des weißen Wolfes bevor unsere Kongressanwärterin auf der Bildfläche auftauchte.“ Er trat einen Schritt zurück…

… und shiftete dann. *In einen weißen Wolf.*

„*Heilige Scheiße.*“ Terras Mund klappte auf.

Julius shiftete in seine menschliche Form zurück und stand jetzt komplett nackt vor ihr. Seine maßgeschneiderte Kleidung lag in einem Haufen auf dem Boden. Ihr entging nicht, wie seine Erektion langsam wuchs… was ihre Kehle plötzlich sehr trocken werden ließ.

Julius schlenderte auf sie zu und gab sich nicht die geringste Mühe, seine Nacktheit zu verbergen. Er stützte sich wieder auf ihren Armlehnen ab und kam ihr unerträglich nahe. „Ganz genau, heilige Scheiße.“ In seiner Stimme schwang ein unterdrücktes Lachen mit.

Angewidert wandte sie sich ab und betete, dass er nicht irgendetwas Abscheuliches mit seinem Körper vorhatte. Wie sie damit zu berühren.

„Ich bin nicht daran interessiert, dich zu ficken, Terra, falls du das denkst.“ Doch seine ölige und lüsterne Stimme strafte seine Worte Lügen. „Obwohl dafür vielleicht noch Zeit ist, wenn wir hier fertig sind. Was ich will, ist etwas viel Befriedigenderes – Rache.“

„Rache an wem?“ Sie konnte die Abscheu in ihrer Stimme nicht verbergen… oder die Angst.

„An meinem Vater.“

Seinem Vater? Vielleicht waren sein Vater und ihr Großvater ja tatsächlich ein und dieselbe Person. Vielleicht war er sogar Kadens Vater. So oder so, es spielte gerade keine Rolle. Denn sie hatte keine Antworten für Julius.

Dieses Mal würde sie dem Tod nicht mehr entkommen können.

Kapitel Vierzehn

KADEN WAR ES LEID, ZU WARTEN.

Terra und dieses Arschloch Julius waren schon viel zu lange in seinem kleinen Kunstlager.

Kaden klopfte an die Tür. Wartete. Und hämmerte dann nochmal dagegen. Nichts.

Was sollte der Scheiß?

Er kramte sein Handy hervor und rief Terra an. Es klingelte und klingelte… und ging dann auf die Mailbox. Wieder hämmerte er gegen die Tür. Es war möglich, dass die dicken Wände des Gebäudes ihren Handyempfang störten, aber auf keinen Fall war dieser Raum so schallgeschützt, dass sie sein Klopfen nicht hören konnten.

Sie ignorierten ihn.

Welche pikanten Informationen Terra gerade

auch immer über weiße Wölfe erfahren mochte, es war ihm scheißegal.

Ihre Zeit war um.

Er suchte nach der Telefonnummer der Lagerhallenverwaltung und wählte sie.

Als jemand abhob, benutzte er seinen patentierten „*Ich bin ein Cop, leg dich nicht mit mir an*"-Ton: „Hier spricht Officer Grant vom Seattle Police Department. Ich habe dringenden Grund zur Annahme, dass ein Verbrechen auf Ihrem Gelände verübt wird. Ich brauche Zugang zur Einheit dreiundneunzig. *Sofort.*"

„Ich... ähm..." Die Stimme der Frau am anderen Ende der Leitung klang hoch und panisch. *Gut.* „Ich bin sofort da, Officer!"

Sie legte auf.

Kaden sah auf seine Uhr. Sie brauchte nur zwei Minuten, um zu ihm zu kommen, doch in dieser Zeit verlor er fast seinen verdammten Verstand. Er ließ sogar seine Hand shiften und versuchte, durch die Tür zu schneiden, aber er hatte nicht diese abgefahrenen Klauen, von denen Noah gesprochen hatte, und unter dem edlen geschnitzten Holz bestand die Tür aus solidem Stahl. Mindestens einen Zoll dick, wenn nicht sogar zwei. Kaden hatte keine Chance, da durchzukommen, zerfetzte das

Holz aber trotzdem wie wild. Er war sogar versucht, den Ziffernblock des elektronischen Schlosses zu zerstören, aber das konnte die Tür blockieren und würde die Sache nur schlimmer machen.

Eine kleine Frau mit gebeugten Schultern kam durch die Eingangstür des Lagerhauses gehastet, wobei ihre flachen Schuhe kaum einen Laut auf dem Granitfußboden machten.

„Oh!“, sagte sie, als sie bei ihm ankam und mit großen Augen auf die Tür starrte. „Was ist passiert?“

„Öffnen Sie die Tür, Ma'am“, sagte er, ein ausgewachsenes Knurren in der Stimme.

Sie zuckte erschrocken zusammen, dann beeilte sie sich, den Mastercode einzutippen, um die Verriegelung zu überschreiben. Die Tür öffnete sich klickend. Kaden schob die Frau so sanft er konnte zur Seite und stürzte mit gezogener Waffe in den Raum.

Er war leer.

Zumindest waren keine *Leute* in dem Raum – doch wo er auch hinsah, herrschte der Wahnsinn. Bilder von Menschen und Wölfen bedeckten jeden Quadratzentimeter der Wände. Auf großen Bildschirmen liefen Videos, bei denen er nur einen

Blick darauf werfen musste, um den Hauptdarsteller wiederzuerkennen.

Der Wolfsjäger.

„Scheiße!" Er konnte es nicht fassen. Dieser verfluchte Julius war der Wolfsjäger – oder zumindest genauso durchgeknallt wie dieser Irre – und jetzt hatte er Terra.

Kaden wirbelte zu der eingeschüchterten Angestellten herum, die zitternd in der Tür stand. „Gibt es einen anderen Ausgang?" Den musste es geben. Er hatte die Tür die ganze Zeit nicht aus den Augen gelassen. Sie hatten den Raum mit Sicherheit nicht auf dem gleichen Weg verlassen, auf dem sie ihn betreten hatten.

Die Frau nickte hastig und zeigte mit einem zitternden Finger zum anderen Ende des Raumes. Kaden sprintete hinüber und fand eine Tür in der Wand, die beinahe vollständig hinter all den Fotos verborgen lag, die darauf gepflastert waren.

„Aufmachen!", schrie er die Frau an.

Sie tat es, doch dahinter war nichts zu sehen – nur ein weiterer Flur und an dessen Ende eine weitere Tür, die nach draußen führte. Sobald Kaden in den Sonnenschein hinausgestürmt war, realisierte er… dass Julius und Terra überall sein konnten. Sie hatten mindestens zwanzig Minuten

Vorsprung gehabt, bevor er begonnen hatte, an die Tür zu klopfen.

Scheiße.

Eine kalte Dunkelheit ergriff seine Brust, dasselbe Gefühl der Panik, das ihn gepackt hatte, als er ihr Zimmer leer vorgefunden hatte. *Er hatte sie verloren.* Für einen langen, diffusen Moment versank sein Verstand in einem Nebel aus Wut und Entsetzen.

Dann riss er sich wieder zusammen.

Dieses Arschloch hatte seine Partnerin entführt und er würde sie zurückholen.

Er rannte zurück zu seinem Wagen, riegelte seine Emotionen ab – mit denen konnte er sich später noch befassen – und brachte sein Gehirn dazu, zu überlegen, was jetzt zu tun war.

Er konnte nicht zum Polizeirevier gehen – die würden ihn höchstwahrscheinlich nur auslachen. Und ihm vermutlich einen anderen Fall zuweisen. Aber mit Sicherheit würden sie ihm nicht helfen.

Doch Noah Wilding würde das.

Kaden stieg ins Auto, hämmerte den Gang rein und fuhr zurück zum Zufahrtstor. Währenddessen wählte er Noahs Nummer.

Noah hob beim ersten Klingeln ab. „Hallo?“

„Der Wolfsjäger hat Terra“, sagte Kaden, ohne Zeit zu verschwenden.

„Scheiße.“ Doch Noah erholte sich schnell. „Wo bist du? Wie kann ich helfen?“

Kaden verspürte plötzlich eine riesige Dankbarkeit für die Tatsache, dass Noah eine Armeeausbildung hatte und über außergewöhnliche magische Kräfte verfügte. „Bist du noch beim River-Anwesen?“ Kaden musste *schnell* handeln und ihm wurde jetzt erst klar, dass er, obwohl er Noahs Hilfe gebrauchen konnte, es sich nicht leisten konnte, zu warten.

„Ja, bist du in der Stadt?“

„Ich bin im Norden, aber ich habe keine Ahnung, wo er Terra hingebracht hat. Befördere deinen Arsch einfach diesen Berg runter und ich rufe dich zurück, sobald ich einen Zielort habe.“

„Alles klar.“ Noah legte auf.

Kaden warf sein Handy auf den Beifahrersitz. Dann schlug er knurrend auf das Lenkrad ein. Seinem Frust etwas Luft zu lassen, würde ihm helfen, klar zu denken.

Noah war zu weit weg.

Die Polizei war nutzlos.

Was blieb ihm jetzt noch übrig?

Wann immer das Revier jemanden finden

musste – für gewöhnlich einen Shifter, aber es galt auch für andere Kriminelle – holten sie sich Unterstützung von den Hexen. Und die, mit denen Kaden zusammenarbeitete, hatten ein Büro in der Innenstadt.

Es war extrem gefährlich, mit Hexen zu arbeiten, aber das war ihm egal. Er brauchte einen Suchzauber und sie waren die einzigen, die Terra finden konnten, bevor es zu spät war. Er durfte diesen Gedanken nicht weiterdenken, also trat er das Gaspedal durch. Er überfuhr mehrere rote Ampeln auf seinem Weg, aber er erreichte in Rekordgeschwindigkeit sein Ziel.

Dieser Hexenzirkel – es gab mehrere in der Stadt – führte eine kleine, exklusive Werbeagentur mit Fokus auf Onlinedienste. Ihr glänzendes Büro aus Chrom und Glas befand sich im vierzehnten Stock eines Hochhauses. Kaden stellte seinen Wagen illegal direkt vor dem Aufzug in der Tiefgarage ab und war versucht, einfach die Treppen hochzurennen, aber für vierzehn Stockwerke würde er zu lange brauchen. Der Aufzug war schneller, trotzdem scharrte er die ganze Fahrt über mit den Hufen. Als er endlich ankam, stürmte er aus dem Fahrstuhl und in die edlen Büroräume, ignorierte die Empfangsdame und eilte an den Arbeitsnischen der anderen Hexen vorbei, zu der einen Hexe, die er kannte – *Xena Hunt.*

Er hatte keine Ahnung, ob das ihr richtiger Name war. Es war ihm egal.

Ohne anzuklopfen stieß er ihre Bürotür auf. Glücklicherweise war sie da.

Xena war sinnlich und wunderschön, so wie alle Hexen. Sie nutzten irgendeinen Zauber, um ihre Schönheit zu steigern, und ihre Supermodelkörper und gnadenlos sexy Gesichter raubten ihm jedes Mal den Atem. Doch diesmal tangierte ihn das überhaupt nicht. Er rannte direkt auf ihren Schreibtisch zu und stützte die Hände darauf ab, um ihre Aufmerksamkeit weg von ihrem verdammten Computer und auf ihn zu lenken.

„Xena“, knurrte er, als sie ihn weiterhin ignorierte. „Ich brauche deine Hilfe.“

Sie ließ sich endlich dazu herab, ihn anzusehen, aber nur, indem sie sich zurücklehnte und ihre süße kleine Nase krauszog. „Bittet man so um Gefälligkeiten, Officer Grant? Da will ich Sie aber nicht erleben, wenn Sie richtige Forderungen stellen.“ Ihr lässiges, sexy Grinsen verriet, dass die Chancen, dass er etwas von ihr einfordern konnte, praktisch null waren.

„Bitte.“ Er hatte keine Zeit für Spielchen.

Sie sah unbeeindruckt aus, erhob sich aber immerhin von ihrem Stuhl und kam um den Schreibtisch herumgeschlendert. Der lange Blick, den sie über ihn schweifen ließ, angefangen bei seinem Schritt bis hoch zu seinen Augen, hätte nicht offensichtlicher sein können. Die Hexen flirteten ständig mit ihm, aber er war nie dumm genug gewesen, mit einer von ihnen ins Bett zu gehen. Diese Frauen töteten Menschen mit einer einzigen Berührung – und verhörten Wölfe mit einigen ziemlich miesen und schmerzhaften Zaubern.

Ihre Lippen formten einen wunderschönen kleinen Schmollmund. „Wie genau kann ich Seattles Polizeibehörde denn heute helfen?“ Ihre Stimme war sinnlich und sexy.

„Ich muss jemanden finden. Sie ist eine Shifterin und war meinem Schutz unterstellt, aber jetzt ist sie entführt worden.“ Allein diese Worte laut auszusprechen, ließ sein Blut kochen. Er ballte die Fäuste.

Sie bedachte ihn mit einer tadelnden Fingerbewegung und warf sich ihr wallendes brünettes Haar über die Schulter. „Du hast also eines deiner Spielzeuge verloren? Was für ein Pech. Aber ich wüsste nicht, warum das mein Problem sein sollte.“ Wieder ließ sie ihren Blick über ihn schweifen. „Es sei denn natürlich, für mich springt auch was dabei heraus."

Er konnte nicht die übliche Bezahlung versprechen und außerdem fragte sie ihn obendrein nach irgendeiner Bestechung. Scheiße. „Was willst du, Xena? Das ist eine *Entführung*. Mir läuft die Zeit davon."

Sie zog die Augenbrauen hoch. „Du willst einen Gefallen und du hast es eilig. Klingt für mich nach außergewöhnlichen Umständen, die eine außergewöhnliche Art der Bezahlung erfordern."

Sie schob sich auf ihn zu, nahe genug, dass sie die Hände ausstrecken und ihn berühren konnte, was sie aber nicht tat. Womöglich, weil sein Körper steif vor Wut, Angst und einer ordentlichen Portion Widerwillen war.

Er wich zurück. „Ich kann dafür sorgen, dass das Revier die nächsten ein oder zwei Monate all seine Fälle über dich laufen lässt", bot er an. „Und ich werde sehen, welche Aufträge ich sonst noch auftreiben kann. Außerdem kann ich dafür sorgen, dass du nicht von irgendwelchen unerwarteten behördlichen Untersuchungen überrascht wirst."

Ihre grünen Augen blitzten auf und kurz befürchtete er, dass er es mit dieser versteckten Drohung vielleicht übertrieben hatte. Aber sie wackelte bloß mit dem Finger. „Na, na, na, Officer Grant, sowas ist doch nicht nötig.“ Sie schloss die Lücke zwischen ihnen und ihre Hand landete direkt auf seinem Schwanz. „Außerdem weißt du, was ich will.“

Gütiger Himmel. Er packte ihr Handgelenk und riss es hoch. „Ich habe keine Zeit für so einen Scheiß, Xena.“

Wieder blitzten ihre grünen Augen auf – es war extrem gefährlich, eine Hexe zu berühren, aber es schien sie anzumachen. Was nicht gerade seine Absicht gewesen war. *Scheiße.*

„Nun, natürlich müssen wir erst dein kleines Spielzeug finden“, schnurrte sie und drückte sich mit ihren perfekten prallen Brüsten an seinen Körper. „Die Bezahlung erfolgt dann nach erbrachter Dienstleistung.“

Na gut. Er würde dieser Hexe alles versprechen, was sie hören wollte, und einfach hoffen, dass sie ihn nicht tatsächlich umbringen würde, wenn er nicht ablieferte. „Führ einfach den Suchzauber durch, Xena. Später können wir beide dann feiern so viel du willst.“ Er hatte nicht die geringste Absicht, dieses Versprechen einzuhalten, doch trotzdem fühlten sich die Worte wie Kreide in seinem Mund an. Terra war die einzige Frau, mit der er je wieder auf diese Weise zusammen sein wollte, aber er würde alles tun, was nötig war, um seine Partnerin zurückzubekommen.

„Ausgezeichnet." Xena flanierte zu einem der Bücherregale in ihrem Büro, auf denen sich ein breites Sammelsurium seltsamer Töpfchen und exotischer Kisten befand. Kaden wollte nicht einmal wissen, was sie beinhalteten.

Die Hexe öffnete eine der Kisten, nahm eine Prise eines weißen Pulvers heraus und streute es in ihre Handfläche. Dann murmelte sie eine Art Beschwörungsformel, während sie mit der anderen Hand über dem Pulver kreiste. Es wurde von einem unsichtbaren, magischen Wind aufgewirbelt und eine weiße Wolke formte sich über ihrer Hand. Blaue Blitze, die ihm auf unheimliche Weise vertraut vorkamen, zischten in der Wolke umher. Es war dieselbe Art von magischer Energie, die Noah ihm demonstriert hatte.

Mit schwingenden Hüften kam Xena auf ihn zu. „Hast du eine bedeutungsvolle Erinnerung an dieses Spielzeug, das du finden willst?"

Er hatte schon öfters Suchzaubern beigewohnt, er kannte die Routine, aber normalerweise wurde der Spruch mit der Hilfe von jemand anderem durchgeführt. Jemandem, der eine persönliche Verbindung zu der Person hatte, die sie suchten. Nur war diesmal *er* derjenige, der die Verbindung hatte. Eine *sehr* persönliche Verbindung.

Er knirschte mit den Zähnen. „Ja, habe ich."

Sie trat auf ihn zu und blies ihm die kleine Wolke ins Gesicht.

Er hatte sich dafür gewappnet, aber die Art, wie der Boden unter seinen Füßen zu wanken begann, traf ihn dann doch unvorbereitet. Der Raum verschwamm vor seinen Augen und plötzlich war er im Geiste zurück in der geheimen Polizeiunterkunft, im Bett mit Terra, die sich stöhnend unter ihm wandte, während er seinen Schwanz tief in ihr versenkte.

Plötzlich hörte er Xenas dröhnende Stimme in seiner Vision, als würde sie ihm vom anderen Ende eines langen Tunnels laut zurufen. „*Oh, verstehe.* Wie ich sehe, hast du mit deinem Spielzeug tatsächlich gespielt."

Kaden fühlte sich hundeelend – er hasste es, diese Erinnerung zu entehren, indem er sie mit dieser Hexe teilte, aber er wusste, dass sie irgendeinen Zugang zu Terras magischer Essenz brauchte, um sie zu finden. Glücklicherweise endete die Vision schnell. Er wankte immer noch, aber der

Effekt des Zaubers ließ rasch nach, sobald Xena gefunden hatte, was sie suchte.

Kaden rieb sich mit beiden Händen die Augen, um wieder klar sehen zu können. „Hast du sie gefunden?“, fragte er.

„Oh, ja. Sie besitzt eine starke Magie.“ Xenas Augen verengten sich. „Genau wie du, Kaden Grant… warum hast du mir nicht gesagt, dass du ein Hexer bist?“

Oh, Scheiße. „Weil ich das nicht gerade publik machen will“, sagte er kurz angebunden.

Sie warf ihm ein glühendes Lächeln zu. „Oh, wie gerne ich dich mit diesem Wissen erpressen möchte, um etwas von diesem, heißen, heißen Sex zu bekommen, den ich in deiner Vision gesehen habe.“ Sie seufzte mit einer Art lüsternen Enttäuschung und wedelte sich mit ihren langen Fingern und den noch längeren Fingernägeln Luft zu. „Aber deine Magie ist etwas zu mächtig für mich. Außerdem ist da noch dieser lästige Bund, den du mit diesem Mädchen eingegangen bist.“ Sie fuchtelte mit den Fingern um seinen Kopf herum und er war sich ziemlich sicher, dass sie von seiner Aura sprach. Hexen konnten Emotionen sehen, als wären sie ein verdammter Regenbogen über deinem Kopf. Generell recht nützlich, im Moment aber eher unangenehm. „Ich würde es hassen, in diesen kleinen Strudel gesaugt zu werden.“ Erneut musterte sie ihn von oben bis unten. „Trotzdem ist es eine verdammte Schande. Ich hatte mich schon darauf gefreut—“

„*Xena*“, warnte er, obwohl er erleichtert war, bezüglich ihres gemeinsamen Schäferstündchens aus dem Schneider zu sein. „Weißt du, wo Terra ist, oder nicht?“

„Natürlich weiß ich das.“ Sie sah ihn beleidigt an, als hätte er irgendwie an ihren magischen Fähigkeiten gezweifelt. „Ich kann dir die genauen Koordinaten geben. Aber Kaden…“ Sie kam auf ihn zu, doch diesmal wirkte die Sorge in ihrer Miene etwas aufrichtiger. „An dem Ort, an den du willst, gibt es eine Menge magischer Energie. Negative Energie. Und ich spüre, dass du… dich noch nicht richtig mit deinen Kräften auseinandergesetzt hast. Sei vorsichtig.“

Kadens Augenbrauen kletterten hoch und es verschlug ihm für einen Moment die Sprache. Dann sagte er: „Danke für die Warnung.“

Sie nickte ihm zu. „Unsereins muss aufeinander achtgeben. Lass mich wissen, wenn du bereit bist, deine Magie näher zu erforschen, du heißer Hexer.“

Er war sich absolut nicht sicher, ob er dieses Angebot annehmen wollte, aber das war jetzt auch nicht wichtig. Er bekam die Koordinaten von Terras Aufenthaltsort und hetzte aus dem Büro, während sich reihenweise Köpfe nach ihm umdrehten. Noch bevor er den Aufzug erreichte, holte er sein Handy hervor und wählte.

Noah nahm direkt ab. „Ich weiß, wo sie ist“, sagte Kaden. „Ich schicke dir die Wegbeschreibung. Wir treffen uns dort.“

Er schlug auf die Ruftaste für den Aufzug und legte den ganzen Weg nach unten ungeduldig knurrend zurück.

Kapitel Fünfzehn

JULIUS WAR IMMER NOCH ÜBER TERRA GEBEUGT, sein nackter Körper ekelerregend nah an ihrem.

Sie schauderte, als seine Erektion ihr Bein streifte.

Er war offensichtlich schwer gestört – sie musste sich hier irgendwie rausreden oder sie würde früher oder später sterben, wahrscheinlich eher früher. Sie hatte zwar immer noch die Hoffnung, dass Kaden sie retten würde, aber wer wusste schon, wie lange das noch dauern konnte?

„Warum willst du dich an deinem Vater rächen?“, fragte Terra Julius so ruhig sie konnte, während sein Blick über ihren Körper wanderte. Das mit seinem Vater verstand sie einfach nicht. Die Tatsache, dass Julius ein weißer Wolf war, erschütterte sie zwar immer noch, aber warum sollte er deswegen sauer auf seinen Vater sein? Sie versuchte, irgendwie diese ganzen Puzzlestücke zusammenzusetzen, die Lügen und Halbwahrheiten, um dahinter zu kommen, was hier wirklich vor sich ging.

Julius ignorierte ihre Frage, offensichtlich ihr Unbehagen genießend, während seine Erektion über ihr Bein glitt. *So widerlich.* Wenigstens ließ ihre Jeans keinen direkten Hautkontakt zu. Er nahm eine wild abstehende Locke ihres Haares in die Hand und wickelte sie um seinen Finger.

„Ihr Wölfe seid wirklich die geborenen Aufreißer, nicht wahr?“ Er packte eine Handvoll ihres Haares und riss schmerzhaft daran. Er war stärker, als er aussah, und sein Griff zwang ihren Kopf in den Nacken, sodass sie ihn ansehen musste… Er leckte sich über die Lippen. „Euer unstillbarer sexueller Appetit wütet wild durch unsere Stadt. Mein Vater war genau wie ihr, hat überall in Seattle Frauen verführt. Inklusive meiner Mutter. Nur ist er nicht lange genug bei ihr geblieben, um mitzubekommen, wie sie durch die dämonische Saat, die er ihr eingepflanzt hatte, gestorben ist.“

Terra runzelte die Stirn und versuchte, sich aus seinem Griff zu befreien, doch er packte nur noch fester zu. Sie konnte immer noch nicht shiften, um zu fliehen – die Droge, die er ihr verabreicht hatte, unterdrückte weiterhin ihre Wölfin – und so wie sie an den Stuhl gefesselt war, war sie ihm praktisch ausgeliefert. Seine trügerisch schlanke Gestalt war erstaunlich kräftig, selbst als Halbling verfügte er definitiv über Shifter-Stärke.

Doch was sie am meisten verstörte, war die Geschichte seiner Abstammung. Sie war der von Kaden so ähnlich. Ein weißer Wolf, der mit seiner menschlichen Mutter geschlafen hatte und verschwand, bevor der dabei gezeugte Halbling geboren wurde. Waren sie Halbbrüder? Streifte dieser weiße Wolf immer noch durch die Stadt?

„Deine Mutter ist also auch tot?“ Terra schluckte ihre Nervosität herunter und versuchte, einen ruhigen Ton zu bewahren. „Ich weiß, wie das ist.“ Sie suchte nach einem gemeinsamen Nenner mit ihm, obwohl sich ihr dabei der Magen umdrehte. Eine empathische Reaktion auf Julius‘ hasserfüllte Tirade würde ihr vielleicht etwas Zeit verschaffen.

Sie musste hier irgendwie rauskommen. Kaden brauchte sie.

Es funktionierte, zumindest ein wenig. Julius ließ ihr Haar los, wich zurück und berührte sie nicht länger mit seinem nackten Körper. Sie unterdrückte ein erleichtertes Aufseufzen.

„Meine Mutter ist bei der Geburt gestorben… während sie ein Monster zur Welt gebracht hat. *Mich.*“ Julius gestikulierte seinen nackten Körper herab. „Diese menschliche Form ist nur eine Fassade. Sie verdeckt bloß den Wolf, der in mir lauert. Den Teil, der von diesem Monstrum übriggeblieben ist, das mich gezeugt hat. Ich kann den Wolf in mir nicht ändern – ich habe es versucht, glaub mir.“ Er stieß ein kleines, freudloses Lachen aus. „Aber ich kann meinen Vater für das, was er getan hat, bezahlen lassen.“

„Wenn deine Mutter bei der Geburt gestorben ist…“ Terras Verstand hatte etwas aufgegriffen, das nicht ganz Sinn ergab. „Woher weißt du dann, dass *sie* nicht der Wolf war?“

Julius stürzte vorwärts, schlug auf ihre Armlehnen und brachte sie wieder dazu, zurückzuzucken. „Weil ich es weiß!“ Er stieß ihr seinen heißen Atem ins Gesicht, packte ihr Kinn und starrte ihr in die Augen. „Ich bin nicht wie du als verwöhnte Prinzessin aufgewachsen, Miss Wilding. Ich bin als Waise in Seattle großgeworden und wurde von Pflegefamilie zu Pflegefamilie gereicht. Über meine leibliche Mutter weiß ich nur, dass sie an Komplikationen bei der Geburt gestorben ist… *weil ich geshiftet bin, während ich noch im Mutterleib war.* Eine menschliche Frau ist nicht dazu gemacht, so eine Bestie in sich zu tragen. Und mein Vater ist derjenige, der ihr das angetan hat.“

Heilige Scheiße. Er hatte seine Mutter umgebracht. Bei der Geburt. Das war so… übel. Doch Terra fiel es schwer, das zu glauben – menschliche Frauen brachten ständig Halblinge zur Welt. Irgendwas musste schiefgegangen sein… und Julius machte sein Biest dafür verantwortlich.

Sie blieb vollkommen regungslos sitzen, unfähig, mit diesem Ausmaß an Wahnsinn umzugehen.

Julius‘ schwerer Atem schien sich etwas zu beruhigen. Grob stieß er ihren Kopf zur Seite, als er zurückwich und jetzt wieder etwas kontrollierter wirkte. „Natürlich wusste ich all das zunächst nicht. Ich bin erst wieder geshiftet, als ich viel älter war. Aber als ich es tat, wusste ich, dass etwas an mir anders ist. Wie du gesehen hast, bin ich kein gewöhnlicher Wolf.“ Er grinste. „Und als Grace Krepky sich ebenfalls als weiße Wölfin zu erkennen gegeben hat – nun, *da* ging die Jagd so richtig los.“

Terras Herz hämmerte, aber sie blieb still und ließ ihn weiter toben.

„Ich habe alle Mittel genutzt, die ich zur Verfügung hatte, um an meine Geburtsunterlagen zu kommen. Ich wollte wissen, was *wirklich* mit meiner Mutter geschehen ist. Es waren einige Bestechungen und mehr als ein paar Drohungen nötig, um die Wahrheit zu erfahren. Und dabei bin ich zufälligerweise über die Entdeckung gestolpert, dass die Wilding-Familie *auch* von einem weißen Wolf abstammt." Er trat einen Schritt zurück und breitete die Arme aus, immer noch nackt, aber wenigstens war seine Erektion endlich zurückgegangen.

Was Terra nur minimal beruhigte.

Julius legte den Kopf in den Nacken, um an die Decke zu sehen. „Ganz Seattle muss von dieser Wolfsplage gesäubert werden!" Dann schnellten seine blauen Augen wieder zu ihr. „Doch bis jetzt haben meine Versuche, meinen Vater aus seinem Schlupfloch hervorzulocken, nicht gefruchtet. Und jetzt wirst *du*, Terra Wilding… mir sagen, was ich wissen will. Wo ist der weiße Wolf?"

„Ich weiß es nicht! Ich weiß überhaupt nichts!" Sie versuchte, so ehrlich zu klingen, wie sie nur irgendwie konnte.

Seine Augen verengten sich. Dann kam er wieder auf sie zu und diesmal ließ er seine Hände überall über sie gleiten, knetete ihre Brüste und rieb seinen Körper an ihrem. Sie erschauderte und wandte ihr Gesicht ab.

„Wenn das so ist, dann muss ich leider ein misslicheres Ende für dich finden. Aber bevor das passiert, gönne ich mir vielleicht selbst noch eine kleine Wilding-Kostprobe."

Sie wappnete sich. Wenn er sie wirklich vergewaltigen wollte, würde er sie losbinden müssen. Wahrscheinlich. Aber wenn er sie losmachte, würde sie ihm sein verdammtes Gesicht zerkratzen und sich bis zur letzten Sekunde wehren, egal ob sie shiften konnte oder nicht. Ihr Körper zitterte, als seine Berührungen immer aufdringlicher wurden, und ihr Magen drehte sich um, als er eine Hand sinken ließ und sich streichelte, um seine Erektion zurückzubringen.

Gott, nein. Nein, nein, nein—

Ein Klopfen an der Tür ließ sie beide zusammenfahren.

„Ich sagte doch, keine Störungen!", brüllte Julius.

Mehrere scharfe Schüsse ertönten draußen vor der Tür. Sie öffnete sich und der Typ in der Kampfausrüstung von zuvor steckte den Kopf hindurch. Mit einem kurzen Blick registrierte er Julius' nackten Körper, störte sich aber offenbar nicht daran.

Oder vielleicht war er einfach zu sehr von der Schießerei draußen vereinnahmt – zumindest klang es wie eine Schießerei.

Über die Schüsse hinweg schrie er: „Jemand hat die Vordertür eingetreten. Wir haben zwei Eindringlinge mit einer Menge Feuerkraft."

Terras Herz raste – *Kaden war hier!*

„Schlagt sie zurück", knurrte Julius, während er nach seiner Hose griff. „Und schick James und Richard hierher."

„Ja, Sir." Der Mann zog sich zurück und schloss die Tür hinter sich.

Terra warf sich in ihrem Stuhl hin und her, wurde aber von ihren Fesseln festgehalten. Sie wollte aufschreien, aber sie war sich nicht sicher, ob Kaden schon nah genug war, um sie zu hören… und sie würde wahrscheinlich nur eine Chance dazu bekommen.

Julius stieg fluchend in seine Klamotten. Dann zog er ein Messer aus seiner Tasche, klappte es auf und kam auf sie zu. Sie kreischte.

„Halt's Maul." Er nahm ihren Kopf in den Schwitzkasten und presste ihren Mund gegen seinen Oberschenkel. Sie war versucht, ihn zu beißen… doch dann schnitt er ihre Fesseln auf.

Er brachte sie weg.

Und das war ihre Chance.

Sobald sie frei war, sprang sie aus ihrem Stuhl und rannte auf die Tür zu.

„Oh nein, vergiss es." Julius war direkt bei ihr und packte sie von hinten an der Kehle, als sie die Tür aufreißen wollte. Sie wehrte sich, doch er war zu stark für sie. Schließlich war er ein Shifter, auch wenn er nicht so offensichtlich muskulös war. Deshalb war ihr das auch anfangs entgangen.

Bei offener Tür war das Feuergefecht unglaublich laut. Die Schüsse hallten durch das höhlenartige Lager vor der Tür. Hohe Regale und vollgepackte Paletten, die überall verteilt auf dem Betonboden standen, blockierten einen Großteil ihrer Sicht, doch am anderen Ende spielte sich definitiv so etwas wie ein Kampf ab. Mehrere Männer in Kampfausrüstung waren hinter den Paletten in Deckung gegangen und zielten auf eine offene Tür, die zum vorderen Bereich des Gebäudes führen musste. Dort duckten zwei Gestalten direkt hinter der Tür, deren Pistolen immer wieder kurz auftauchten, um das Feuer zu erwidern.

„Kaden!", schrie Terra und ihre Stimme wurde

von den harten Oberflächen des Lagerhauses zurückgeworfen. Sie glaubte, ein Knurren als Antwort zu hören, doch dann war Julius' Hand über ihrem Mund und verhinderte jede weitere Möglichkeit, zu schreien. Während sie sich mit Händen und Füßen wehrte, zerrte er sie über den Boden weiter von der Schießerei weg. Sie klammerte sich an einer der Palletten fest, als sie daran vorbeikamen, und bekam genug Halt, um ihn zum Stehenbleiben zu zwingen.

Plötzlich drückte sich etwas Kaltes und Hartes in ihre Seite. „Ich habe kein Problem damit, dich umzubringen", zischte Julius. „Ich lasse dich lieber hier auf dem kalten Boden ausbluten, als dich diesem Rudel da draußen zu übergeben."

Sie glaubte ihm.

Und hörte auf, sich zu wehren.

Zwei von Julius' Männern kamen zu ihnen und schirmten sie ab, während er sie zur Hintertür schleppte, eine Hand um ihre Kehle, in der anderen die Pistole, die er in ihre Seite drückte. Draußen war die Sonne bereits hinter dem Horizont verschwunden und die Gasse, die sie betraten, lag im Dämmerlicht. Die Schießerei hinter ihnen hatte an Intensität zugenommen und bombardierte ihre Trommelfelle. Sie betete, dass keine der

Kugeln Kaden treffen würde. Sie war sich nicht einmal sicher, ob er es war – da waren zwei Eindringlinge und sie hatte keinen von beiden deutlich erkennen können – aber er *musste* es einfach sein. Er war ihr Partner. Er würde kommen, um sie zu retten.

Selbst wenn der Tod sie durch Julius' Pistole in ihrer Seite finden würde, würde sie wenigstens in dem Wissen sterben, dass Kaden sie liebte. Sie hatten noch keine Gelegenheit gehabt, es einander zu sagen, doch seine Taten sagten alles.

Sie stolperte, während Julius sie durch die Gasse hinter dem Lagerhaus zerrte. Sie befanden sich in einer Art Industriegebiet und am Ende des schmalen Gangs zwischen den roten Ziegelsteingebäuden parkte ein glänzender schwarzer Wagen, der auf sie zu warten schien.

Ein Knistern elektrischer Energie und eine Explosion erklangen hinter ihnen. Etwas hatte sich bei dem Gefecht im Lagerhaus verändert. Rufe und das Trampeln von Schritten deuteten an, dass jemand kam.

„Weiter, weiter!", schrie einer von Julius' Männern, und er und der andere Mann drängten sie hinter einen übergroßen metallenen Müllcontainer, der auf dem Weg zum Wagen stand. Gerade als sie diesen erreichten, flog die Hintertür des Lagerhauses auf.

„Terra!“ Kadens Stimme donnerte durch die enge Gasse.

Sie verdrehte sich den Hals und konnte ihn gerade eben im Schatten des Türrahmens erkennen. „Kaden—“ Wieder wurde ihr Schrei durch Julius‘ Hand auf ihrem Mund erstickt. Er blieb hinter dem Müllcontainer, genau wie seine Männer, schob sie jedoch so nach vorne, dass Kaden sie sehen konnte.

„Du willst sie?“, rief Julius heiser. „Dann komm und hol sie dir!“

Nein! Es war eine Falle! Verzweifelt versuchte sie, ihren Kopf aus Julius‘ Griff zu reißen, aber es half nichts – er war zu stark. Dann sah sie, wie seine Männer die Hinterseite des Containers entlangkrochen, bereit, auf Kaden zu schießen, sobald er den Schutz des Türrahmens verlassen würde.

Mit aller Kraft biss sie Julius in die Hand.

„Fuck!“ Er riss seine Hand aus ihrem Mund.

„Kaden, nein!“, schaffte sie auszustoßen, bevor Julius ihr eiskalt ins Gesicht schlug und sie zu Boden ging. Julius packte sie sofort wieder bei den Haaren und riss sie hoch, doch in dem Moment dröhnte ein markerschütterndes Brüllen in ihren Ohren.

Kaden sprang aus der Tür und shiftete mitten im Sprung.

„*Nein!*“, schrie sie.

Ein Kugelhagel schlug mitten in der Luft in seinen Körper ein und riss Löcher in den Mann, den sie liebte. Entsetzt musste sie mitansehen, wie er zu Boden fiel und hart auf dem Asphalt aufschlug. Doch er mühte sich wieder auf die Beine und schleppte sich auf ihren Müllcontainer zu, während weitere Kugeln seinen schneeweißen Körper durchlöcherten und überall rote Blüten entstehen ließen. Ihr Herz verkrampfte, als würde sie sterben. Schreiend und tretend wirbelte sie zu Julius herum und kratzte ihm durchs Gesicht. Er hob seine Waffe und drückte sie ihr an den Kopf—

Plötzlich wurde der Müllcontainer zur Seite gewuchtet, prallte gegen Julius und riss ihn von den Füßen. Reste von blauer magischer Energie jagten über die Oberfläche des Containers und lösten sich dann in Luft auf. Terra starrte mit offenem Mund auf Kadens erhobene Pfote, aus der der Blitz gekommen war. Dann sackte er zusammen, gerade als Noah in der Hintergasse des Lagerhauses auftauchte und sich schnell wieder in den Schutz der Tür duckte. Sie konnte sehen, wie sich ein weiterer blauer Energieball in der Dunkelheit formte.

Hinter ihr stolperte Julius auf allen Vieren davon. Einer seiner Männer lag tot und flach auf dem Rücken in der Gasse, seine Waffe noch in der leblosen Hand, aber der andere hatte nur wenige Meter entfernt einen Gullideckel hochgestemmt. Julius ließ sich in den Schacht gleiten, während ein weiterer Energieball – diesmal von Noah – seinen Handlanger erwischte und den Mann gegen die Ziegelsteinwand der Gasse schleuderte, wo er verkohlt zu Boden sackte.

Etwas Weiches stupste gegen ihren Arm. Terra wandte sich um und bemerkte, dass Kaden sich zu ihr geschleppt hatte.

„Oh, Gott!“ Alle Luft entwich ihr, während sie die Arme um seinen Wolf schlang. Er brach neben ihr zusammen, wobei sein pelziger Kopf gegen ihr Gesicht stieß. Sein wunderschönes weißes Fell war rot durchtränkt – Blut, so viel Blut, und so viele Wunden. Tränen ließen ihre Sicht verschwimmen, während sie ihn streichelte und ihm tröstend zuredete. Doch ihr Herz gefror vor Angst. *Er starb in ihren Armen.*

Noah kam an ihre Seite geeilt und ein weiterer

blauer Feuerball schwebte über seiner Hand. „Wo ist er hin?“, verlangte er. Er meinte Julius.

Terra deutete mit ihrem Kopf in Richtung des Gullis. Ihr Tränenschleier ließ sie kaum noch etwas sehen. „In den Schacht“, schaffte sie auszustoßen, ohne den Blick von ihrem Partner zu nehmen.

Noah sprintete zum Kanalschacht, schleuderte seinen magischen Energieblitz ins Loch und rief „Nimm das, du Wichser!“ hinterher. Dann ging er auf die Knie und spähte den Schacht hinab, als würde er etwas suchen.

Aber das war Terra egal. Julius war ihr egal. Für sie zählte nur Kaden in ihren Armen.

„Du darfst nicht sterben“, schluchzte sie und nahm sein Gesicht in die Hände.

Seine dunkelblauen Augen richteten sich auf sie und blinzelten langsam. Sie wusste, dass es schlecht um ihn stand – ansonsten wäre er schon längst zurückgeshiftet. Er musste zu viel Blut verloren haben und jetzt blieb ihm nicht genug Magie, um sich zu verwandeln.

„Verstehst du denn nicht?“ Ihre Tränen fielen auf sein rotgeflecktes Fell. „Ich bin diejenige, die sterben sollte, nicht du.“ Wieder und wieder küsste sie sein Gesicht und flüsterte ihm ihre Liebe zu.

Sprach die Worte aus, die nur er hören würde, bevor es zu spät war. Damit er es *wusste*, so wie sie.

Noah kam zurück und kniete sich neben Kaden. „Komm schon, du Arschloch. Das hier ist kein Ort zu sterben.“ Aber er sah mit Sorge auf ihn herab.

Terra ignorierte ihn und kuschelte bloß weiter ihr Gesicht an Kadens. Er warf sich in ihren Armen hin und her und der Schmerz schüttelte seinen Körper durch, während das Leben aus ihm sickerte. Ihr Schluchzen war der einzige Laut in der Gasse… bis plötzlich ein leises, klirrendes Geräusch ertönte und sich wiederholte. Einmal, zweimal, dreimal…

Ohne ihn loszulassen sah sie auf – und starrte dann fassungslos auf Kadens Körper.

„Ach, du Scheiße“, hauchte Noah.

Die Patronen, die Kadens Pelz durchlöchert hatten, wurden eine nach der anderen aus seinem Fleisch herausgedrückt und fielen klirrend auf den Asphalt.

„Was… was passiert mit ihm?“, fragte sie Noah und ihr gefror der Atem in der Brust.

„Dein wahnsinniger Partner heilt sich gerade.“ Bewunderung und ein leicht überraschtes Lachen lagen in Noahs Stimme.

Aber er hatte recht.

Sie sah weiter zu, wie Kadens Körper eine Kugel nach der anderen herauspresste. Sein hin und her Werfen war kein Todeskampf gewesen… es war sein Körper, der sich selbst von seinen Schusswunden heilte.

Ein Ansturm von Schritten ließ sie zusammenfahren, aber es war nur die Polizei – ungefähr ein Dutzend Polizisten, die mit gezogenen Waffen aus der Hintertür des Lagerhauses strömten. Jemand schrie Befehle, aber die meisten blieben einfach stehen und starrten sie und Noah an, die neben Kaden in seiner prächtigen weißen Wolfsform knieten, während nach und nach die Kugeln aus seinem blutbesudelten Körper fielen.

Kurz darauf shiftete Kaden in ihren Armen und hockte als nackter Mensch neben ihr auf dem Boden der Gasse. Die Patronenkugeln rollten davon, als er sich bewegte, um sie in die Arme zu nehmen.

„Alles in Ordnung mit dir?“, fragte er.

Ein verrücktes, überglückliches Lachen sprudelte aus ihr heraus, während sie ihn weiter umarmte. „Du bist derjenige, auf den geschossen wurde.“

Kaden wich zurück und ließ seinen Blick über

sie wandern. „Bist du sicher, dass er dir nicht weh getan hat? Bitte sag mir, dass es dir wirklich gut geht."

Sie legte ihm die Hände auf die Wangen. „Mir geht es viel besser als gut", sagte sie und Tränen drangen ihr aus den Augenwinkeln. „Ich habe dich."

Dann küsste er sie, als würde es keine Rolle spielen, dass die ganze Welt zusah.

Weil es das auch nicht tat.

Kapitel Sechzehn

„Das ist ein Scherz, oder?“ Kaden konnte nicht glauben, dass Terra darauf bestand, Fotos von ihm zu machen, bevor sie sich der wichtigsten Angelegenheit des Tages widmeten, was dieselbe Sache war, der er sich jeden Tag widmen sollte – sie zu seiner Partnerin zu nehmen.

Zumindest war das *sein* Plan – er hatte nicht vor, diese kleine Holzhütte hinter dem Anwesen der River-Familie zu verlassen, ohne vorher seine Zähne in ihr zu versenken. Er hatte alle Einzelheiten, die er über das Paarungsritual wissen musste, von Noah erfahren. Terra hatte sich ihm bereits unterworfen – jetzt musste sie nur noch aufhören, so aufgedreht mit der Kamera vor ihrem Gesicht um ihn herumzuhüpfen. Dann würde er sie dazu bringen, seinen Namen zu schreien, und sie so nehmen, wie nur ein Alpha seine Partnerin nehmen konnte.

Er hatte sie noch in nichts davon eingeweiht… aber es war dennoch seine feste Absicht, dies heute in die Tat umzusetzen.

„Halt die Klappe und seh weiter umwerfend aus", sagte sie und umkreiste ihn mit knipsender Kamera. Dann zoomte sie auf sein Tattoo. Die Worte *Beschützen* und *Dienen* waren ein wenig von den Kugeln vernarbt worden, die seinen Körper in der Gasse durchlöchert hatten. Es war weniger als einen Tag her und sein Körper mochte über unglaubliche Heilkräfte verfügen, aber er war immer noch mit Narben übersät. Wahrscheinlich würde er das sein Leben lang sein.

Terra schien sie faszinierend zu finden.

Es machte sie offenbar scharf, ihn nackt mit all seinen wiederverheilten Kampfwunden zu fotografieren. Und auch sein Schwanz war auf ihren Bildern nicht zu übersehen, angesichts dessen, dass es ihn auch scharf machte. Was alles gut und schön war, wenn sie bloß diese Kamera weglegen würde.

„Die sind nur für unsere Privatsammlung, richtig?“, fragte er, während er verfolgte, wie sie um ihn herumtänzelte. „Ich muss mir keine Sorgen machen, dass die im Internet auftauchen, oder?“

Sie grinste hinter ihrer Kamera, sah dann auf und leckte sich demonstrativ die Lippen. „Ich werde die besten aufbewahren – für den Fall, dass du mal auf der Arbeit bist und ich etwas brauche, um meine Fantasie anzuheizen.“

Er knurrte erregt. Die Vorstellung, dass sie sich zu Bildern von ihm selbst befriedigte, brachte ihn ganz schön auf Touren. „Okay, das reicht.“ Er streckte die Hand aus, nahm ihr die Kamera ab und ignorierte ihren Schmollmund. „Ich hab hier auch was für dich, um deine Fantasie anzuheizen.“ Er zog sie mit sich auf die Couch, sodass sie rittlings auf ihm saß und sein steinharter Schwanz ihr selbst durch ihre enge Jeans deutlich seine Absichten signalisierte.

Sie rieb sich an ihm und ließ ihn aufstöhnen. „Aber ich bin noch nicht fertig mit dir.“

„Und das wirst du auch nie sein.“ Er ließ seine Hände unter ihr T-Shirt gleiten, um es ihr über den Kopf zu ziehen, doch sie verschränkte die Arme vor der Brust und spielte nicht mit.

„Ich bin noch nicht überzeugt, dass du schon vollständig genesen bist, Kaden Grant.“ In ihren verschränkten Armen steckte genug Widerstand, um ihm zu verraten, dass diese Sorge zumindest teilweise echt war… und nicht nur ein Spiel, mit dem sie ihn necken wollte.

„Ich wüsste da einen Weg, dich zu überzeugen." Er katapultierte sie praktisch in die Luft, indem er seine Hüfte hochstieß. Sie kippte mit einem Grinsen auf dem Gesicht nach vorne und ihre Hände landeten auf seiner Brust. So gefiel ihm das schon besser.

Aber sie wurde sofort wieder ernst. „Hast du schon entschieden, was du dem Bürgermeister sagen wirst?"

Ah, darum ging es also.

„Ja", sagte Kaden und senkte die Stimme. „Ich werde ihn sehr höflich und bestimmt darum bitten, dass er sich ins Knie fickt."

Sie schlug ihm auf die Brust.

Er grinste.

„Ich mein's ernst", sagte sie.

„Ich auch." Er veränderte seine Position und rückte sie etwas von seinem Schoß, weil klar wurde, dass sie erst ein wenig reden mussten, und so, wie sie über seinen Schwanz rieb, würde er schon lange vor der Hauptveranstaltung kommen.

Und das war nicht akzeptabel. Denn das hier

musste das absolut perfekteste Paarungsritual in der Geschichte der Paarungsrituale werden. Terra verdiente nichts Geringeres als das.

„Ich weiß, du willst, dass ich bei der Polizei bleibe, Babe“, begann er, aber sie unterbrach ihn mit einem raschen Kuss, der seinen Wolf brummen ließ.

„Ich will, dass du glücklich bist“, sagte sie. „Ich möchte nur nicht, dass du wegen mir deine Polizeiuniform an den Nagel hängst.“

„Ich höre nicht *deinetwillen* auf“, sagte er. „Sondern meinetwillen.“

Sie sah ihn stirnrunzelnd an, aber er sagte die Wahrheit.

Die Geschichte von dem weißen Wolf, der vor dem halben Einsatzkommando geshiftet war, hatte sich wie ein Lauffeuer im Revier verbreitet… zusammen mit der Nachricht, dass Julius McGovern, ein enger Freund des Bürgermeisters, in Wahrheit der berüchtigte Wolfsjäger war. Die Enthüllung hatte das gesamte Rathaus erschüttert, bis Julius McGovern tot in seinem Haus aufgefunden wurde – jemand hatte ihn *vier Tage zuvor* mit einem Kopfschuss ermordet. Ungefähr zu der Zeit, zu der sich Terra das erste Mal mit demjenigen traf, der sich für ihn ausgegeben hatte, um der Lieblingskünstlerin des Bürgermeisters näher zu kommen.

Dieser Mord und der Mordversuch an Terra hatten den Wolfsjäger zum Staatsfeind Nummer eins auf Seattles Polizeirevier gemacht. Und der Bürgermeister persönlich hatte ihn gebeten, die Sondereinheit zu leiten, die diesen Bastard dingfest machen sollte. Was, wie Kaden vermutete, wohl Sinn ergab, jetzt wo er der erste bekennende Shifter-Polizist des Reviers war. Der Bürgermeister hatte sogar versprochen, umfassende neue Maßnahmen einzuführen, um Shiftern zu versichern, dass sie auf der dünnen blauen Linie willkommen waren, die die kriminellen Elemente von den gesetzestreuen Bürgern Seattles trennte.

Die Sache war nur… dass Kaden andere Dinge zu tun hatte.

Er hatte eine Partnerin sein zu machen. Einem Rudel beizutreten. Und ein neues Leben als Shifter und möglicherweise auch Hexer zu entdecken. Dieser eine Blitzstrahl aus blauer Energie, der aus seiner Pfote geschossen war, hatte für ihn *alles* verändert. Das und diese umwerfende Frau, die ihm fest in die Augen sah, während ihr große Sorge ins Gesicht gezeichnet war.

Er fuhr ihr mit dem Finger über die Stirn und glättete ihre Sorgenfalten. „Ich werde die Stelle bei Riverwise annehmen. Ich werde meinem ersten Rudel beitreten und den Wolfsjäger mit Hilfe der Leute zur Strecke bringen, die ihn am meisten erledigen wollen. Und egal was der Bürgermeister sagt, das ist bestimmt nicht die Polizei. Ich kann bei Riverwise mehr Gutes tun. Außerdem habe ich dadurch den nicht ganz unwesentlichen Vorteil, dafür sorgen zu können, dass meine Partnerin jederzeit sicher ist. Das ist etwas, was ich nicht tun könnte, wenn ich mich ständig als Vorzeigewolf auf der Wache sehen lassen müsste, um zu beweisen, dass Seattles Polizei nichts gegen Shifter hat."

Ihre Schultern sackten herab, aber er sah die Spur eines Lächelns und ein Leuchten in ihrer Miene, als er davon sprach, sie zu beschützen. Er wusste, wie wichtig ihr das war, und er meinte es auch todernst – nie im Leben würde er sie der Obhut von jemand anderem überlassen. Und nicht nur, weil der Wolfsjäger immer noch irgendwo dort draußen war. Sondern weil sie zu *ihm* gehörte.

Und es wurde Zeit, das offiziell zu machen.

„Bist du dir sicher?", fragte Terra ein weiteres Mal.

Er legte ihr die Hände auf die Wangen und zog sie für einen sanften Kuss zu sich herab. „Absolut sicher."

Sie nickte und er spürte ihr Einverständnis durch den Unterwerfungsbund, der sie miteinander verband. Er war ihr Alpha und sie vertraute darauf, dass er die richtige Entscheidung traf. Es flutete ihn buchstäblich mit magischer Energie, die seinen Schwanz wieder aufrichtete.

Langsam glitten seine Hände von ihren Wangen zu ihrem T-Shirt herab. „Ich hoffe, du hängst nicht allzu sehr an diesem Teil." Er ließ seine Hände zu Klauen shiften – sie waren vielleicht nicht so rasiermesserscharf wie Noahs, aber sie konnten trotzdem locker durch ihr Baumwoll-T-Shirt schneiden. Er begann, es am Kragen aufzutrennen, und riss es dann auseinander, sodass Terra plötzlich nur noch ihren dünnen BH anhatte.

Sie saugte den Atem ein, aber er wusste, dass es ihr gefiel.

„Den Rest aus. Jetzt." Er schnitt ihren BH auf und ließ seine Hände dann wieder in menschliche Form shiften, damit er diese prallen Brüste kneten konnte, während ihre Hände daran arbeiteten, hastig ihre Hose aufzuknöpfen. Er hob sie von sich hoch und stellte sie auf den Boden, damit sie aus ihren Hosenbeinen steigen konnte. Er sah zu, wie sie sich für ihn auszog, und leckte sich demonstrativ über die Lippen, so wie sie es zuvor getan hatte. Und weil er es gar nicht abwarten konnte, sie zu schmecken.

Mit verführerischem Schlafzimmerblick ließ sie ihre Hose zu Boden fallen.

Er zog sie wieder zu sich, sodass sie erneut rittlings auf ihm saß. Sein Schwanz stand jetzt vollends für sie bereit. „Reite mich, Terra", sagte er heiser, doch als sie sich auf seinen Ständer setzen wollte, packte er sie an der Hüfte und hielt sie an Ort und Stelle. „Nein. Hier oben." Dann ließ er sich so weit vom Sofa gleiten, dass sein Gesicht direkt unter ihrer Vagina war.

Sie keuchte auf, als seine Zunge sie küsste. Rasch wurde das Keuchen zu einem Stöhnen und sie klammerte sich an der Couchlehne fest, während er ihre sensible Knospe leckte. Dann ließ er seine Finger in sie gleiten und sofort senkte sie sich darauf herab und ritt sie, krallte sich in sein Haar und trieb ihn an. Sein Mädchen war so heiß und wild im Bett, und das jedes Mal und in jeder Hinsicht. Es würde eine Herausforderung werden, sich neue Wege einfallen zu lassen, sie zu immer neuen Höhepunkten zu bringen, aber er hatte noch sein ganzes Leben Zeit dafür.

Ihr Stöhnen wurde zu kleinen Schreien und kurz darauf kam sie – ihr Körper zog sich krampfhaft um seine Finger zusammen und bebte an seiner Zunge.

Verdammt, er stand drauf, sie zum Kommen zu bringen.

Sein Schwanz schrie danach, sich in ihr zu versenken, und obwohl er sich etwas für den Hauptevent aufsparen wollte, konnte er einfach nicht widerstehen – er rutschte wieder hoch und bevor sie nach Luft schnappen konnte, rammte er sich tief in sie hinein.

„*Oh Gott*“, flüsterte sie, als er sie von unten nahm.

„Oh ja, bete ruhig“, presste er durch die Zähne hervor. Sie war so klein und eng, es überraschte ihn jedes verdammte Mal aufs Neue. Er wuchtete sich wieder hoch und bald fand sie ihren Rhythmus und drückte sich bei jedem seiner Stöße herab, um ihn noch tiefer in sich aufzunehmen, was ihn mit jedem Male aufstöhnen ließ. Dann fand sein Daumen ihre Klitoris – die Stelle, die er gerade noch mit seiner

Zunge getriezt hatte – und ihre Schreie wurden spitzer und spitzer.

Die Lust ballte sich fest und tief in seinem Bauch, aber er ließ sie noch nicht frei. Er hatte größere Pläne als nur zwei schnelle Orgasmen für sie… obwohl es ein verdammt guter Anfang war.

„Oh Gott, Kaden!“, keuchte sie, warf den Kopf in den Nacken und betete seinen Namen, während sie seinen Schwanz ritt. Er übte noch mehr Druck auf ihre Knospe aus, um sie zum Höhepunkt zu bringen. Ihre Schreie befriedigten etwas Männliches und Animalisches tief in ihm auf eine Art, wie es sein eigener Höhepunkt nicht konnte. Sie war *sein*. Sie hatte sich *ihm* hingegeben. Und es ließ sie auf einem ekstatischen Hoch schweben.

Als ihre Schreie wieder zu einem Keuchen abklangen, packte er ihre Hüfte, rammte sie mit Wucht auf seinen Schwanz herab… und hielt sie dort. Dann richtete er sich tief in ihr vergraben auf und zog sie fest an sich, eine Hand an ihrem unteren Rücken, um mit ihr verbunden zu bleiben, die andere an ihrem Hinterkopf, um sie für einen Kuss herabzuziehen. Ein sanfter, leidenschaftlicher Kuss, in dem all seine Gefühle für sie lagen – die Verehrung, die Liebe, das brennende Verlangen, das sie jeden Moment, den er in ihrer Nähe war, in ihm auslöste.

„Ich will dich“, flüsterte Kaden gegen ihre Lippen.

„Du *hast* mich“, entgegnete sie leicht verwundert, als könnte er sie unmöglich noch vollständiger besitzen als in diesem Moment.

Oh, aber das konnte er.

„Ich mache dich zu meinem Weibchen, Terra Wilding“, hauchte er und die Worte kamen direkt aus seinem Herzen. „Ich werde dich mein machen. Für immer.“

Sie keuchte und ihre Augenlider flatterten bei diesen rituellen Worten, die so tief in ihm verwurzelt schienen wie all seine Gefühle für sie. Er hob sie von seinem Schoß und vermisste sofort das enge, warme Gefühl um seinen Schwanz, aber er brauchte sie auf Händen und Knien, um das hier richtig zu machen.

„Jetzt?“, keuchte sie.

„Ja, genau jetzt“, sagte er, drehte sie auf seinem Schoß herum und drückte sie nach vorne, sodass sie auf Hände und Knie fiel und ihr wunderschöner Hintern verlockend in die Luft ragte. Er beugte sich über sie, strich ihr das wallende Haar von der

Schulter und flüsterte: „Du bist *mein.* Jetzt und für immer."

Dann nahm er sie so von hinten, wie er es sich von Anfang an erträumt hatte.

KADEN FÜLLTE SIE SCHNELL UND HART.

Er schien immer genau zu wissen, wie sie es mochte, selbst wenn sie es selbst nicht wusste.

Sie merkte, wie er langsam die Kontrolle verlor, und hörte sein Knurren genauso sehr, wie sie es durch das Hämmern seines Schwanzes und seinen festen Griff an ihren Hüften spürte. Er hatte sie bereits zweimal zum Höhepunkt gebracht und trotzdem bebte jeder Teil von ihr vor Vorfreude. Würde er sie diesmal tatsächlich zu seiner Partnerin machen?

Ihre Lust wurde weiter angefacht, als er vorwärts glitt, seine Finger in ihr Haar grub, die Faust ballte und ihren Kopf nach hinten bog. Vor einer Minute hatte sie ihn noch wie das wunderbarste Pferd der Welt geritten, jetzt ritt er sie… hart… und es war heißer als alles, was sie je zuvor erlebt hatte. Sein steinharter Schwanz und seine starken Hände beherrschten sie. Und schon bald hörte sie sein schweres Keuchen, während er sich über ihren nackten Hals beugte, seine Fangzähne ausfuhr und sie über ihre Haut streifen ließ.

Oh Gott, ja.

Seine Stöße gewannen weiter an Intensität und trieben sie auf einen Höhepunkt zu, der alles zerschmettern würde, was sie war – sie zerbrechen würde, sodass sie sich als neue Frau wieder zusammensetzen konnte.

Eine gepaarte Frau.

Mit dem stärksten Alpha, den sie je getroffen hatte.

„Du bist mein." Die Worte hatten kaum seinen Mund verlassen, als er seine Fangzähne in ihr versenkte. Der Schmerz stieß sie über die Schwelle und ihr Höhepunkt wusch durch sie hindurch und löschte alle Gedanken aus, die über die pulsierende Lust in ihrem Körper und die sengende Hitze seiner Magie hinausgingen. Es begann als Doppelfontäne brennend heißer Lust – eine zwischen ihren Beinen und die andere, wo seine Reißzähne sich in ihrem Fleisch versenkt hatten – und es breitete sich rasch in ihrem Körper aus, setzte sie in Brand und erfüllte sie mit größerer Ekstase, als sie je erlebt hatte. Er ritt sie immer noch, pumpte weiter in sie, doch als die Magie jede Zelle ihres Körpers durchsetzte und sie lebendiger machte, als sie je gewesen war, erreichte auch er seinen Höhepunkt und knurrte durch seinen Biss, während er sich tief und pulsierend in ihr vergrub. Sie spürte, wie er sie mit seinem Samen füllte, und wünschte sich kurz, dass sie gerade doch fruchtbar wäre… sodass sie beginnen konnte, eine Familie mit diesem umwerfenden Mann zu gründen.

Kaden blieb während seines Höhepunkts tief in ihr, bevor er schließlich seinen Biss löste.

Sein Atem ging so abgehackt, dass er nicht sprach, sondern einfach aus ihr herausglitt und sie dann an seine Brust und mit sich zurück auf die Couch zog, wo er sich mit ihr hinlegte.

„Gott, ich hoffe, wir können das jeden verdammten Tag machen", keuchte er. „Jeden Tag, Terra. Hast du gehört? Wir machen das jeden Tag."

Sie rollte sich an seine schwer atmende Brust und hätte nicht noch breiter lächeln können.

„Dann muss ich vielleicht anfangen, Sport zu treiben oder so, um meine Ausdauer zu verbessern."

„Tu, was du willst, Babe", sagte er, immer noch nach Atem ringend, doch seine Hände begannen, sanft streichelnd über ihre Haut zu gleiten. „Aber ich habe fest vor, mich *jeden verdammten Tag* über deinen süßen kleinen Körper herzumachen. Inklusive dieses Bisses, denn *meine Fresse*, war das gut."

Sie kroch an ihm hoch, um ihm ins Gesicht zu sehen. Seine Magie tanzte durch ihren Körper und band sie so vollkommen an ihn, dass sie nicht einmal genau wusste, wo sie aufhörte und er begann. Es war stärker als jeder Unterwerfungsbund. Stärker als alles, was sie je zuvor gefühlt hatte. Und mit Kadens Magie, die sie in eine warme Decke seiner Liebe hüllte, wusste sie, dass sie immer sicher sein würde.

Die Dunkelheit war für immer aus ihrem Leben vertrieben worden.

Sachte küsste sie ihn auf die Lippen. Umgehend packte er sie und küsste sie leidenschaftlich zurück.

„Du hast Glück, dass ein Mann eine gewisse Erholungsphase braucht", sagte er mit einem Funkeln in den Augen. „Oder ich würde dich genau jetzt schon wieder zum Schreien bringen."

„Ich bin jederzeit bereit, mein sexy Biest." Sie grinste ihn an.

Seine Augen blitzten auf. „Und das ist nur eines der vielen Dinge, die ich an dir liebe."

Ihr Herz setzte für einen Moment aus. Es hätte

an der Magie liegen können, die durch jede Ader ihres Körpers pulsierte… oder aber an *diesem Wort*.

Er grinste und rollte sich rasch herum, sodass sie ihre Positionen auf der Couch tauschten und sein massiver, muskulöser Körper ihre schmale Figur unter sich begrub, jedoch ohne sie dabei zu zerdrücken. Eine unverwechselbare Härte wuchs an ihrem Bein und drückte dagegen.

Ihre Augen wurden groß. „Schon wieder?"

„Bei dir… immer." Seine starke Hand glitt zwischen ihre Beine und ließ sie aufkeuchen, als seine Finger ihre Klitoris massierten, die immer noch geschwollen und empfindlich von dem unglaublichen Sex und dem magischen Rausch seines Bisses war. Dann spreizte er ihre Beine und legte sich eines auf seinen Rücken. Sein bereits steifer Schwanz drängte schon gegen ihren Eingang. Er wich leicht zurück und drang dann mit einem kräftigen Stoß in sie ein.

Sie drückte den Rücken durch und keuchte. Sie hätte nicht gedacht, dass sie noch mehr wollte, oder dass ihr Körper überhaupt noch mehr Leidenschaft ertragen konnte, aber offenbar konnte er das.

Mit Kaden würde er das immer können.

Er nahm sie mit langsamen, gefühlvollen Stößen und sie konnte spüren, dass dieses Mal anders sein würde. Länger, langsamer und intensiver… und erst der Anfang von allem, was sie noch teilen würden.

Er saugte mit jedem Stoß den Atem ein und stieß dann ein „Immer“ aus, wieder und wieder. Und ihr Herz stieg mit jedem Male höher.

Auch davon würde sie nie genug bekommen.

Kapitel Siebzehn

Terra hatte drei Wochen gebraucht, aber die „*Menschen von Seattle*“ Ausstellung konnte endlich stattfinden.

„Es ist absolut fantastisch!“, verkündete Sally begeistert.

Terra war stolz auf ihre Arbeit – sie hätte sie nicht gezeigt, wenn sie das nicht wäre – aber sie war sich ziemlich sicher, dass Sallys Überschwänglichkeit zumindest teilweise mit dem riesigen Strom von Besuchern zusammenhing, die ihre Galerie aufsuchten, um ihre erste Ausstellung von Shifter-Kunst zu sehen. Die Fotos, die sie von den Wölfen in Marcos Gangunterkunft gemacht hatte, prangten an Sallys Galeriewänden und berührten Terras Herz. Dass so viele Leute die Bilder mit eigenen

Augen sehen wollten, ließ Terra innerlich leuchten – *das* war das Herz dieser Stadt. Das war der Teil, der offen und herzlich war und der die Wölfe in seiner Mitte willkommen heißen wollte, anstatt sich aus Angst vor ihnen zu verstecken.

Riverwise Security war stark in der Menschenmenge vertreten – Kaden hatte darauf bestanden, doppelt so viele Wachleute wie bei ihrer letzten Ausstellung zu haben – aber Terra fühlte in ihrem Herzen, dass zumindest heute das Licht gewinnen würde.

Ihr Partner ließ sie keinen Moment aus den Augen, was sich wie eine warme Decke anfühlte, die sie beschützte. Und er musste die Absprache mit seinem Team beendet haben, denn er kam auf sie zugeschlendert, nahm sich ein Glas Champagner vom Tablett einer vorbeilaufenden Kellnerin und brachte es ihr.

Sally sah ihn kommen und entschied, sich elegant zu verabschieden. „Ich glaube, ich sehe den Bürgermeister!“, quietschte sie und eilte davon.

Terra kicherte, dann schielte sie unauffällig zu Sally und dem Bürgermeister und fragte sich, ob sie ihn wohl ins Bett bekommen hatte. Er war seit ein paar Jahren verwitwet und Terra wäre sehr überrascht, wenn Sally es nicht wenigstens versucht hätte.

Kaden kam an ihre Seite, küsste sie und reichte ihr den Champagner. Da Terra dazu noch in einem Raum gefüllt mit ihrer Kunst stand, fühlte sie sich, als wäre sie dem Himmel so nah, wie es nur möglich war… zumindest außerhalb ihres Schlafzimmers auf dem River-Anwesen.

Was sie an etwas erinnerte, das sie ebenfalls mit Kaden besprechen wollte.

„Du bist ein Hit", sagte Kaden und der Stolz in seiner Stimme ließ ihr Herz anschwellen.

„Sie sind die eigentlichen Stars", sagte sie und gestikulierte mit ihrem Glas zu den Bildern der Wölfe, jung und alt, die eingerahmt an den Wänden hingen. „Ich habe bloß ihr Licht eingefangen."

Kaden lächelte breit. Sie hatte dutzende Bilder von ihm gemacht und versucht, sein Licht einzufangen, aber sein freudiges Strahlen würde das immer übertreffen.

Sie senkte den Kopf. „Ich will uns ein Zuhause bauen", sagte sie leise, nicht sicher, warum sie diese Dinge zu den ungünstigsten Zeitpunkten ausplapperte.

„Ein Zuhause?“, fragte er und zog die Augenbrauen hoch. „Wie ein Haus mit vier Wänden?“

Sie nickte, dann sah sie zu ihm auf. „Ich möchte es neben dem River-Anwesen bauen. Ich will einen Wintergarten und eine Dunkelkammer… und ein Kinderzimmer.“ Sie biss sich auf die Lippe. Das war nur ein Teil ihres Plans, aber es war das Kernstück. Sie hatten sich gepaart, aber sie waren noch nicht verheiratet. Kaden hatte immer noch seine Wohnung in der Stadt, obwohl sie praktisch schon ihre Flitterwochen auf dem River-Anwesen verlebten, nachdem Mama River darauf bestanden hatte, dass sie dortblieben.

Kaden schien einen Moment lang nach den richtigen Worten zu suchen. Dann räusperte er sich. „Nun, dann ist es ja gut, dass ich heute diesen Ring ausgesucht habe.“

Ihre Augen flogen auf, als er auf ein Knie runterging und eine kleine Schachtel aus der Tasche seines Riverwise-Jacketts holte. Ein Tuscheln breitete sich im Raum aus und Köpfe drehten sich zu ihnen um, aber alles, was sie sehen konnte, war der glänzende Ring aus Gold und Saphiren, den Kaden ihr entgegenhielt.

„Würdest du mir die Ehre erweisen, meine Frau

zu werden?“, fragte Kaden, seine Stimme tief und stark in der plötzlichen Stille der Galerie.

Tränen traten ihr in die Augen. „Ja“, flüsterte sie, aber es schien trotzdem durch den Raum getragen zu werden, denn eine Runde Applaus ging durch die Galerie. Sie warf Kaden die Arme um den Hals und er stand auf und umarmte sie, was gut war, denn ihre Beine waren auf einmal sehr wackelig. Er steckte ihr den Ring an den Finger, während ihr Mund immer noch versuchte, Worte zu formen, die ausdrückten, wie glücklich er sie gerade gemacht hatte.

Sie gab auf und küsste ihn stattdessen.

Als sie sich wieder voneinander lösten, schien die Menge sich wieder der Kunst zugewandt zu haben… mit Ausnahme ihres Bruders und ihrer kleinen Schwester, die ungefähr drei Meter entfernt standen und sie angafften. Cassies Gesicht wurde von dem breitesten Lächeln erleuchtet, dass Terra je bei ihr gesehen hatte, aber Trent sah so aus, als wäre er gerade von einem Bus überrollt worden und hätte es nur noch nicht richtig mitbekommen.

Terra streckte einen Arm nach Cassie aus und sie schlitterte über den Galerieboden auf sie zu, um sie zu umarmen.

Dann lugte sie zu Terra hoch. „Ich will das

Blumenmädchen sein!", sagte sie.

„Blumenmädchen?", fragte Terra mit gespielter Fassungslosigkeit. „Du bist natürlich meine Brautjungfer."

„*Und* das Blumenmädchen", beharrte Cassie mit einem schelmischen Blick.

„Das bekommen wir schon hin, Kurze", sagte Kaden mit einem Grinsen, während er ihr das Haar verwuschelte.

Cassie sah so aus, als wollte *sie* Kaden heiraten, und Terra konnte ihr das beim besten Willen nicht übelnehmen.

Endlich erreichte auch Trent ihren kleinen Kreis. Unbeholfen streckte er Kaden die Hand entgegen. „Nun, ich schätze, dann sind wohl Glückwünsche angebracht."

Kaden schüttelte seine Hand, sagte aber nichts.

Trent wandte sich ihr zu. „Und… ich schätze, das bedeutet, dass du aus dem River-Anwesen ausziehst?" Es lag kein direktes Missfallen in seiner Stimme, aber er klang auch nicht gerade begeistert. Es war derselbe vage Ton, den ihr Vater benutzte, und der Terra rasend machte.

Sie unterdrückte ein Seufzen. „Ehrlich gesagt gibt es da etwas, das ich mit dir besprechen muss." Und mit *besprechen* meinte sie *informieren*, denn Trent würde dabei bestimmt kein Mitspracherecht haben. „Ich werde meinen Treuhandfond dazu benutzen, ein Haus neben dem River-Anwesen zu bauen. Es gibt dort ein Grundstück zu verkaufen. Und ich werde Mama River dabei helfen, einige Umbauten am River-Anwesen vorzunehmen. Ich will es ausbauen. Es verbessern. Sicherer machen. Eigentlich baue ich nur auf ihrer Vision auf – aber ich will, dass es dort immer eine sichere Unterkunft für Shifter gibt."

Trents Augenbrauen waren hochgeklettert. „Das ist eine… interessante Idee."

„Die Lage des Anwesens ist der Öffentlichkeit bereits bekannt", fuhr Terra fort und ignorierte den kritischen Ton in seiner Stimme. „Die Leute wissen, was es damit auf sich hat… genau wie mit unserer Familie. Aber den Shiftern dieser Stadt stehen immer noch harte Zeiten bevor." Mit einer ausschweifenden Handbewegung schloss sie alle Wölfe in ihrer Ausstellung und darüber hinaus ein. „Ich will sie wissen lassen, dass es einen Ort gibt, der sie aufnimmt und akzeptiert."

Trent schien nach Worten zu ringen.

„Das ist eine wunderbare Idee, Terra." Kaden gab ihr einen Kuss auf die Wange und legte ihr beschützend den Arm um die Schultern. Und es bedeutete ihr die Welt, besonders weil sie ihn diesbezüglich in keinster Weise vorgewarnt hatte. Sie hatte die Idee lediglich am Morgen mit Mama River besprochen und hatte es Kaden nach der Ausstellung sagen wollen.

„Kann ich dann wieder bei Mama River wohnen?", fragte Cassie strahlend.

Terra grinste. „Das würde sie bestimmt freuen. Aber du hast jetzt wieder Schule, schon vergessen?"

Sie zog die Nase kraus. „Ach ja, richtig."

„Wir reden später darüber", sagte Terra, aber ihr war beides recht. Cassie sollte dorthin gehen, wo sie am liebsten sein wollte. Terra baute jetzt ihr eigenes Leben auf, doch ihre Familie würde immer ein Teil davon sein. „Auf jeden Fall kannst du Kaden und mich wann immer du willst in unserem neuen Zuhause besuchen."

Das brachte ihr strahlendes Lächeln zurück.

„Ist das wirklich sicher?", meldete Trent sich zu Wort. Er schien die Frage an Kaden und Terra gleichermaßen zu richten.

„Wir werden es sicher machen", sagte Kaden und Terra zweifelte keine Sekunde daran.

„Wir müssen irgendwo Stellung beziehen, Trent", fügte Terra hinzu. „Ich werde jemanden wie den Wolfsjäger nicht entscheiden lassen, wie ich mein Leben zu leben habe. Nicht mehr." Sie gab damit mehr oder weniger Mama Rivers Worte wider, aber die Frau war ein Fels in der Brandung und es war eine Ehre, in ihre Fußstapfen zu treten.

Trents Augen weiteten sich leicht. Dann schenkte er ihr ein fast unmerkliches Nicken. Aber es signalisierte seine Zustimmung und das ließ Terras Herz frohlocken.

Plötzlich ging ein Murmeln durch die Menschenmenge in der Galerie. Kaden runzelte die Stirn und lauschte in seinen Ohrstöpsel – was sein Stirnrunzeln noch vertiefte.

„Stimmt was nicht?", fragte Terra. Würde ihr neugefundener Mut bezüglich des Wolfsjägers schon bald auf die Probe gestellt werden? Die Leute in der Galerie begannen, ihre Handys hervorzuholen und sich in Grüppchen zusammenzustellen.

„Die Galerie ist sicher", sagte Kaden, immer noch in seinen Kopfhörer lauschend. „Aber wahrscheinlich solltet ihr mal einen Blick auf die Nachrichten werfen."

Trent hatte sein Smartphone als erster in der Hand und sein verwirrter Blick wurde rasch finster. „Es gibt ein neues Video vom Wolfsjäger." Er hielt das kleine Display so, dass sie es alle sehen konnten.

Zunächst konnte Terra bloß *Natürlich hat er das*

gemacht denken – der Wolfsjäger musste direkt losgehen und ein neues Video machen, nur damit sie wusste, dass er überlebt hatte. Ihre Entschlossenheit, ihre Pläne umzusetzen, verfestigte sich nur, während sie zusah, wie er seinen Hass über das Video ausspuckte.

„Wir müssen die Stadt von dieser Plage befreien!“, sagte er gerade, wieder mit einer Maske auf, doch sie erkannte seinen Körper wieder. Erkannte diese kalten blauen Augen.

„Das ist er“, sagte sie leise.

Kaden sah zu ihr. „Julius?“

Sie nickte. Obwohl das natürlich nicht sein richtiger Name war.

Dann erregte ein Bild in dem Video ihre Aufmerksamkeit – *eines ihrer Bilder.* Eines der Fotos, das sie in Marcos Unterschlupf gemacht hatte. Die großmütterliche Wölfin starrte ihr aus dem Video entgegen, während die hasserfüllte Stimme des Wolfsjägers weiter dröhnte.

„Hier geht es nicht nur um eine bestimmte berühmte Wölfin“, sagte er. „Es geht nicht nur um ein oder zwei Rudel. Diese Bedrohung brütet im Untergrund unserer Stadt! Und der einzige Weg, sie auszurotten, ist den Kampf auf die Straße zu bringen, wo sie leben!“

Terras Kehle zog sich zusammen. *Die Straße.* Er redete von den Shifter-Gangs. Marcos Gang. Und ihre Fotografien hatten den Wolfsjäger direkt zu ihnen geführt.

„Schließt euch mir an, Kreuzritter!“, rief der Wolfsjäger aus dem Handy. „Tretet unserer Miliz bei! Schließt euch unserem Krieg an, die Menschheit wieder an die Spitze der Nahrungskette zu bringen! Und helft mir, die Shifter-Bedrohung zu eliminieren, bevor sich ihre dämonische Saat noch tiefer in die DNA unserer Stadt frisst!“

Das Video endete und Terra durchfuhr ein Frösteln.

Sie wandte sich ihrem Bruder zu. „Ich will direkt mit den Umbauten des River-Anwesens anfangen.“

Er nickte zustimmend und nach kurzem Zögern kam er zu ihr und umarmte sie. „Du bist ein stärkerer Wolf, als ich es je sein werde, Schwesterherz“, flüsterte er leise genug, dass nur sie es hören konnte.

„Wir sind alle stärker, wenn wir zusammenhalten“, sagte sie.

Die Wochen und Monate, die vor ihnen lagen, würden diese Aussage ohne Zweifel auf die Probe stellen.

Vielen Dank, dass ihr „Wild Heat“ gelesen habt. Ich hoffe, dass euch auch die anderen Teile der Wilding Pack Wolves gefallen, die im Laufe des Jahres 2020 erscheinen werden – denn auch dort gibt es noch viel heiße Shifter-Action zu erleben!

Liebe Grüße, Alisa

www.alisawoodsauthor.com

Alle Teile der "River Pack Wolves" Trilogie:

River Pack Wolves 1 - Jaxson

River Pack Wolves 2 - Jace

River Pack Wolves 3 - Jared

Wilding Pack Wolves:

Wilding Pack Wolves 1 - Wild Game

Wilding Pack Wolves 2 - Wild Love

Wilding Pack Wolves 3 - Wild Heat

Andere Übersetzungen von Michael Drecker:

Susan Kaye Quinn:

Open Minds – Gefährliche Gedanken (Mindjack #1)

Closed Hearts – Gefährliche Hoffnung (Mindjack #2)

Free Souls – Gefährliche Träume (Mindjack #3)

Locked Tight – Gefährliches Misstrauen (Mindjack #4)

Cracked Open – Gefährliche Spaltung (Mindjack #5)

Broken Wide – Gefährliche Freiheit (Mindjack #6)

E.M. Tippetts:

Nicht mein Märchen

Prinzessin in Not (Nicht mein Märchen 2)

Jagd nach dem großen bösen Wolf (Nicht mein Märchen 3)

Das tapfere Schwesterlein (Nicht mein Märchen 4)

In guten wie in schlechten Zeiten (Nicht mein Märchen 5)

Schlafloses Dornröschen (Nicht mein Märchen 6)

Break it Up (Nicht mein Märchen 2,5)

A Safe Space (Nicht mein Märchen 2,75)

E.M. Tippetts / Emily Mah:

Chasing Sunrise – Morgendämmerung (Chasing Sunrise 1)

Sarina Bowen

Kalte Nächte, Warme Herzen (Die Gravity Reihe 1)

Harter Fall, Weiche Landung (Die Gravity Reihe 2)

Printed in Germany
by Amazon Distribution
GmbH, Leipzig

20116813R00183